Carolin Würfel

Drei Frauen träumten vom Sozialismus

Maxie Wander
Brigitte Reimann
Christa Wolf

Hanser Berlin

Das Zitat auf Umschlag und S. 5 stammt aus:
Christa Wolf, *Nachdenken über Christa T.*,

2. Auflage 2022

ISBN 978-3-446-27384-9

Umschlag: Anzinger & Rasp, München
Motive: © Anje Jager
Satz: Sandra Hacke
Druck und Bindung: CPI books GmbH, Leck
Printed in Germany

FSC www.fsc.org
MIX
Papier | Fördert
gute Waldnutzung
FSC® C083411

Soll den Mund verziehen, wer will:
Einmal im Leben, zur rechten Zeit, sollte man
an Unmögliches geglaubt haben.

Christa Wolf, *Nachdenken über Christa T.*

Teil I

Politisches Erwachen

Brigitte

Burg

Die Geschichte von Brigitte Reimann fängt in Burg an, einer Kleinstadt in Sachsen-Anhalt mit engen Gassen, schiefen Fachwerkhäusern, einer Kirche namens »Unser lieben Frauen«, einer Handvoll mittelalterlicher Türme und einem halben Dutzend Schuhfabriken. Der idyllischste Ort: der Flickschuhpark. Im Frühling blühen Tulpen unter zotteligen Trauerweiden, und die ungeheuren Eichen wölben sich darüber wie ein grüner Dom. Das große Rathaus, am Fuß des Weinbergs, dessen Grundmauern seit dem 13. Jahrhundert stehen, erzählt von den experimentierfreudigen Bauherren des Mittelalters und die holprigen Treppen, die Berg und Tal verbinden, gehören zu den wenigen kühlen Orten, an denen es sich im Sommer ohne verschwitzte Oberlippe küssen lässt.

Burg ist ein idealer Schauplatz für Märchen und Legenden. Eine der bekanntesten spielt im alten Hexenturm, der im 17. Jahrhundert als Gefängnis für Frauen mit angeblich magisch-teuflischen Kräften benutzt wurde. Seitdem sollen in Vollmondnächten die Schreie einer jungen Frau zu hören sein, die verzweifelt um ihr Leben ringt, und in gewisser Weise passt diese Legende zu Brigitte Reimann, die hier in Burg am 21. Juli 1933, einem sonnigen Freitag als älteste Tochter von Willi und Elisabeth Reimann auf die Welt kommt – mit seinem Mund und ihren Augen. Auch sie wird um ihr Leben kämpfen, mehr als einmal, und sich – wie ihre unbeugsamen Vorfahrinnen – dem obersten Gebot der Kleinstadt früh widersetzen: Du sollst nicht aus der Reihe tanzen.

Das Jahr ihrer Geburt prägten politische Umbrüche. Im Mai hatte auf dem Schützenplatz eine öffentliche Bücherverbrennung stattgefunden und bei den Wahlen im selben Monat stimmte mehr als ein Drittel der Bevölkerung für die NSDAP. Ein immerhin genauso großer Teil setzte das Kreuz neben die SPD. Brigittes Vater Willi gehörte nicht dazu. Er war Teil der ersten Gruppe.

Willi Reimann, ein großer Mann, mit hoher Stirn, tiefen Geheimratsecken und sanften Augen, hatte dem Druck früh nachgegeben und war in die nationalsozialistische Partei eingetreten. In der Familie wurde dieser Akt des vorauseilenden Gehorsams damit entschuldigt, dass er als Verlagsmitarbeiter gar keine Wahl hatte. Anfang der dreißiger Jahre hatte der gelernte Bankangestellte die Branche gewechselt und war seitdem Journalist und Redakteur beim Verlag August Hopfer und dessen Zeitung *Tageblatt*, wo er die Ressorts Politik und Unterhaltung verantwortete und Bildbände layoutete. Schon sein Vater Gustav – ein alteingesessener Burger, mit strengem Blick und Zweifingerbart – hatte für den Verleger-Patriarchen als Buchdrucker gearbeitet.

Jeden Mittag, wenn Willi Reimann zum Essen aus dem Verlag kam, warteten Brigitte und ihr ein Jahr jüngerer Bruder Lutz bereits voller Sehnsucht vor dem großen Haus in der Neuenburger Straße 2 auf das scheppernde Klingelzeichen, das die Ankunft des schwarzen Herrenrads schon vor der Kurve ankündigte, und hofften darauf, dass er ihnen entweder eine neue Geschichte oder die Schokoladenzigarren mitbrachte, mit denen sich, versteckt zwischen den Bücherschluchten des väterlichen Arbeitszimmers, bittersüßes Erwachsenenleben imaginieren ließ. An den Wochenenden saßen die große Schwester und der kleine Bruder oft ehrfürchtig auf Willis Schoß und hörten zu, wie er ihnen vorlas. Sprache, das verstand Brigitte Reimann dank ihm früh, öffnete Welten und war ein Instrument, das den Horizont der Kleinstadt Burg verschieben und erweitern konnte.

Eine Geschichte, die immer und immer wieder erzählt werden musste, war *Tamerlan der Große* von dem englischen Dramatiker Christopher Marlowe. Sie geht in Kurzform so:

Es war einmal ein persischer Architekt, der sich unsterblich in eine chinesische Prinzessin verliebte. Diese Prinzessin war aber auch die Lieblingsfrau seines Auftraggebers Tamerlan. Eines Tages sah der Architekt die Prinzessin mit unverschleiertem Gesicht und konnte nicht länger an sich halten. Sein Kuss war so leidenschaftlich, dass er ein Brandmal auf ihrer Wange hinterließ. Als Tamerlan das Mal entdeckte, sollte der Architekt sterben. In höchster Not flüchtete er sich schließlich auf die Spitze eines Minaretts und warf sich mit ausgebreiteten Armen in die Luft, und weil seine Liebe so groß und aufrichtig war, wuchsen ihm Flügel und er konnte zurück nach Persien fliegen.

Ein Leben lang wird Brigitte Reimann sich diese Geschichte ins Gedächtnis rufen. Immer dann, wenn die Unruhe übermächtig wird, wenn sie sich nach wer weiß wohin und wer weiß wem sehnt und sich darauf besinnen will, was für sie in ihrem entschiedenen Kinderherzen zählte: bedingungslos leben, bedingungslos lieben.

Anders als der Vater blieb ihre Mutter Elisabeth, erst Sekretärin, dann Hausfrau, parteilos. Rundes Gesicht, gedrungene Statur, die Haare stets in einem Knoten, Brille. Sie war das Zentrum der Familie, genannt »Liebe Mu«. Ihre Eltern waren am Ende der Belle Époque aus dem Rheinland nach Burg gekommen, Kaufleute mit einem Sinn für den Osten. Wann immer

Brigittes Großmutter Franziska sich aufregte oder schimpfte und in ihren alten Kölner Dialekt verfiel, offenbarte sich diese Herkunft. Aber auch die hechtgrauen Seidenkleider, die sie ausschließlich trug, und ihre Perlen verrieten den wohlhabenden westdeutschen Ursprung der Familie, genau wie die Selbstverständlichkeit, mit der ihr Ehemann Wilhelm, Reimanns Großvater und Eigentümer einer Goldleistenfabrik, jeden Mittag um zwölf ins feinste Hotel von Burg einkehrte. Kapitalist war schon damals ein Schimpfwort, das hinter vorgehaltener Hand geflüstert wurde. Im Vergleich zu anderen hatten die Reimanns einfach mehr. Mehr Bücher, mehr Schmuck, mehr Fantasie, mehr bürgerliche Tradition. Jedenfalls bis die Auswirkungen des Krieges sich auch in Burg bemerkbar machten.

Vor allem in den letzten Kriegsjahren muss Brigitte Reimann oft an Marlowes Tragödie gedacht haben. 1943, kurz nach der Geburt ihrer kleinen Schwester Dorothea, wurde ihr Vater zum Kriegsdienst einberufen. Mit ihm verschwand der Rest an Normalität, den sich die Familie bewahrt hatte, und wenn nichts mehr da ist, was Sehnsucht oder einfach nur Hunger stillt, kann man sich als Kind, umgeben von Konflikten, eigentlich nur wegträumen. Vielleicht liegt es auch an Geschichten wie *Tamerlan der Große*, dass so wenig lebendige Erinnerungen an diese schrecklich dunklen Tage in ihren Aufzeichnungen und Briefen zu finden sind.

Was man weiß: Brigitte Reimann hat das Brummen der Bomberpulks nie vergessen und die Nächte im Keller. Morgens sammelte sie die Silberstreifen ein, die von den Amerikanern zur Verwirrung der deutschen Radarsysteme abgeworfen worden waren, und zu ihrem Geburtstag gab es auf einmal keine Erdbeeren mit Schlagsahne mehr. Im Sommer 1943 machte sie trotz allem ihren Freischwimmer und behauptete in einem

Feldpostbrief an den Vater, schon vom Fünf-Meter-Turm zu springen, eine fantastische Übertreibung, die aber mindestens genauso aufregend klang wie der märchenhafte Sprung des persischen Architekten. 1945 büßte sie ihre geliebte Armbanduhr bei Plünderungen ein, und als im Mai die Rote Armee einmarschierte, sollen sie und ihr Bruder Lutz gerade an den Gleisen gespielt haben. Ein Eisenbahner entdeckte sie und schickte sie sofort nach Hause in die Neuenburger Straße 2. Dort wurde ein weißes Laken ins Fenster gehängt, und Brigitte und Lutz warteten mit Todesangst engumschlungen auf die Ankunft der Besatzer. Sie, die als Kinder immer von den gleichen Gedanken und Gefühlen bewegt wurden, wollten zusammen sterben, so viel stand fest.

Als die Russen kamen und sich in Burg einquartierten, hieß es Platz machen. Von einem geräumigen Haus blieb ihnen ein einziges Zimmer für Mutter und Kinder, und weil der Vater in der NSDAP gewesen war, mussten sie auch ein Stück Gartenland abgeben. Aus bürgerlichen Verhältnissen wurde Armut auf Zeit und Hunger wurde Alltag. Morgens gab es bloß zwei Schnitten, abends nur einen halbvollen Teller Graupensuppe. Das Schlimmste: die Kartoffelnot. Das Allerschlimmste für Brigitte Reimann: die jungen Frauen und Mädchen, die im Sommer mit den russischen Soldaten am Fluss knutschten und mit ihnen schmusend übers Wasser ruderten. Brigitte fand das schändlich. Das Wort »Russenliebchen« zog in ihr Vokabular ein.

Während ihre Mutter versuchte, Holzkohlen aufzutreiben oder den Familienschmuck gegen Essbares einzutauschen, musste Brigitte Reimann als älteste Tochter zum ersten Mal Verantwortung übernehmen. Eine Rolle, die sie nicht ausfüllen konnte und wahrscheinlich auch nicht wollte. Sie sollte das Haus putzen und auf die beiden kleinen Geschwister aufpassen, aber statt anzupacken und für Ordnung zu sorgen, stellte sie sich lieber einen Stuhl auf den Küchentisch, las dort oben einfach weiter, entschwand hinter Buchrücken. Unterdessen tobten die Baby-Schwester Dorothea und der acht Jahre jüngere Bruder Ulrich durch die Küche und ließen das Chaos noch größer werden. Egoistisch? Vielleicht. Auf jeden Fall eine vitale Weigerung, am Boden der alltäglichen Tatsachen zu kleben. Der Boden bebte. Bücher ruhten in ihren Händen und Lesen war Flucht in eine Welt ohne Bedrohungen, Hunger und Bittgebete.

Im Herbst 1947 überschlugen sich für Brigitte die Ereignisse und die Gefühle. Sie erfuhr zum ersten Mal, was es heißt, für jemanden zu brennen und übersteigerte Liebe zu empfinden – und welcher Schmerz damit verbunden sein kann. Ihre liebste Schulfreundin Veralore Weich, die zwischenzeitlich an Tuberkulose erkrankt war und mit ihrer Mutter zur Kur nach Bad Pyrmont gegangen war, schrieb, dass sie nicht nach Burg zurückkommen würde. Der Vater war im Westen wieder aufgetaucht und die Familie entschied, dort zu bleiben. Es war Brigitte Reimanns erster Abschied von einer geliebten Person, die sie sich selbst ausgesucht hatte, und ein Abschied in Gedanken, Worten, Zeilen, Briefen: »Veralore, ich bin todtraurig! Wenn ich Dir bloß sagen könnte, wie lieb ich Dich habe und wie es mir das Herz zerreißt, nun immer von Dir getrennt zu sein.«

Nun muss sie allein aufs Gymnasium wechseln, in eine Klasse, in der es plötzlich auch Jungs gibt und einen Haufen Mädchen, die sie nicht kennt und auch gar nicht kennenlernen will, weil sie eben nicht Veralore sind. Auf neue Kontakte hat ihr stures Herz keine Lust.

Anfang Oktober kehrte dann der Vater aus russischer Gefangenschaft nach Hause zurück. Als er an einem Samstagabend plötzlich vor ihnen stand – ohne fröhliche Fahrradklingel, ohne elegantes Herrenrad –, trauten sich weder Brigitte noch ihre drei Geschwister, dem Vater um den Hals zu fallen. Alles an diesem Menschen erschien Brigitte Reimann fremd. Seine Kleidung: Holzschuhe, Lodenmantel. Sein Körper: knochig, elend. Die Haare: abgeschoren. Sogar seine Sprache war anders als in ihrer Erinnerung. Bescheiden. Karg. Leise. Wo war die große Anrede »Ihr Helden« geblieben, die er für seine Kinder stets benutzt hatte? Wieso war dieses neue Wort »Ostfront« auf einmal so wichtig? Und als sei diese unbekannte finstere Gestalt, die nun jeden Morgen am Frühstückstisch saß und sich die schrecklichen Schwarz-Weiß-Bilder in den Zeitungen vors Gesicht hielt, nicht genug, starb Ende Oktober auch noch der Großvater, der alte Kapitalist.

Anfang Dezember erwischt es schließlich sie selbst. Spinale Kinderlähmung. Krankenhaus. Isolierstation. Einzelzimmer. Während sich die Welt langsam von den Verheerungen des Krieges erholt, sich von den Trümmern befreit und in Ostdeutschland eine neue Zone unter sowjetischer Herrschaft ausgerufen, ein neues, sozialistisches System versprochen wird, entpuppt sich der eigene Körper als Krisengebiet. Zeitweise ist Brigitte Reimann bis zum Hals vollständig gelähmt. Wochenlang liegt sie allein im Krankenhaus, die meiste Zeit des Tages ist es dunkel, der erste Schnee fällt und kündigt den Winter an. Ihre Beine sind bald so dünn wie Drahtstängel und hängen schlaff an ihr herab. Wenn die Krankenschwester sie aus dem Bett hebt, schämt sich Brigitte ihres armseligen Anblicks. Abends, bevor sie einschläft, betet sie, obwohl sie gar nicht an Gott glaubt, aber die Sorgen wenigstens über Nacht in scheinbar größere Hände zu legen, hilft ihr dabei, ruhiger zu schlafen. Besuch darf sie wegen der Ansteckungsgefahr nur selten empfangen, doch statt ernsthaft zu verzweifeln und die Eltern um Hilfe zu bitten oder wie die junge Frau im Hexenturm laut zu schreien, bewahrt sie nach außen Haltung und schreibt abgeklärte Briefe nach Hause:

Ihr braucht Euch keine Sorgen um mich zu machen. Es geht mir so weit ganz gut. Die Schwestern sind sehr nett und das Essen gut und reichlich. Gleich als ich gestern gekommen bin, hat mir der Arzt das Rückenmark punktiert. Es hat zwar scheußlich weh getan, aber ich habe ordentlich die Zähne zusammengebissen. (…) Schade, dass ich Euch nun keine Weihnachtsgeschenke machen kann, aber das werde ich nachholen.

Doch die Erfahrung »Kinderlähmung« wird ihr ganzes Leben und ihr ganzes Sein prägen. Im Englischen heißt das Werk einer Schriftstellerin *body of work*. Für Reimann wird der eigene Körper ihr Leben lang ein *body of work* sein. Idealerweise tragen Körper durchs Leben. Bei Reimann war es anders – sie ertrug ihn. Körper war Ballast, schwer wie Beton. Kriegstrümmer lassen sich wegräumen. Die Spuren der Kämpfe eines Körpers bleiben. Wie steht ein Mensch aus den eigenen Trümmern auf? Im Fall von Brigitte Reimann lautet die Antwort ganz einfach: mit Literatur.

Natürlich, Reimann hatte auch schon während des Kriegs ein Buch nach dem anderen verschlungen, dank Christopher Marlowe gedanklich Fliegen gelernt und mit Kindheitshelden wie Mark Twain oder Edgar Allan Poe Weltflucht erprobt. Aber das Aufstehen und das Weiterleben erfordern jetzt andere Geschichten, keine Abenteuer und Märchen aus fernen Ländern, sondern Erzählungen aus der Gegenwart.

Reimann liest, im Krankenhaus liegend, Zeitgenossen und -genossinnen wie Jean-Paul Sartre, Ernest Hemingway und

Anna Seghers. Ihre Bücher beschreiben eine gegenwärtige Welt, die sie nun neu betrachten und anders begreifen muss, auch weil in ihr nichts mehr so ist, wie es einmal war. Beim Lesen von Anna Seghers' *Das siebte Kreuz* – der Geschichte über sieben Häftlinge, die aus einem Konzentrationslager flüchten – weint sie bitterlich. Stundenlang lässt sie dem Schmerz freien Lauf. Anders als Willi Reimann gelingt es Anna Seghers, für das Geschehene eine Sprache zu finden.

Vielleicht ist das Bild noch nicht deutlich genug: Ein Mädchen, vierzehn Jahre alt, mit schwarzem langen Zopf, liegt gelähmt im Bett, gefangen in einem Körper, der sich nicht mehr bewegen will, und wird lesend mit dem vollen Ausmaß des Nationalsozialismus konfrontiert. Draußen findet unterdessen einer der größten und bedeutungsvollsten gesellschaftlichen Umbrüche der Moderne statt und räumt ebenfalls mit allen Illusionen auf, die sich Familien wie die Reimanns über die Nazijahre gemacht haben.

Es erscheint fast stimmig, dass die einzig mögliche Bewegung in diesen Tagen ein Kopfschütteln ist. Immer wieder bewegt Reimann ihren Schopf von rechts nach links, vergleicht das Gelesene mit den eigenen Erinnerungen und kann die Ungeheuerlichkeiten, die vor allem Seghers darstellt, kaum fassen. Vielleicht versteht sie in diesen Momenten, warum dem Vater die Kunst des Erzählens abhandengekommen ist.

Brigitte Reimann liest, um zu verstehen. Sie liest aber auch gegen die Einsamkeit des stillen Krankenzimmers und für ein Gefühl von Teilhabe an dieser Welt, die sich ja trotz allem irgendwie weiterdrehen muss. Dass sie das wird – sich weiterdrehen –, daran glaubt Reimann unbedingt, schon allein um sich selbst willen. Anna Seghers, das große Vorbild, ist seit Herbst ja auch wieder zurück aus dem Exil in Mexiko und in Berlin angekommen, und wenn jemand wie Seghers noch an Deutschland und die Bürgerinnen dieses Landes glaubt, muss sie das auch tun.

Diese Hoffnung, an der sie als Vierzehnjährige so entschieden festhält, wird sie einige Jahre später in ihrem ersten Roman *Die Frau am Pranger* formulieren. Diese Hoffnung wird vor Kitsch und Pathos triefen. »Eines Tages«, heißt es in dem Buch, »wird es kein Elend mehr geben, keine Feindschaft und keinen Hass. Die Menschen werden in Frieden leben, sie werden satt sein und glücklich. Wir müssen daran glauben (...) und dafür kämpfen, – dann dürfen wir wieder träumen.«

In dem Roman, der sie im Alter von 23 Jahren über Nacht berühmt werden lässt, erzählt sie die tragische Liebesgeschichte zwischen der Bäuerin Kathrin Marten und dem russischen Kriegsgefangenen Alexej Iwanowitsch Lunjew, eine Liebe, die ihn das Leben kosten wird und ihr ein neues Leben als Mutter schenkt. Es ist das erste Buch einer jungen Frau, die nichts Geringeres will, als mit Sprache eine neue, bessere Zukunft an den Horizont zu zeichnen. Der Ursprung dieser Geschichte liegt ganz sicher in den endlosen Krankenhauswochen im Winter 1947/48. Hier wird der gedankliche Grundstein für ihre zukünftige Karriere gelegt. Am 25.12.1947 verkündet sie ihrer liebsten Freundin Veralore Weich per Brief: »Ich habe große Pläne. Wir haben über meinen Beruf gesprochen, und ich will gerne Schriftsteller werden, aber nicht nur nebenbei, sondern als Hauptberuf.«

Christa

Landsberg an der Warthe
Bad Frankenhausen

Vor ihr liegt *Das siebte Kreuz*, eine zerfledderte Ausgabe, gedruckt auf dünnem Zeitungspapier. Christa Ihlenfeld, neunzehn Jahre alt, hat zwei Sätze dick mit Bleistift unterstrichen: »Jetzt sind wir hier. Was jetzt geschieht, geschieht uns.«

Es sind Sätze aus dem ersten Kapitel des 1942 erschienenen Romans von Anna Seghers. An den Rand hat Christa ein Ausrufezeichen gesetzt, obwohl ein Fragezeichen passender wäre.

»Jetzt sind wir hier. Was jetzt geschieht, geschieht uns.« Was heißt das, wenn man als junge geflüchtete Frau plötzlich in einer neuen Stadt und einer neuen Oberschule sitzt und einer neuen Ideologie beim Wachsen zuschaut, obwohl die andere, die alte, nationalsozialistische noch tief sitzt und sich in den ungünstigsten Momenten ins Gedächtnis spült?

Es ist Frühjahr 1948. Christa Ihlenfeld – schmale Lippen, ernster Blick, die Augen so grau, grün, blau wie dunkler Nadelwald im Nebel – sitzt auf einer Schulbank im thüringischen Bad Frankenhausen, wo sie seit einem Jahr lebt, umgeben vom Kyffhäusergebirge und von Mitschülern und Mitschülerinnen, die alle mindestens zwei Jahre jünger sind als sie. Jünger, unbefangener und irgendwie fröhlicher.

Zwei Jahre machen in diesem Nachkriegsdeutschland einen großen Unterschied. Wer erinnert sich an was? Wer hat was bewusst erlebt? Eine Zehnjährige im Nordosten hat den Beginn des Krieges 1939 anders wahrgenommen als ein damals

Achtjähriger im Herzen dieses deutschen Mittelgebirges. Das weiß Christa und spürt, dass sie und ihre Klasse etwas trennt. Scham ist ein Gefühl, das sie in diesen Tagen immer wieder beschleicht.

Die neue Deutschlehrerin hat gesagt, nach Goethe, den Ihlenfeld sehr liebt, und Rilke müsse nun auch dieses Buch durchgenommen werden. Heutzutage sei das einfach Pflicht. »Bitte keine Vorbehalte.« Sie hat den merkwürdigen Titel und den Namen der Schriftstellerin mit ihrer altmodischen Handschrift groß an die Tafel geschrieben und Christa denkt, wie anders diese junge Frau ist im Vergleich zu ihrer ehemaligen Deutschlehrerin in Landsberg an der Warthe.

Überhaupt hat Christa Schwierigkeiten mitzukommen. Früher war sie diejenige, die ständig den Arm hob und Antworten wusste. Sie war diejenige, die in allem immer die Beste sein wollte und es auch war. Jetzt fällt das Antwortengeben schwer. Aus Sätzen voller Gewissheiten sind Sätze geworden, denen man nicht trauen kann. Vor allem die Diskussionen um diesen Roman, der von sieben Männern erzählt, die aus dem Konzentrationslager Westhofen geflüchtet sind und versuchen dem Tod zu entkommen, stellen ihre bisherige Weltsicht radikal in Frage. Diese Geschichte will einfach nicht zu ihrer Erinnerung passen und zu jenem Bild, das sie von Deutschland in den Jahren des Krieges hat. Hat sie sich von der deutschen Sache so blenden lassen? Hat sie damals wirklich nicht genau hingesehen oder trügt sie die Erinnerung, jetzt da sich die Scham über alles legt? Kann es sein, dass Menschen wie die Hauptfigur Georg Heisler auch bei ihnen, in ihrer alten Heimat, um ihr Leben gelaufen sind? Gehörten die Erwachsenen, mit denen sie aufgewachsen ist, zu jenen, die Heisler ausgeliefert hätten, oder hätten sie ihn geschützt und damit ihr eigenes Wohl aufs Spiel gesetzt?

»Jetzt sind wir hier. Was jetzt geschieht, geschieht uns.« Das war nicht nur eine Ansage, sondern tatsächlich auch eine Frage. Die Frage danach, was in Deutschland lebendig und wandlungsfähig geblieben war. Es war eine Frage, die sich auch direkt an Kinder oder junge Erwachsene wie Christa Ihlenfeld richtete und ein brennend widersprüchliches Gefühl in ihr auslöste: Was für ein Glück, dass ich noch lebe. Was für eine Qual, nach dieser Katastrophe weitermachen zu müssen.

Vielleicht geht Weitermachen so: Sie muss die Katastrophe, den Nationalsozialismus, ganz zurücklassen und lernen, sich radikal von diesen Jahren abzugrenzen. Sie muss werden wie Anna Seghers, die Kommunistin und Marxistin, und sich einem gesellschaftlichen Gegenentwurf anschließen, der maximal weit entfernt vom Faschismus ist.

In der Schule werden Christa Ihlenfeld, ihre Mitschüler und Mitschülerinnen in den nächsten Monaten auch die Schriften von Karl Marx und Friedrich Engels lesen. Zum Beispiel: *Der Ursprung der Familie, des Privateigentums und des Staates*. Texte wie dieser werden Ihlenfeld entflammen. Ihr einleuchten. Nicht, weil sie – wie einst der Nationalsozialismus – etwas »Großes« versprechen. Sie werden ihr einleuchten, weil sie Vergangenes Vergangenes sein lassen und zuallererst von Selbstverwirklichung und Selbstermächtigung erzählen. Beides will sie unbedingt. Sein aus sich selbst heraus, nicht aus den Umständen, die mal waren. Den Preis, den auch dieser Ismus mit sich bringen wird, kennt und ahnt sie noch nicht. Hauptsache, ein neuer Mensch werden, eine bessere, freiere junge Frau. Oder wie Engels es entwirft: »An die Stelle der absterbenden Wirklichkeit tritt eine neue, lebensfähige Wirklichkeit.«

Um dieser Euphorie tatkräftiges Gewicht zu verleihen und die Theorie in die Praxis zu überführen, wird Ihlenfeld im Herbst 1948 als eine der Ersten in die FDJ (Freie Deutsche Jugend) eintreten. Im Frühjahr 1949 wird sie Mitglied der SED werden, sechs Monate vor der offiziellen Gründung der DDR am 7. November. Noch vor dem Abitur im gleichen Sommer. Neustart in allen Lebenslagen. Ihre Haltung: Ein Hakenkreuz an deutschen Häuserwänden darf es nie wieder geben.

Etwas irre ist dieser radikale Ideologiewechsel, den die junge Ihlenfeld da innerhalb kürzester Zeit vollzieht, natürlich schon. Im Prinzip tauscht sie eine Ideologie gegen eine andere ein, in der Hoffnung, damit die verblendeten Schritte, die sie ein Jahrzehnt zuvor als Mädchen gegangen war, wiedergutmachen zu können. Der Ideologiewechsel ist auch ein Akt gegen das schlechte Gewissen.

Zehn Jahre vorher, 1939, war sie mit Begeisterung zum Bund Deutscher Mädel (BDM) gegangen, hatte ein Ausbildungslager in Küstrin absolviert und sich bei den Übungen so eifrig eingebracht, dass sie zur »Führeranwärterin« aufstieg. Wörter wie »Kameradschaft« und das Gefühl von Zugehörigkeit gefielen ihr. Als der Krieg und die Herrschaft der Nationalsozialisten 1945 zu Ende ging, hatte sie große Schwierigkeiten auf einmal wieder »Guten Tag« und »Auf Wiedersehen« zu sagen statt »Heil Hitler«. Ideologien verschwinden – trotz Zusammenbruch – nicht einfach über Nacht, vor allem wenn sie so eng mit dem eigenen Aufwachsen verbunden sind wie bei ihr.

Die Geschichte ihrer Kindheit geht so: Christa Ihlenfeld kam am 18. März 1929 in Landsberg an der Warthe auf die Welt, einer beschaulichen Stadt zwischen Stettin und Cottbus, die damals zum Deutschen Reich gehörte. Es war eine Stadt mit niedrigen Zäunen, ungepflasterten Straßen, ein paar Hügeln und einem Park, in dem, laut Christa, der schönste Baum der Welt stand: eine riesige Trauerweide. Trauerweiden sind frosthart, auch wenn sie die Äste vor Kummer hängen zu lassen scheinen.

Ihre Mutter, Herta Ihlenfeld, nannte sie stets »ihr Revolutionsbaby«, weil ihr Geburtstag mit dem Jahrestag der Revolution von 1848 zusammenfiel, die den Siegeszug der bürgerlichen Demokratie in Europa eingeleitet hatte. Bürgerlich waren auch Herta und ihr Ehemann Otto. Bürgerlich und protestantisch und oft ein bisschen unterkühlt. Sie, zwei Kaufleute, denen der Aufstieg in die Mittelschicht gelungen war, taten alles für ihre Kinder, nur Gefühlsausbrüche und ausgesprochene Wärme gehörten nicht dazu.

Christa war ein gut erzogenes Kind, ihrem Ehrentitel »Revolutionsbaby« entsprechend aber ein bisschen aufmüpfig. Aufmüpfig in dem Sinn, dass sie an bestimmten Standpunkten verbissen festhielt. Als ihre Mutter sie 1939 bat, das Angebot zur »Führeranwärterin« beim BDM abzulehnen, widersetzte sie sich.

Rückblickend, wird Ihlenfeld sagen, war ihre Kindheit von einer doppelgleisigen Erziehung geprägt. Auf der einen Seite die Hitlerjugend, die versuchte, Härte zu erzeugen. Auf der anderen Seite die protestantische Erziehung zu Hause, die humanistischer, allerdings ebenfalls nicht sehr sanft war. Beide Seiten hatten die gleiche Erwartung: Sie sollte ein glückliches Mädchen sein. Was Glück tatsächlich war, darüber sprach niemand. Intuitiv verstand Ihlenfeld wohl die schlichte Forderung, auf dankbare Weise zurechtzukommen. Als »durchschnittlich glücklich« wird sie die ersten zehn Jahre ihres Lebens später bezeichnen, sich selbst als »durchschnittlich angepasst«. Wichtig war vor allem: nicht unangenehm auffallen.

Bei Hitlers Machtübernahme lebte die Familie noch in einer Wohnung, in einem Eckhaus am Sonnenplatz 5 von Landsberg. Im Erdgeschoss unterhielten die Eltern einen Lebensmittelladen und verkauften Malzkaffee und Suppenwürstchen. Bald, 1933, trat der Vater Otto in die Partei ein, weil sein Ruderclub wie alle Sportvereine in die NSDAP-Gliederung integriert wurde und Parteizugehörigkeit das Leben einfacher machte. Nazis, wird Christa wie Brigitte Reimann nachträglich sagen, seien die Eltern nie gewesen. Sie wird aber auch sagen: »Das war nicht Hitler, das waren wir alle.« Und diese Aussage schloss ehrlicherweise auch die eigenen Eltern und sich selbst ein.

1934 sollte Adolf Hitler Landsberg besuchen. Die Stadt schloss ihre Geschäfte, stellte den Straßenbahnbetrieb ein und trieb ihre Bewohnerinnen und Bewohner mit einem Lautsprecherwagen auf die Straßen, wo sich sehnsüchtige Rufe nach der Ankunft des Führers zu einem Chor verbanden. Auch die fünfjährige Christa Ihlenfeld schrie mit und fühlte, wie sie mit dieser Masse zu einer Einheit verschwamm. Warmer Bauch. Klopfendes Herz. Dass Hitler nicht kam, weil er in einer anderen Stadt aufgehalten worden war, machte nichts. Der Funke war übergesprungen.

Mit der Einschulung im Sommer darauf wurde dann das Feuer lehrplangerecht geschürt, Christa lernte nationalsozialistische Benimmregeln, Lieder und weltanschauliche Sentenzen, die sich ins Gehirn einbrannten. Ein Spruch war: »Seele ist Rasse von innen gesehen. Rasse ist Seele von außen gesehen.«

1936 zog der Wohlstand im Hause Ihlenfeld ein. Das Geschäft der Eltern lief so gut, dass sie ein Haus in der Soldiner Straße, oberhalb der Stadt, beziehen konnten und in den Folgejahren neue Möbel und ein schickes Radio kauften. Christa bekam ein eigenes Zimmer und konnte von ihrem Fenster aus über ganz Landsberg blicken. Es war ein Leben, für das alle Beteiligten sich nicht nur glücklich zu schätzen hatten, sondern dankbar sein mussten, auch wenn man nach den eigenen, tiefen Wünschen nie gefragt wurde. Dankbarkeit war protestantische, bürgerliche und nationalsozialistische Pflicht. Zu Weihnachten bekam sie mal ein Akkordeon, das sie überhaupt nicht wollte und überhaupt nicht mochte, aber sie heuchelte Begeisterung und ging brav zum Unterricht, weil das das mindeste war zu zeigen, wie froh man sein konnte, in diesen als paradiesisch deklarierten Zeiten aufwachsen zu dürfen.

Als in der Nacht vom 9. November 1938 die Synagoge von Landsberg angezündet wurde, sah Christa zum ersten Mal in ihrem Leben ein brennendes Gebäude. Was ein Rabbiner war und wer all die Männer mit langen Schläfenlocken waren, die aus der Synagoge rannten, wusste sie nicht, niemand erklärte es ihr und sie stellte dazu auch keine Fragen.

Wenige Monate später trat sie in den BDM ein. Die wichtigste Lektion dieser Mitgliedschaft: »dass Gehorchen und Geliebtwerden ein und dasselbe ist«.

Im August 1939 erhielt Otto Ihlenfeld seinen Einberufungsbescheid. Er war 42 Jahre alt. Die Mutter, die sich bis dahin mit politischen Äußerungen im Beisein der Kinder zurückgehalten hatte, obwohl sie keinen Hehl daraus machte, dass sie es lieber gesehen hätte, wenn ihre Tochter sich nicht so für den BDM begeisterte, rief: »Ich scheiß auf euren Führer.«

Im September dann marschierten Soldaten der deutschen Wehrmacht in Polen ein. Der Krieg begann. Auf dem Weg zogen sie durch Landsberg. Christa warf ihnen Zigarettenschachteln zu, wie alle anderen Kinder. Und in der Schule sprachen sie ausführlich über den Darwinismus und die Überlegenheit der sogenannten nordischen Rasse. Eines ihrer Lieblingsfächer war Deutsch, weil sie die Lehrerin, eine glühende Nationalsozialistin, so toll fand. Sie hörte das Wort »Konzentrationslager«. Auf der Straße wandelten die Leute das Wort in »Konzertlager« um. Christa fragte wieder nicht nach. Der Vater kam zurück von der deutsch-polnischen Grenze und wurde Unteroffizier in der Schreibstube des Wehrbezirkskommandos in Landsberg.

1942 schickte die Mutter ihre beiden Kinder zum Nachhilfeunterricht bei einem jüdischen Studienrat, der suspendiert worden war. Nachhilfe brauchte Christa gar nicht, trotzdem bestand die Mutter darauf. Menschen helfen, wenn man helfen kann, gehörte zu ihrer protestantischen und humanistischen Grundhaltung.

Im selben Jahr las Christa in einer Zeitschrift einen Bericht über blonde Frauen, die sich SS-Männern hingaben, um sogenannte reinrassige Kinder zu zeugen und dem nationalsozialistischen Staat ein Geschenk zu machen. Christa rief empört: Das mache ich nicht. Es war einer der wenigen Momente, in denen sie nicht mit dem Machtapparat übereinstimmte. Doch als im Juli 1944 das Attentat auf Adolf Hitler verübt wurde, zogen sich Christa und die Mädchen ihrer Klasse aus Solidarität und als Zeichen ihrer Treue ihre weißen BDM-Blusen an und banden sich das schwarze Dreieckstuch um. Andere Fünfzehnjährige stahlen sich schon davon, ahnten, dass es nichts zu gewinnen gab, begaben sich in die innere Emigration und schalteten, wenn die Propaganda sie anschrie, innerlich ab. Sie nicht. Sie tat wieder, was von ihr erwartet wurde und glaubte in dieser Frage unbedingt an kollektive Selbstaufgabe.

Der Krieg rückte näher. Die Fliegeralarme wurden länger. Die Fahnenappelle hatten längst Glanz und Kraft verloren. Die ersten Geflüchtetenzüge kamen in Landsberg an. Christa meldete sich freiwillig zum Entladen der Lastwagen, um die geliebte Deutschlehrerin zu beeindrucken.

Einmal hob sie ein Baby vom Wagen, eingewickelt in Decken, und übergab es der Mutter des Kindes, die sofort zu schreien anfing. Das Baby war auf der Reise gestorben, kalt und steif. Christa verstummte. Krieg war grausam. Krieg war etwas anderes, als die Lehrerinnen in der Schule behauptet hatten. Christa wurde krank, wie immer, wenn ihr etwas zu viel wurde. Die Diagnose: Nervenfieber. Wochenlang lag sie im Bett. Sie fing an Gedichte zu schreiben. Gedichte, die nach dem Glück suchten.

Zum Jahreswechsel 1945 flüchteten immer mehr Menschen aus Ortschaften, die noch weiter östlich als Landsberg lagen. Als sie aus den vorbeiziehenden Zügen und Wagen Namen von Städten und Dörfern riefen, die man auch als Landsbergerin kannte, war klar, dass Hoffnung in diesem Krieg ein Gespenst war und die eigene Flucht unmittelbar bevorstand. Die Rote Armee näherte sich.

Am Morgen des 29. Januar 1945 wurde die Räumung der mit über 50 000 Menschen überfüllten Ortschaft angeordnet und Landsberg zur »offenen Stadt« erklärt. Christa und ihr kleiner Bruder Horst flüchteten mit dem Onkel in einem Pritschenwagen Richtung Westen. Die Mutter blieb zurück, weil sie sich nicht von Haus und Laden losreißen konnte, der Vater kam in sowjetische Gefangenschaft. Landsberg brach zusammen. Es kam zu Raub, Plünderung, Vergewaltigungen und Erschießungen. Große Teile der Innenstadt brannten nieder. Christa ahnte auf dem Pritschenwagen des Onkels sitzend schon, dass sie nie wieder hierher zurückkehren würde, und reagierte auf eine Weise, die niemand verstand: Sie lachte. Je weiter sie sich von Landsberg entfernten, desto stärker wurde ihr Lachen. Ihr Onkel fühlte sich gekränkt. Die Augen des restlichen Trecks betrachteten sie argwöhnisch. Christa schämte sich für ihr lautes Glucksen. Sie verstand es ja selbst nicht, aber sie konnte es eben auch nicht unterdrücken. Es gurgelte nur so aus ihr heraus. Und mit diesem Lachen, das über sie kam, das sie nicht kontrollieren konnte, endete irgendwie auch die Kindheit. Endgültig und unwiderruflich.

Die erste Station eines anderen Lebens war Grünefeld bei Berlin. Wie durch ein Wunder konnte die Mutter unversehrt zu ihnen stoßen. Christa ging wieder zur Schule. An einem Tag fehlte sie wegen Krankheit. An diesem Tag wurde die Schule bombardiert. Glück haben hieß auch: nicht sterben.

Die nächsten Monate lebte sie in einem Niemandsland. Die Familie zog weiter Richtung Schwerin, um sich bei den Amerikanern in Sicherheit zu bringen. Es hieß, die Rote Armee würde Frauen die Brüste abschneiden.

Auf dem Weg in den Norden wurde ihr Treck von Tieffliegern angegriffen. Christa sah, wie der Vater eines gleichaltrigen Jungen erschossen wurde. Ohne Gebet und ohne Gesang wickelte man ihn in eine Plane und vergrub ihn am Waldrand. Dann zog der Treck weiter. Keine Zeit für Tränen. So machte man das, wenn Krieg war. Irgendwo in Mecklenburg, zwischen Dörfern, Feldern, Birkenwald sah sie auch zum ersten Mal Menschen aus einem Konzentrationslager. Menschen aus Oranienburg. Menschen, denen man alle Menschlichkeit abgesprochen hatte. Über diese Begegnung hat Christa später geschrieben: »Dann sahen wir die KZler. (...) Sie standen am Waldrand und witterten zu uns herüber. Wir hätten ihnen ein Zeichen geben können, daß die Luft rein war, doch das tat keiner. (...) Sie sahen anders aus als alle Menschen, die ich bisher gesehen hatte, und daß wir unwillkürlich vor ihnen zurückwichen, verwunderte mich nicht. Aber es verriet uns doch auch, dieses Zurückweichen, es zeigte an, trotz allem, was wir einander und was wir uns selber beteuerten: Wir wußten Bescheid.«

Kurz vor Schwerin standen dann tatsächlich die Amerikaner. Was heißt standen. Sie standen natürlich nicht, sondern kamen, wie in allen Erzählungen aus dieser Zeit, kaugummikauend in einem Jeep angefahren. Maximal gelangweilt vom Anblick dieses Trecks aus Verlierern und Mitläuferinnen, die nun um Schutz baten, weil die Welt nicht erobert, aber auch nicht untergegangen war. Damit hatte keiner gerechnet. Weder Christa noch ihr Onkel noch irgendwer sonst auf diesen Wagen, die von müden Ochsen und abgemagerten Pferden gezogen wurden.

Christa wurde wie alle anderen von einem amerikanischen Offizier abgetastet, nach Waffen (was sie ein bisschen stolz machte) und nach Schmuck. Er wollte wissen, ob sie eine Uhr bei sich trug. Die Offiziere kannten die Tricks, Wertvolles zu verstecken. Sie log ihm ins Gesicht und warf ihr kindliches Prinzip, stets die Wahrheit zu sagen, zum ersten Mal über Bord. Sie habe ihre Uhr bereits seinem Kollegen gegeben. Er glaubte ihr. Es war eine Machtfrage, die sie nicht verlieren wollte. Wenigstens in dieser Angelegenheit war sie, das deutsche Mädchen, der Sieger, dachte sie. In dieser Hinsicht war Christa ganz anders als Brigitte Reimann, die vor Todesangst ja fast starb, als der russische Offizier ihr die Armbanduhr abnahm, und die anschließend vor Trauer tagelang heulte. Christa heulte nie.

Als sie schließlich nach zig Zwischenstationen in Schwerin ankamen, musste sie zum ersten Mal arbeiten. Mittlerweile sechzehn Jahre alt, wurde sie Schreiberin im Bürgermeisteramt, führte eine Einwohnerzählung durch und glaubte heimlich immer noch an den Endsieg. Am 8. Mai endete der Krieg dann doch.

Den Sommer verbrachte die Familie auf Bauernhöfen, in Scheunen und Dachböden in und um Schwerin. Sie war auf die Hilfsbereitschaft anderer angewiesen, musste Fremde um Obdach bitten und ihnen zur Last fallen, ohne im Gegenzug etwas zurückgeben zu können. Ein eigenes Zuhause, einen sicheren Rückzugsort gab es nicht mehr. Ein Gefühl der Bedrückung nistete sich in Christas Brust ein. Trauer statt Erleichterung.

Und: Schock. Sie hatte so glühend geglaubt, war der Lehrerin so brav und blind gefolgt, um am Ende alles zu verlieren? Wem hatte sie da nur angehangen? An was hatte sie da bloß festgehalten? Und welchen Wert hatte ihr Pflichtbewusstsein? Wo war die Gemeinschaft, die ihr so ein warmes Gefühl im Bauch beschert hatte, auf einmal hin? Wieso fing sie niemand auf? Gestrandet in einem Niemandsland ohne Ziele und ohne Versprechen – brutaler hätte das Aufwachen aus der Ideologie für Christa nicht sein können.

Im März 1946 konnte sie endlich wieder zur Schule gehen. Lernen versprach Ablenkung. Lernen war aber kaum möglich. Hunger ließ Mitschülerinnen an der Schweriner Oberschule in Ohnmacht fallen. Nachrichten über das, was gewesen war, erschütterten die eigenen Grundfesten immer weiter, bis nur noch Trümmer übrig waren. Trümmer innen und außen. Wie bei Brigitte Reimann, nur anders.

Es kann kein Zufall sein, dass Christa in dieser Stimmungslage ernsthaft erkrankte. An Tuberkulose, wie Veralore Weich und so viele andere schlecht ernährte Kinder. Ihre dicken schwarzen Haare fielen aus. Den Sommer verbrachte sie lesend unter Apfelbäumen und entdeckte die Gedichte von Goethe für sich. Sie probierte sich wieder an eigenen Versen und begann vorsichtig in die Zukunft zu blicken.

Als der Vater aus sowjetischer Gefangenschaft zurückkehrt, ist er auf 38 Kilo abgemagert, kahlgeschoren. Auch er ein fremder Mann für die Familie, deren Lebenssituation sich erst ein Jahr später wieder bessert.

Der Vater bekam eine Anstellung als Leiter eines Kinderheims, inklusive Dienstwohnung – der vorerst letzte Umzug führte nach Bad Frankenhausen in Thüringen. Normalität kehrte in kleinen Dosen zurück. Langsam. Christa ging wieder in die Oberschule und aus einem Kind, das mit Herzblut beim BDM mitmischte, wird innerhalb eines Jahres dank Seghers, Marx und Engels und der neuen Deutschlehrerin eine junge Kommunistin und Sozialistin, die davon träumt, selbst Lehrerin zu werden, um ihr neues Wissen und ihren neuen Glauben an andere weitergeben zu dürfen. Das Gefühl der Bedrückung verflüchtigt sich. Sie lernt, dass es auch wieder ein leichtes Leben geben kann.

1963, sechzehn Jahre später, wird Christa Ihlenfeld, die mittlerweile Wolf heißt und eine vielversprechende DDR-Autorin ist, das Nachwort für eine Neuauflage von Seghers' *Das siebte Kreuz* schreiben. Es ist ein Nachwort voller Bewunderung für diesen Roman und diese Schriftstellerin und endet mit diesem Satz: »(…) der Stoff, aus dem dieses Buch gemacht ist, ist dauerhaft und unzerstörbar wie weniges, was es auf der Welt gibt. Er heißt: Gerechtigkeit.«

Maxie

Wien

Aus dem Arbeiterkind Elfriede Brunner soll etwas Besseres werden. Sie soll raus aus Hernals, diesem Wiener Vorstadtviertel, raus aus dem Gemeindebau in der Wattstraße, raus aus der Umgebung des Schuftens und der Armut. Sie soll Abitur machen, eine ordentliche Ausbildung absolvieren und als Erste der Familie den Weg in eine gesicherte, bürgerliche Existenz finden. Davon träumen jedenfalls ihre Eltern Käthe und Alois.

Die Sache ist nur: Elfriede Brunner, siebzehn Jahre alt, geboren am 3. Januar 1933, will nicht raus. Sozialer Aufstieg und Bürgerlichkeit interessieren sie nicht und sie versteht auch nicht, wieso ihre Mutter und ihr Vater sie in eine satte, verklemmte Welt drängen wollen, die der eigenen so fremd ist und über die zu Hause ehrlicherweise nur gespottet wird.

Ihr Milieu, das ist, seit sie denken kann, die Kommunistische Partei Österreichs, die KPÖ-Jugend, die Hernalser Arbeiterinnen und Arbeiter, deren Türen immer offen stehen, der Sportplatz, die Tanzschule »PÖ«, das Volkskino. Zusammen mit ihrer ältesten Freundin Anni durch die Straßen ziehen, mit Jungs vom Block flirten, knutschen, Eis essen, rauchen, sich raufen, Feste mit der ganzen Nachbarschaft veranstalten, DEFA-Filme mit den sympathischen Schauspielern aus der DDR schauen. Das gefällt ihr. Das liebt sie. Das ist Heimat, auch wenn das Pflaster nicht immer gemütlich ist, aber Wärme, das hat sie früh kapiert, entsteht halt an Reibungsflächen.

Das Gymnasium und die Aussichten, die ein Abitur versprechen, langweilen sie. Fein gekleidete Mädchen mit geschminkten Gesichtern findet sie ätzend, Leute, die in großen Wohnungen mit zu viel Platz leben, peinlich.

Lernen, Stillsitzen, Erwartungen entsprechen macht keinen Spaß. In Mathe schreibt sie ohnehin bloß Fünfen. Das vergangene Schuljahr musste sie wiederholen, weil nichts im Kopf bleiben wollte. Nur in Deutsch quält sie sich nicht. Aufsätze schreiben fällt ihr leicht, aber deshalb noch fast zwei Jahre bis zur Matura durchhalten? Manchmal fragt sich Elfriede Brunner in diesen Tagen des Jahres 1950, ob es ihr einfach an Selbstdisziplin fehlt oder ob es tatsächlich so ist, dass sie sich unterbewusst mit aller Kraft gegen den Druck von außen wehrt, ein Vorzeigekind sein zu müssen.

Mit Druck konnte sie noch nie gut umgehen. Druck macht sie trotzig und aggressiv. Druck lässt sie verstummen. Das wissen ihre Eltern und können es trotzdem nicht lassen. Sie bezahlen ihr Nachhilfeunterricht, nehmen finanzielle Entbehrungen in Kauf, um die sie nie gebeten hat, und fangen an zu toben, wenn sie lieber aus dem Fenster schaut und sich wegträumt, statt alles für die Hochschulreife zu tun. Die Explosion steht kurz bevor. Das spürt Elfriede Brunner. Sie kennt die Mechanismen. Es wäre nicht das erste Mal.

Vor ein paar Jahren wollte ihre Mutter unbedingt, dass sie ein Instrument lernt. Da fing das gut gemeinte Drängen in sogenannte bessere Kreise an. Klavier wäre die bevorzugte Wahl gewesen, doch dafür fehlte natürlich das Geld und der Platz in der kleinen Wohnung, also wurde eine gebrauchte Geige gekauft. Aber anders als Christa Wolf, die ihre Musikstunden mit dem dämlichen Akkordeon brav absaß, um den Hausfrieden nicht zu gefährden, stellte sich Elfriede Brunner stur. Sie mochte ihre Lehrerin nicht und erfand ständig Ausreden, um nicht spielen zu müssen. Der Streit war vorprogrammiert. Ihre Mutter zwang sie zum Üben, richtete feste Zeiten ein, wachte über die Uhr, ließ sie nicht aus den Augen, bevor Töne erklangen. Elfriede Brunner weigerte sich mit allen Mitteln und irgendwann eskalierte die Situation. In rasender Wut hieb die Mutter mit der Geige auf den Rücken ihrer Tochter ein. Das Instrument zerbrach. Elfriede lag schmerzverzerrt auf dem Boden. Beide heulten. An ihrer gegenseitigen Liebe zweifelte keine, aber schon daran, wie lange sie, die zwei Unbändigen, noch weiter unter einem Dach leben könnten.

Konflikte werden bei den Brunners oft mit Gewalt ausgetragen. Die Mutter schlägt, der Vater schlägt, Bruder Herbert schlägt. Gewalt ist Alltag, Teil der Familiengeschichte und Teil des Hernalser Milieus. Gewalt zu Hause. Gewalt auf der Straße. Gewalt als Ausdruck von Widerstand. Gewalt als Ausdruck der Dominanz und des Aufbäumens. Dahinter steht auch: sich um keinen Preis der Welt unterkriegen lassen, von nichts und niemandem. Es ist ein Satz, der vor allem die Biografie der Eltern maßgeblich bestimmt.

Elfriedes Vater, Alois Brunner, geboren 1902, kommt aus bitterarmen Verhältnissen. Er ist das Kind von Kleinstbauern aus Transdorf im Tullnerfeld, einer von der Donau angeschütteten Schotterfläche in Niederösterreich. Er wuchs auf dem Feld und im Stall auf. Mit vierzehn ging er als halber Analphabet von der Schule ab. Das musste sein. Das war keine Frage der Wahl. Arbeiten und Geld verdienen war in seiner Familie überlebensnotwendig. Richtig lesen und schreiben lernte er erst mit zweiundzwanzig Jahren als Freiwilliger beim österreichischen Bundesheer. Das war sein Ausbruch von ganz unten. Er holte seinen Bürgerschulabschluss nach und wurde Schiffsheizer bei der Donaudampfschifffahrtsgesellschaft.

Gemeinsam mit seinem älteren Bruder Hans zog er schließlich nach Wien. Beide fingen an, sich in der kommunistischen

Partei zu engagieren und sich dafür einzusetzen, dass Leute wie sie mehr Rechte bekamen.

Seitdem kämpft Alois Brunner für Anerkennung, Sichtbarkeit, Teilhabe, für die Arbeiterklasse und den Kommunismus. Er ist ein stolzer, kontrollierter, meist stiller Mann, der nicht viel spricht, bewusst abstinent lebt, weil man nicht denken kann, wenn man besoffen ist. Nur ab und zu platzt es aus ihm, dem stets Beherrschten, heraus. Dann gerät der ganze hagere Körper in Aufruhr, muss schreien und zuschlagen. Es ist ein Defekt und gleichzeitig, so brutal diese Ausbrüche sind, ein Symptom der Umstände: Menschen wie er mussten sich ihren Platz in der Welt hart erobern, Spott, Tritte und Häme aushalten. Auf Menschen wie ihn hat nie irgendjemand gewartet. Menschen wie er wurden immer übersehen. Der Zorn darüber muss raus.

Elfriedes Mutter Käthe, geboren 1904, kommt ursprünglich aus einem katholischen Haushalt. Ähnlich arm, ähnlich prekär. Sie ist schon in Hernals aufgewachsen, jenem Viertel, in dem die Familie Brunner nun gemeinsam lebt und dem Elfriede entwachsen soll. Käthe hat ihre Kindheit in einer anderthalb Zimmer großen Wohnung mit vier Geschwistern und ihren Eltern verbracht. Sie war die Älteste. Anderthalb Zimmer für sieben Personen. Das verlangte Disziplin und Durchsetzungsvermögen. Keine Frage, warum sie so penibel auf Ordnung und Sauberkeit achtet.

Als sie 1928 Alois Brunner kennenlernt, entflammt er ihr Herz für sich und für den Kommunismus und mittlerweile brennt sie noch mehr für die KPÖ als er. Sie verehrt Josef Stalin. In ihrem Schlafzimmer steht ein Bild von ihm, in goldenem Rahmen. Sie findet, dass der sowjetische Politiker ein attraktiver Mann ist.

Daneben steht das Hochzeitsfoto von Alois und ihr aus

dem Sommer 1929. Käthe trug damals die Haare kurz, als Zeichen der Emanzipation und posierte wie ihr Mann in strengem Hemd und dunkler Krawatte. Eingefangene Parität der Geschlechter. In ihrem Freundeskreis gelten sie als kommunistisches Vorzeigepaar. Rollenverteilung gibt es natürlich trotzdem: Sie ist in ihrer Beziehung stets die, die entscheidet, wie es gemacht wird. Er ist der Zupacker, der sein Wort hält. Rückgrat haben beide unendlich viel. Während er auf Schiffen Kohle schaufelt, arbeitet sie als Knopflochnäherin, Weißwäscherin und Dienstmädchen. In einem anderen Leben wäre sie vielleicht Sängerin oder Tänzerin geworden. Sie singt schön, und wenn sie sich bewegt, folgen ihr alle Blicke. Doch in der Realität ist für solche Hirngespinste kein Platz. Ein schöngeistiges Dasein muss man sich leisten können. Die Brunners können es nicht. Die Hoffnung: Vielleicht gelingt es der nächsten Generation.

Das größte Glück ihrer jungen Liebe waren vier eigene Wände. Kurz nach ihrer Hochzeit bekamen Käthe und Alois eine Wohnung in der Wattstraße, im ersten großen Gemeindebau von Hernals. So viel Platz hatten die beiden noch nie: ein Wohnzimmer, zwei Kabinette, eine Küche, Ofenheizung und sogar eine Toilette. Und weil man Raum grundsätzlich teilt, mit jenen, die einem nahestehen, zogen Käthes Mutter und ihre zwei Schwestern auch mit ein. So war das. Da gab es keine Diskussion.

Vier Jahre später, 1933, kam Elfriede auf die Welt. Papas Liebling. Papas Goldspatz. Sie sah aus wie Shirley Temple. Rundes Gesicht. Dicke, blonde Locken. Sie war nur nicht ganz so gefügig wie der Kinderstar aus Hollywood. Sie mäkelte viel und hörte selten auf Ermahnungen. Die frühen Kindertage in der Wattstraße waren ausgelassen und gemütlich. Tagsüber war Elfriede, die alle nur Fritzi nannten, von selbstbewussten Frauen umgeben, die viel schafften, viel diskutierten und ständig auf irgendwelche politischen Veranstaltungen gingen. Abends brachte Vater Alois seine Freunde mit. Im Kabinett der Eltern spielten sie Karten. Fritzi saß neben seinem Stuhl, genoss die tiefen Stimmen, den Zigarettenrauch und die Wärme einer eingeschworenen Gemeinschaft.

Die Zukunft sollte hell sein. Kommunistisch. Frei. Gleichberechtigt. Aber so rot und links wie die Brunners waren im Wien der Dreißiger nur wenige. Die Mehrheit blickte in das Nachbarland zu den Nationalsozialisten. Der gemeine Österreicher und die gemeine Österreicherin vermissten nach dem Zusammenbruch des Kaiserreiches eine Figur, die sie führen würde. Eine Figur wie Adolf Hitler. Als die Wehrmacht am 12. März 1938 in Österreich einmarschierte, wurden die Soldaten von jubelnden Bürgerinnen und Bürgern empfangen und für die Brunners wurde es gefährlich. Die Luft zum Atmen schlagartig dünner. Sie waren nicht nur feindliche Kommunisten und Kommunistinnen. Sie galten plötzlich auch als jüdisch. Als die sogenannten Ariernachweise verlangt wurden, stellte sich heraus, dass Alois' Mutter Kind einer Jüdin gewesen war. Ab da schwebte die Familie täglich in Lebensgefahr. Ab da leisteten Mutter, Vater und Verwandte Widerstand. Das war keine Frage von Wollen oder Können. Etwas Anderes als Widerstand war nicht denkbar. Lieber sterben als die eigenen Ideale verraten für diesen dummen, blinden Faschismus. Auf Veranstaltungen und Demonstrationen riefen Alois und Käthe und die Geschwister im Namen der KPÖ dazu auf, sich gegen die Nationalsozialisten zu stellen. Vergeblich. Verhaftungswellen und Berufsverbote erschütterten das rote Wien und Hans, der Bruder von Alois, wurde nach Sachsenhausen deportiert. Es war der Anfang eines jahrelangen Kampfes ums Überleben und in all dem Wahnsinn sollte sie, Elfriede Brunner, groß werden.

1939, ein Jahr nach dem Anschluss Österreichs an Deutschland, kam Elfriede Brunner in die Schule. Dort sang man die neue Nationalhymne und grüßte sich mit Hitlergruß. Sie war ein Kommunistenkind im nationalsozialistischen Schulsystem und musste lernen zu unterscheiden zwischen dem, was die Eltern und die Familie zu Hause erzählten und vertraten, und dem, was in der Schule gepredigt wurde. Ein Kind, zwei Sprachen. Das ging nicht spurlos an ihr vorbei.

1940 wurde ihr Bruder Herbert geboren. Bisher war Fritzi der einzige Liebling der Eltern gewesen. Nun bekam sie Konkurrenz, noch dazu von einem Jungen. Sie fand das unmöglich, aber noch unmöglicher fand sie es, dass der geliebte Vater verschwand und zu einer abwesenden Figur wurde. Einmal in der Woche hatte er sich bei der Gestapo zu melden. Das war die neue Ansage. Aber dieser Ansage konnte er unmöglich nachkommen, also floh er, blieb unterwegs mit seiner Donau-Dampfschifffahrtsgesellschaft und kam nur noch heimlich in den späten Abendstunden und nachts nach Hause. Oma, Mutter, Tanten und Cousinen saßen nun oft bleich und mit verstörten Gesichtern am Küchentisch. Niemand sprach mehr offen, die hitzigen Diskussionen ließ man lieber bleiben. Der Nachbar war bei der SA. Manchmal schnappte Elfriede Brunner ein Flüstern auf. Es ging um Aktionen gegen die Herrschaft der Nazis. Einmal hörte sie, dass ihre Mutter beim Plakatkleben erwischt worden war und einem Polizisten den Eimer über den Kopf gezogen haben sollte. Die Nerven zu Hause lagen entsprechend blank. Der konstant überforderten Mutter und dem Vater, wenn er denn mal zu Hause war, rutschte immer öfter die Hand aus und Elfriede Brunner verlor in all dem Gerangel ihren Halt.

Wie reden, wenn die Welt sich spaltet? Wo stehen, wenn man gar nicht genau weiß, was vor sich geht und wo der eigene Platz ist? Ihr ist klar, was sie draußen, in der Schule, besser nicht sagt. Ihr ist klar, dass sie mit dieser Familie im Rücken vorsichtig sein muss. Gleichzeitig weiß sie nicht genau, was zu Hause eigentlich geplant wird. Sie fängt an zu stottern. Die Familie reagiert unterschiedlich. An manchen Tagen heißt es: »Lass dir Zeit«. An anderen regiert die Ungeduld: »Jetzt sag halt«. Das Stottern ist auch ein Grund, warum sie sich nicht sicher ist, ob sie das Abitur, die Matura, machen will. Wie soll sie so eine mündliche Prüfung ablegen und in einer angespannten Situation vor Lehrenden sprechen?

Ruhe und einen Landeplatz findet Elfriede Brunner in diesen Kriegsjahren eigentlich nur beim Lesen. Wie Brigitte Reimann und Christa Wolf vergräbt sie sich in Bücher, abends in dem kleinen Kabinett, das sie sich mit ihrem Bruder teilt. Sie hat das Privileg einer Leselampe, die manches Mal die ganze Nacht brennt, weil Elfriede Brunner sich einfach nicht losreißen kann von den Geschichten und Sätzen, die ihr begegnen. Die schönsten Zeilen schreibt sie ab und klebt die Zettel an die Wand neben ihrem Bett. Abschreiben, aufschreiben, festhalten, was ihr gefällt, das macht sie ihr Leben lang und baut sich mit der Zettelei ihre eigene kleine Welt. Auch, weil sie in der Welt der Erwachsenen, vor allem in der Welt der Frauen ihrer Familie sowieso nicht mithalten kann. Sie bewundert vor allem ihre Cousinen, Lisl und Rosl, die Töchter ihres Onkels Hans, der im KZ versucht, am Leben zu bleiben. Die Cousinen, Zwillingsschwestern, sind dreizehn Jahre älter als sie und standhaft wie Statuen. Sie sind Jungkommunistinnen und nehmen ihre Position sehr ernst – es lebe der Kampf der KPÖ. Sie veranstalten spontane Aktionen und Demonstrationen auf öffentlichen Plätzen in Wien, bis Rosl 1943 von einem Genossen als Widerständlerin verraten und von der Gestapo verhaftet wird. Man bringt sie ins Polizeigefängnis, foltert sie mit Schlägen und Schlafentzug, zerreißt ihre Kleider, versucht, sie zu brechen. Sie ist 23 Jahre alt, Mutter einer kleinen Tochter und Kriegerwitwe. Nachdem man sie tagelang im Polizeigefängnis gequält hat, fährt man sie schließlich in die Gestapoleitstelle, im Hotel Metropol, ein noch grausamerer und unmenschlicherer Ort als das Gefängnis. Auf dem Weg in den Verhörraum stürzt sie sich im dritten Stock über das Treppengeländer. Lieber sterben. Der Wachmann versucht vergeblich, sie an den Schuhen und Strümpfen festzuhalten. Sie knallt auf den Steinboden und überlebt wie durch ein Wunder. Sie darf nach Hause. Danach stottert auch ihre kleine Tochter Erna.

Die letzten Kriegsjahre bestehen aus Tagen im Keller und Tagen des Hungerns. In der Ziegelbrennerei, in der Nähe des Gemeindebaus arbeiten Menschen in dünnen Anzügen, mit eingefallenen Gesichtern. Zwangsarbeiterinnen und Zwangsarbeiter. Elfriede hat Mitleid mit den Menschen und fürchtet sich gleichzeitig etwas vor ihnen, weil sie inmitten der Trümmer wie Gespenster wirken. Keiner spricht über sie und die meisten Erwachsenen gehen ihnen aus dem Weg. Jeder und jede scheint mit dem eigenen Schmerz und den eigenen Traumata beschäftigt zu sein. Wie soll man in diesem Umfeld aus Trümmern noch Kind sein? Andererseits: Unbeschwert war das Kindsein für Elfriede ja nie. Aber dabei zusehen zu müssen, wie um sie herum auf einmal alle und alles, Gebäude und Menschen zusammenbrechen, zwingt sie dazu, endgültig Abschied zu nehmen.

Der Zweite Weltkrieg endet in Hernals am 7. April 1945 mit dem Einmarsch der Roten Armee. Die sowjetischen Truppen besetzen den Bezirk und suchen nach Bürgerinnen und Bürgern, die beim Wiederaufbau helfen können und nicht mitgelaufen sind. Sie finden Alois Brunner, den geradlinigen Kommunisten. Er wird zum Bezirksbürgermeister von Hernals gewählt. Einstimmig. Das Leben wird besser. Die Familie kann sich einen Schrebergarten im Predigtstuhl kaufen. Geld bleibt trotzdem immer knapp. Sie verbringen die Wochenenden und die Sommer dort. Fahren, sooft es geht, mit der Tram Nr. 43 und jeder Menge Proviant in ihr kleines Grün. Sie bauen eine Laube und einen Hasenstall und legen Beete an. Eine kleine Oase mit Rosenbüschen, Apfelbäumen, Kartoffeln und Kürbis.

Am Anfang ging Elfriede Brunner gern mit. Nun, mit siebzehn, langweilt sie der Garten und sie bleibt lieber in Hernals, während die Familie im Garten werkelt. Mal allein in der Wohnung sitzen, Zeit zum Nachdenken haben. Vielleicht passiert es an einem jener Tage, dass sie endgültig die Entscheidung fällt: Schluss mit Schule. Kein Abitur. Kein Abschluss. Einfach aufhören. Sofort.

Sie verkündet ihre Entscheidung den Eltern. Die Explosion, jetzt ist sie da. Der Vater schreit so laut, dass es der ganze Gemeindebau hört. Schlägt zu. Wieder einmal. Die Mutter schreit mit. Sie können es nicht fassen, dass sie das Angebot, als Erste in der Familie einen richtigen Schulabschluss zu machen, nicht annehmen will. Sie muss ja gar nicht studieren, aber mit einem Abitur kann man eben auch in einer Bank oder einem Büro arbeiten, wo man sich nicht, wie ihr Vater und ihre Mutter, körperlich kaputt malocht. Danach ist klar, dass Mutter, Vater und Tochter nicht mehr zusammenwohnen können. Elfriede Brunner nimmt sich ein Zimmer. Zieht aus. Verdient Geld als jugendliche Hilfsarbeiterin in einer Kartonagefabrik. Die Arbeiterin in ihr lässt sich nicht rausprügeln. Nebenbei belegt sie einen Kurs in Stenografie. Vielleicht kann sie dann trotzdem in einem Büro arbeiten. Rebellin und dann doch wieder Kind ihrer Eltern.

Monate vergehen. Elfriede Brunner kostet Freiheit. Liebt. Lebt. Und wird unbeabsichtigt schwanger. Katastrophe Nummer zwei in zwei Jahren. Unklar von wem genau. Da gab es schon ein paar Jungs, nichts Ernstes. Keiner dabei, der ihr wirklich etwas bedeutete. Sie bricht die Schwangerschaft ab. Ihre Eltern geben ihr das Geld dafür. Familie hält zusammen, wenn es brenzlig wird. Über den Eingriff schweigt sie sich aus, wie viele Frauen in dieser Zeit, die sich auf irgendeinen Küchentisch legen müssen.

Ihre Lieblingscousine Rosl, die Widerständlerin, ist inzwischen politische Journalistin und Chefredakteurin der »Stimme der Frau«, der Frauenbeilage der *KPÖ Volksstimme*. Sie findet, dass Fritzi viel zu klug für die Fabrik ist und wenigstens irgendwo arbeiten könnte, wo es Anregung gibt. Sie besorgt ihr einen Aushilfsjob in der Scala, dem neuen Theater im 4. Bezirk. Die Gründer sind Kommunisten und Emigranten und wollen linkes Theater machen, mit Bertolt Brecht und Benno Besson. Draußen nennt man das Ganze »Russentheater« und diffamiert das Programm in der konservativen Presse, aber für Fritzi wird die Scala der Himmel auf Erden. Tagsüber arbeitet sie im Sekretariat, abends an der Kasse. Sie hilft, wo sie gebraucht wird, rennt durch die Stockwerke und sitzt nach Dienstschluss mit den Theaterleuten, Künstlern und Künstlerinnen in Kaffee- und Wirtshäusern, wird Teil dieser schöngeistigen Welt und Teil eines anderen Milieus. Dann doch. Nur eben anders, als es die Eltern für sie erträumten.

Brigitte

Burg

Brigitte Reimann humpelt. Das gehört jetzt zu ihr. Wenn es regnet, wenn sie schlechte Laune hat, ist es besonders schlimm. Dann will das rechte Bein nur gezogen werden und die Treppen im Haus der Neuenburger Straße 2 werden zu feindlichem Gebiet, das sich nur mit der sanften Gewalt des Vaters überwinden lässt. Er stützt und schiebt und fängt auf und nervt sie gleichzeitig mit seiner ewigen, wenn auch gut gemeinten Leier, dass sie öfter üben, das Bein massieren und sich mehr bewegen müsse, womit er natürlich recht hat, aber sich das einzugestehen, hieße eben auch, das Leben mit einem eingeschränkten Bein zu akzeptieren.

Die aktuelle Mode spielt leider auch nicht mit. Die beliebten wadenlangen Röcke und Kleider lassen ihr Bein noch schmaler aussehen. Wenn sie könnte, würde sie nur Hosen tragen. Seit Monaten sucht sie vergeblich nach einer, die ihrem Teenagerkörper, der sich noch nicht entschieden hat, wie viel Raum er einnehmen will, passt, oder nach Stoffen, aus denen sich Hosen schneidern lassen würden. Aber Mangel ist Alltag in Burg und in diesem neuen Land. Und damit jenes Land – genau wie sie – möglichst schnell auf die Beine kommt, muss jede Einzelne etwas opfern für die große Sache DDR. Die Sorge um Hosen mag für alle anderen mit zwei intakten Beinen albern klingen, aber sich mit sechzehn jeden Tag ein bisschen für den eigenen Körper zu schämen, ist keine Kleinigkeit. Irgendwann wird es schon klappen mit der Hose, hofft sie, Brigitte Reimann, und versucht sich, wie immer, zusammenzureißen.

An trübsinnigen Tagen, wenn der Blues über sie hereinbricht, lässt sich Reimann außerdem von dem Satz, den Marquis Posa in Schillers Drama *Don Karlos* ausruft, retten: »Königin – das Leben ist doch schön!« Reimann liebt Posa. Sie und ihn verbindet ihr Idealismus und ihr Sinn für Gerechtigkeit. Pragmatischer tröstet sie der Gedanke, die meisten Leute auf der Straße würden ohnehin annehmen, sie hätte sich bloß den Fuß verknackst.

Immerhin kann sie wieder schwimmen wie früher. Und tanzen. Tango und Walzer. Selbst Drehungen gelingen manchmal, als sei nie etwas geschehen. Drehungen an der Hand von Klaus. Ihrem neuen Freund, den sie lieber »Kolja« nennt, weil Liebe für sie magisch sein muss und Liebhaber eben auch irgendwie Protagonisten im eigenen Kopfkino sind. Seit drei Monaten sind sie und er mittlerweile ein Paar und Reimann ist verdammt stolz. Nicht auf Klaus, obwohl er in ihren Augen außerordentlich attraktiv ist, sondern stolz darauf, dass sie es in einer Beziehung so lange aushält. Bisher hat sie es nie über einen Monat hinaus geschafft. Das größte Problem: die Sache mit der Treue. Brigitte Reimann kann nicht treu sein. Seitensprünge gehören für die Sechzehnjährige dazu. Das Modewort ihrer Jugend ist nicht ohne Grund »Flirten«.

Schon das geringste Gefühl, gebunden, also nicht völlig frei zu sein, stachelt sie zur Auflehnung an. Die sieht dann so aus: einen anderen treffen, sehen, küssen oder Klaus die Trennung verkünden. Dreimal hat sie in den vergangenen drei Monaten schon Schluss gemacht. Beim letzten Mal hat Klaus in seiner Verzweiflung Spalt-Tabletten genommen, aber statt zu sterben, hat er sich nur den Magen verkorkst. Sie fand die Aktion etwas übertrieben. Die Macht, die sie über diesen Mann zu haben scheint, schmeichelte ihr aber auch, und seit dem Vorfall hat es einige Gespräche gegeben. Nun gilt folgende Einsicht: Klaus ist Brot und Salz, die Konstante, die Grundlage, das Wesentliche. Den Pfeffer, den Brigitte sich in Form von Seitensprüngen ab und zu gönnt, nur Würze. Aufregend, aber eben nicht lebensnotwendig und deshalb kaum der Rede wert. Jedenfalls für sie. Für ihn bleibt die Coolness einer offenen Beziehung, die Brigitte anstrebt, Herausforderung und wirklich fair ist der Deal nicht. Zum Pfeffer darf nur sie greifen. Wenn er es tut, kocht ihr Blut vor wilder Eifersucht und sie wünscht allen Beteiligten erbarmungslos den Tod, ob mit oder ohne Tabletten.

Vor kurzem hat Reimann Schauspielende für ein Theaterstück an ihrer Geschwister-Scholl-Oberschule rekrutiert, das sie selbst geschrieben hat. Sie hängte einen Aufruf ans Schwarze Brett: »Suche Schauspieler mit starken Nerven zwecks Ehe. Regie führe ich! – Brigitte Reimann«. Genauso funktioniert auch das Zusammensein mit Klaus. Die Regie führt sie. Es gibt ein Foto der beiden aus diesem späten Frühjahr 1950, da stehen sie auf der Treppe vor ihrem Haus in Burg. Reimann mit ihrem 1,62 Meter kleinen Körper steht drei Stufen über ihm und überragt ihn um eine halbe Kopflänge. Sie trägt ein dunkles wadenlanges Kleid mit strenger weißer Schleife am Hals. Die welligen langen Haare zusammengesteckt, die rechte Hand fest in sein Haar vergraben, scheint sie seinen Kopf leicht nach hinten zu ziehen. Er, im Anzug, die Hände lässig in den Hosentaschen, lacht. Sie lächelt mit allwissendem Blick auf ihn herab.

Klaus ist das Gegenteil von Brigitte. Groß, blond, blauäugig. Nordmensch, sagt sie und meint damit auch: weniger emotional, weniger lebenslaut, weniger idealistisch. Er gehört zu jener Sorte Mensch, die mitläuft, sich einrichtet, egal in welchem System. Sie läuft lieber mit klarer Haltung voran. Sie nennt ihn opportunistisch. Er nennt sie radikal. Intellektuell ist sie ihm haushoch überlegen. Doch wenn sie gemeinsam durch die Stadt laufen, führt er. Er weiß, wie man mit der Welt kommuniziert, sich benimmt. Sie kann im Schlaf Zeilen von Schiller zitieren. Beide glauben, diese Gegensätze halten ihr Verhältnis zusammen. Beide wissen aber auch: Was ihr Verhältnis hält, ist körperliche Anziehungskraft. Hände und Lippen, die nicht voneinander lassen können und sich in Beherrschung üben müssen. Brigittes Mutter ermahnt ihre Tochter regelmäßig, nicht zu weit zu gehen und diesen jungen Frauenkörper nicht willkürlich zu verschenken. Dieser unberührte Körper sei wertvolle Ware, die klug getauscht werden müsse. Was das genau heißt und was mit »zu weit gehen« eigentlich gemeint und verbunden ist, erklärt Elisabeth Reimann nicht und Brigitte fragt auch nicht nach. Die Scham auf beiden Seiten ist zu groß. Liebesfragen klären sich meist von selbst.

Ihre familiären Wurzeln, auch das hat Brigitte in diesem Frühjahr 1950 herausgefunden, sollen angeblich in der Mongolei liegen, wo es vor etlichen Generationen mal einen Seitensprung mit einer asiatischen Person gegeben haben soll. Ihr gefällt diese Geschichte. Ob sie wirklich stimmt, wer weiß, aber sie bestärkt Reimanns Gefühl, irgendwie anders zu sein.

In der Geschwister-Scholl-Oberschule nennt man sie wegen ihrer dunklen Augen und spitzen Eckzähne »schwarzer Panther«. Ihre unberechenbare Art tut den Rest. Sie ist klug, aber kann sich nicht unterordnen. Ständig muss sie widersprechen und agitieren, ist vorlaut und schreit gegen die Meinungen ihrer vierzehn Klassenkameradinnen und Klassenkameraden an. Neun Mädchen. Fünf Jungen. Oft hat sie recht, manchmal kann sie sich für diese Eigenschaft selbst nicht leiden und macht sich Vorwürfe. Sie hat wenig enge Freundschaften. Kolja reicht ihr als Freund und Partner. Mit ihm gibt es genug Streitereien. Ab und zu werden die Auseinandersetzungen sogar körperlich. Er schlägt. Sie beißt. An seinen Armen sind

Narben von ihren Bissen. Auf ihrer Haut blaue Flecken von seinen Fäusten. Sie denkt, Liebe heißt, auch einen Dompteur zu finden, der sie zähmen kann. Frauen langweilen sie.

Vor allem die Mädchen in ihrer Klasse gehen Reimann auf die Nerven. Sie hasst Klatschereien und ärgert sich jeden Tag über die neidvollen Blicke der Mitschülerinnen, weil sie angeblich jedem Jungen den Kopf verdreht, obwohl das natürlich überhaupt nicht ihr Problem sein sollte. Was kann sie schon dafür, wenn die Typen auf ihre kalkulierten Tricks – lasziv den Blick senken, eine Haarsträhne um den Finger wickeln – reinfallen? Sie würde lieber für ihr Schreibtalent Komplimente bekommen statt für ihr Aussehen.

Dabei weiß sie genau, dass sie gut ist. Vor zwei Jahren, im Winter 1948 hatte sie zu Weihnachten ihr erstes eigenes Laienstück geschrieben, selbst inszeniert und in der Aula uraufgeführt. In der lokalen Zeitung waren Lobeshymnen über sie verfasst worden und der Direktor der Schule, Dr. Tschersig, hatte sie vor allen als große Dichterin gepriesen und ihre Aufführung zum ersten wirklichen Laienspiel der Provinz Sachsen gekrönt. An ihre Freundin Veralore Weich, die zum Leid Brigittes 1947 aus Burg weggezogen war, schrieb sie damals:

Doll, sage ich Dir!« (…) Nach dem Fallen des Vorhangs brüllte, angefangen am Tisch der Jungs der 12. Klasse, alles: »Autor raus!« Ich war scheußlich verlegen und sträubte mich mit Händen und Füßen, aber mein alter Freund Hans-Martin und noch ein paar Jungs aus der 12. zerrten mich einfach mit Gewalt vor den Vorhang. Ich machte ein paar möglichst ungeschickte Verbeugungen und verschwand wie ein Blitz. So'n Beifall ist scheußlich – keiner allerdings noch scheußlicher!

Seitdem ist viel passiert. Gerade hat sie für dieses Stück bei einem Ideenwettbewerb für Laienspiele von der Volksbühne der DDR den 1. Preis gewonnen, dotiert mit 300 Mark. Außerdem darf sie sich demnächst bei der Landesregierung vorstellen, die ihr die Ausarbeitung eines Laienspieles übertragen will. Aus dem gelähmten jungen Mädchen im Krankenhaus ist eine Überfliegerin geworden. Sie selbst nennt sich – kein Scherz: »Der erste Mann im Staat«.

Die Wahrheit ist: Sie ist nicht nur der erste Mann, sondern stellt an der Geschwister-Scholl-Oberschule, ihrem Herrschaftsgebiet, das gesamte Kabinett. Sie ist Mitglied der FDJ, hat mit ihrem Lieblingsbruder Lutz die Deutsch-Sowjetische Freundschaft aufgebaut, erfolgreich Mitglieder geworben und ist ihre 1. Vorsitzende. Nebenbei ist sie Werbeleiterin, Redakteurin der Wandzeitung, Gruppenleiterin ihrer Klasse und Dramaturgin. Immer wieder verfasst und inszeniert sie an ihrer Schule Laienspiele. In einem Artikel für die *Berliner Zeitung* über die von ihr gegründete Theatergruppe und die Entwicklung ihrer Schauspielerinnen und Schauspieler schreibt sie: »Sie alle sind sich ihrer großen Aufgabe bewusst, mit ihrer aktuellen Arbeit ihre Gemeinschaft nicht nur zu interpretieren, sondern zu verbessern – auch ohne Stars.« Also ohne überragende Schauspieltalente und großen Glamour, aber mit Willenskraft. Kunst dient der neuen Wirklichkeit und Reimann stellt sich gern in den Dienst der Sache.

Ihr Tagesablauf sieht so aus: Aufstehen um 5 Uhr. Schularbeiten machen. Sechs Stunden Unterricht. Schnelles Mittagessen zu Hause. Danach Sitzungen und Zirkel im FDJ-Heim. Um halb acht isst sie – wieder in Eile – mit der Familie zu Abend, bevor sie Zirkel für Literatur, Geografie und Politik im Klubhaus besucht. Um elf, zurück zu Hause, verbringt sie die letzte Stunde ihres langen Tages lesend oder schreibend. Reimann schreibt mit Abstand die besten Aufsätze der Klasse. Den Lehrer stört nur, dass ihre Schrift so unleserlich sein muss. 1950 ist ein Jahr unter Hochdruck, keine Zeit für Schönschrift.

Für die Familie bleibt bei diesem Pensum ebenfalls wenig Zeit. Brigitte mag ihre Familie, aber intensives Familienleben ist nicht ihre Sache. Brav sein, lächeln, Geburtstag feiern und irgendwelchen Verwandten gefallen, solche Situationen versucht sie zu vermeiden. Ihre Eltern tolerieren die Abwesenheit der Tochter. Wenn Verwandte fragen, wo Brigitte schon wieder steckt, winken sie ab: Ja, Brigitte sitzt und liest. Oder: Brigitte sitzt und schreibt. Oder: Brigitte hat Besuch von Klaus, die kann nicht. Gute Eltern für eine Tochter, die was schaffen will. Der einzige Plan, der noch nicht gelingt, ist die Veröffentlichung des ersten Romans. Das hatte sie sich fest für ihr 17. Lebensjahr vorgenommen, aber auch wenn der Kopf bis zum Bersten mit Ideen gefüllt ist, fehlen Zeiten endloser Stille, die es braucht, um schreiben und wirklich abtauchen zu können, in Welten, die nur ihr gehören und gehorchen. Zu viel passiert in diesem Jahr 1950, das nicht nur ein neues Jahrzehnt, sondern eben auch ein neues System einläutet, das jeden Kopf braucht, damit der Aufbau gelingt.

Reimann sitzt vielleicht nicht pflichtbewusst bei Kaffeekränzchen im Kreise der Familie, aber sie zieht sich nicht zurück, den Traum des Sozialismus, den Traum von einer gerechteren Gesellschaft und friedlicheren Welt, den Walter Ulbricht, der neue Generalsekretär des Zentralkomitees der SED, verspricht, nimmt sie sehr ernst. Ihre Unterstützung geht so weit, dass sie nicht nur ihre Mitschülerinnen und Mitschüler in der Schule und den unzähligen FDJ-Zirkeln bearbeitet, sondern sogar versucht, die an den Westen verlorene Freundin Veralore Weich zu überzeugen. Ihre Briefe an Veralore sind Agitationsversuche par excellence. Lies Marx, lies Gorki, ließ Stalins Reden, lies Seghers, lies unser FDJ-Manifest. Schau dir den Kommunismus an, schau auf unseren Alltag, schau, was wir geleistet haben, schau, wo wir mal standen, schau, wie Stalin Schwätzer bloßstellt. Das ist der Ton, der sich durch ihre Briefe zieht. Briefe, die stets mit der Aufforderung enden, die liebe Freundin möge doch bitte tief in sich gehen und genau überlegen, ob das Zonenkind Brigitte nicht auf der interessanteren Spur gelandet ist.

Reimann glaubt fest daran, dass die DDR der bessere der beiden deutschen Staaten ist. Dabei geht es weniger um die große Politik von oben als um anständiges, aufopferungsvolles, engagiertes Leben in Kleinstädten wie Burg, wo alle an einem Strang ziehen und die wieder wogenden Kornfelder und rauchenden Fabrikschlote allen gehören.

Hier, in der ostdeutschen Provinz, gibt es – anders als im Westen – keinen »Schmutz und Schund« und Brigitte fragt sich immer wieder, wie die Freundin Veralore es aushält, in einem Land aufwachsen zu müssen, in dem es beispielsweise Illustrierte mit nackten Frauen gibt. Nacktfotos seien völlig inakzeptabel, die Jugend genug demoralisiert vom Krieg. Brigitte kann auch nicht verstehen, warum irgendjemand freiwillig den Jitterbug tanzen würde. In der DDR sei dieser Tanzstil völlig zu Recht verboten, genau wie Swing und Samba. Die einzigen Orte, an denen sich die Leute noch trauen würden, heftig die Hüften zu schwingen, seien sogenannte Nuttencafés. Würde es nach ihr gehen, wäre Marx' Forderung nach Abschaffung der Prostitution schon längst erfüllt und Tanzlokale dürften nur unter strengen Auflagen öffnen – ohne Alkoholausschank. Nein, nein, die Ostzone ist kein Idealland. Viel, gesteht Reimann ihrer Brieffreundin Veralore, müsse noch getan werden, aber immerhin sind der theoretische Überbau und die Verfassung, die sie hier alle gemeinsam anstreben, ideal. Reimann ist

Überfliegerin und sozialistische Hardlinerin. Veralore Weich kämpft mit den typischen Symptomen einer westdeutschen Teenagerin auf dem Weg ins Erwachsensein. Reimann kämpft für die Daseinsberechtigung eines politischen und gesellschaftlichen Sonderwegs. »Vielleicht«, schreibt sie, »werde ich auch mal erfahren müssen, daß mein erträumter Kommunismus Spinnerei, Utopie ist und, daß die Kunst letzten Endes doch nach Brot geht. Aber vorläufig glaube ich, wenn auch manchmal schon von Zweifeln heimgesucht, an diese Ideale und verteidige sie glühend.«

Am liebsten würde Brigitte der Freundin all das, wovon sie ihr euphorisch in den wöchentlichen Briefen schreibt, ganz real demonstrieren. Der Plan: Veralore soll zu ihrem Geburtstag am 21. Juli 1950 kommen. Aber die Sache mit Sonderwegen ist, dass sie kaum Ausnahmen dulden, das heißt: Ein Besuch ist unmöglich. Es gibt aktuell keine Aufenthaltsgenehmigungen für Westleute, erlaubt sind nur Verwandtschaftsbesuche. Veralore Weich müsste schwarz über die Grenze gehen, aber das würden ihre Eltern nicht erlauben. Außerdem muss jede Westdeutsche beim Grenzübergang 15 Westmark im Kurs 1:1 umtauschen. Bei einem einwöchigen Aufenthalt kämen nochmal 75 Westmark dazu. Viel Geld für Teenager. Viel Geld für Menschen, die noch nicht vom Wirtschaftswunder profitiert haben. Brigitte ist enttäuscht, dass aus dem Besuch nichts wird, kann die Regeln aber nachvollziehen. Die meisten Westler kommen eben nur, um den Ostlern die Ferienplätze wegzunehmen. Andererseits: Sind sie nicht alle Deutsche? Vielleicht, hofft sie, wird es im nächsten Jahr leichter mit Ein- und Ausreisen zwischen diesen deutsch-deutschen Konstrukten. In der Zwischenzeit hält sie sich an ihre Überzeugung: Jede Einzelne muss halt manchmal zurückstecken und sich in den Dienst der Gemeinschaft stellen.

Der erste ernste Zweifel kommt ihr ein paar Monate später. Im Herbst 1950 wird ein Junge aus ihrer Schule verhaftet und verschwindet plötzlich, ohne dass jemand erfährt, was mit ihm geschehen ist oder was er getan hat. Wahrscheinlich sitzt er irgendwo im Gefängnis. Es ist von staatsfeindlicher Hetze die Rede, aber das kann sich Brigitte eigentlich nicht vorstellen. Für sie war der Junge ein alberner, harmloser Sechzehnjähriger, der auf dem Pausenhof alle zum Lachen brachte. Warum, fragt sie sich, befleckt man die große Sache mit dem Blut eines halben Kindes und sperrt einen jungen Menschen für ein falsches Wort ein?

Christa

Leipzig

Irgendwo auf dem Land, weit genug weg von Industrie- und Großstadtsmog, roch es an diesem Donnerstag, dem 17. April 1952, wahrscheinlich zum ersten Mal nach Frühling. Nach feuchter Erde, frischem Gras und modrig süßen Frühblühern. In Leipzig roch es nach Abgasen und Kohle.

Christa Wolf saß in ihrer Wohnung – zwei Zimmer zur Untermiete – im Leipziger Stadtteil Gohlis auf einer unbequemen Bank neben dem weit geöffneten Fenster und blickte erschöpft durch verrußte Scheiben nach draußen. Stumpfes Haar. Müde Augen. Fahle Haut. Vor ihr zwei Umschläge und beschriebene Papierbögen; Hoffnungen gegen den Trübsinn.

Seit Monaten lebte sie nun schon hier, aber ein Gefühl von Wärme wollte sich einfach nicht einstellen. Zu viele Ruinen, zu viel Kahlschlag, zu viel Grau, zu wenig echter Frühling. Schon der Gedanke an das Draußen vor dem Fenster ließ sie erschaudern: Jedes Mal, wenn sie über die leeren Plätze der Stadt lief, peitschte der Wind. Er pfiff, zog, drohte. In dieser Stadt mit beiden Beinen fest auf dem Boden stehen zu bleiben war schwer und erforderte fast übermenschliche Anstrengung. Der Krieg hatte die sächsische Großstadt hässlich und kaputt gemacht. In gewisser Weise war sie so ausgemergelt wie die Väter, die irgendwann doch nach Hause gekommen waren, und dem sogenannten »neuen Menschen«, Leuten wie Christa, war es noch nicht gelungen, ihr wieder so etwas wie Schönheit zu verleihen. Wie auch? Selbst der Himmel war hier nie strahlend, sondern immer nur aschblau.

Überhaupt hatte Christa sich das alles anders vorgestellt, als sie im vergangenen Jahr zusammen mit Gerhard Wolf aus Jena hierhergezogen war, jenem Mann, dessen Nachnamen sie mittlerweile trug und für den sie gelernt hatte, Wolfsköpfe unter Briefe zu zeichnen. Sie sollte die letzten beiden Jahre ihres Germanistikstudiums an der Uni beenden, Gerhard als Hilfsredakteur beim Leipziger Rundfunk arbeiten. Um das Baby, das im Januar auf die Welt gekommen war, wollten sie sich gemeinsam kümmern. Ein Mädchen. Annette. Das war der Plan gewesen.

Stattdessen saß sie nun allein in dieser düsteren Wohnung, allein mit einem Baby, überfordert von dem Spagat, Studentin und Mutter gleichzeitig sein zu müssen. Gerhard war kurz nach Annettes Geburt als Redakteur zum Deutschlandsender nach Berlin beordert worden. Eine Auszeichnung für ihn. Eine Zumutung für sie. Er kam nur alle zwei Wochen nach Leipzig. Das Geld war knapp. Babynahrung auch. Und die Tage zu kurz für all die Dinge, die an ihr zerrten. Immerhin half ab und zu eine Kinderfrau mit der Betreuung Annettes. Der große, innig erträumte Paukenschlag ihrer Selbstverwirklichung ließ auf sich warten und die Frage, wer sie neben all den auferlegten Rollen – Tochter, Studentin, Ehefrau, Mutter – eigentlich sein wollte, drohte, wenn sie nicht aufpasste, von Alltag und Pflichten verschluckt zu werden.

Von dem Ziel, Lehrerin zu werden, hatte sie sich längst verabschiedet. Nicht wegen des Umzugs, der neuen Stadt oder des Kindes. Nach fünf anstrengenden Semestern in Jena und einem noch anstrengenderen Praktikum war ihr einfach klargeworden, dass Theorie und Praxis ziemlich weit auseinanderlagen und Klassenräume kein Ort waren, an den sie zurückkehren wollte. Zu Beginn des sechsten Semesters war sie in Jena vollständig in die Germanistik gewechselt. Seitdem gab es kein eindeutiges Ziel mehr, aber Sehnsüchte, die ihr auch nach Leipzig gefolgt waren. Sehnsüchte nach einem Leben in und mit der Literatur.

Die vergangenen Stunden hatte Christa damit verbracht, zwei Briefe zu schreiben. Einen an die Zeitung *Neues Deutschland* (*ND*), einen an den Schriftsteller Emil Rudolf Greulich, dessen Buch sie für das Zentralorgan der SED rezensiert hatte. Es war die erste Literaturkritik, die sie je geschrieben und selbst für gut genug befunden hatte. Wie, das war ihr in diesem Moment selbst ein Rätsel, aber irgendwie war es ihr gelungen, 180 Zeilen über Greulichs Roman *Das geheime Tagebuch* zu verfassen, und die sollten nun an den Autor zur Kenntnisnahme und an die Zeitung gehen, mit Hoffnung auf Abdruck. Das *ND* hatte in den vergangenen Wochen immer wieder zu einer »gründlichen Kritik unserer zeitgenössischen Literatur« aufgerufen, und weil sie – daran hatte sich trotz allem nichts geändert – unbedingt dabei mithelfen wollte, dieses Land *richtig* aufzubauen, war sie der Forderung nachgekommen:

Werte Genossen!

(…) Natürlich erhebt meine Kritik so wenig Anspruch auf Vollkommenheit wie das Werk, dem sie gilt, und dessen Autor ich eine Abschrift dieser Kritik schicken werde. Ich bin noch kein Literaturkritiker, sondern studiere noch und will erst einer werden. Ich würde mich freuen, wenn Ihr trotzdem etwas von meiner Besprechung verwenden könntet.« (…)

Mit sozialistischem Gruß!

Es war ein erstes bescheidenes, ja fast schüchtern klingendes Herantasten an den Berufsweg, den sie in den nächsten Jahren einschlagen würde und der – trotz generischem Maskulinum – auch Frauen wie sie einschloss und einschließen musste. Die DDR war ein Land, das jede Arbeitskraft und jeden klugen Kopf brauchte – deshalb war ja auch Ehemann Gerhard in Berlin –, und ein Land, das wenigstens offiziell keinen Unterschied zwischen den Geschlechtern machen wollte. Die Sowjetische Besatzungszone hatte bereits 1946, elf Jahre bevor dies auch in der Bundesrepublik geschah, die Gleichberechtigung der Geschlechter gesetzlich festgesetzt. Mann und Frau sollten das gleiche Geld verdienen, die gleichen Rechte und die gleichen Pflichten besitzen. Kinderbetreuung hin oder her. Ein Kritiker, das konnte also auch Christa Wolf werden, gesetzt den Fall, das *Neue Deutschland* würde ihre Rezension abdrucken.

Dieses Herantasten an ein Dasein als Kritikerin hatte sie zu großen Teilen auch jenem abwesenden Ehemann zu verdanken. Er fehlte physisch, aber gedanklich, in Herzenssachen und Zukunftsfragen war er stets bei ihr und wusste genau, wer sie war und wovon sie träumte. Gerhard Wolf sah Christa. Vielleicht sogar klarer, als sie sich selbst sehen konnte, und es ist gut möglich, dass er die Kritikerin und Schriftstellerin, die sie einmal werden würde, schon in ihr erkannte, bevor sie sich überhaupt den Wunsch, berufsmäßig zu schreiben, eingestand. Das war die große Stärke dieser Liebe, die in diesem Frühjahr 1952 eine ihrer ersten Proben meistern musste. Private Telefone gab es noch nicht. Genauso wenig wie Stabilität. Distanz und Einsamkeit mussten ausgehalten, Glück und Nähe bis zum nächsten Wiedersehen konserviert werden.

Bei seinem letzten Besuch hatte Gerhard den ersten Entwurf ihrer Rezension gelesen und ihr – das würde er sein Leben lang mit unermüdlichem Engagement tun – kluge Ratschläge gegeben, wie der Text noch besser werden konnte. Texte waren ihr Bindemittel. Sie schrieb, er lektorierte. Das war nicht nur Liebe, das war Einheit, im besten aller Sinne. Christa und Gerhard verschmolzen, wenn sie miteinander waren, zu einem Apparat, der alles konnte.

Freunde hatten sie einander 1949 an der Uni in Jena vorgestellt, auf der Treppe zur Mensa, und es war fast schon ein bisschen merkwürdig, dass sie sich bis dahin nie begegnet waren. Beide kamen aus Bad Frankenhausen. Beide hatten die gleiche Schule besucht. Er war nur ein Jahr älter als sie. Die Eltern Wolf und Ihlenfeld grüßten einander auf der Straße. Bekannte überschnitten sich. Aber da war eben auch das: Beiden war in Bad Frankenhausen ein wenig vorteilhafter Ruf vorausgeeilt. Gerhard galt als Zyniker. Christa als Streberin. Unattraktive Eigenschaften für die meisten. Vielleicht hatten sie auch deshalb unterbewusst einen Bogen umeinander gemacht und es hatte einen neutralen Ort wie Jena gebraucht, um freundlich Hände zu schütteln.

Bei Christa hatte es auf dieser Treppe zur Mensa sofort gefunkt. »Die Augen, dieser Blick. Er sah ja verboten aus«, würde sie später einmal zu ihrer Enkelin Jana Simon sagen und, dass Gerhard so gut nach Seife gerochen habe. Bei ihm wiederum hatte es gedauert. Bei ihm war das Herzklopfen langsam gekommen, über ihre gemeinsame Liebe zu Büchern und endlose Diskussionen, die sie nach langen Hochschultagen bis spät in die Nacht führten. Ihm hatte imponiert, dass sie sich entschlossen behauptete, dass sie jemand war, der ihm – der stets recht haben wollte – standhielt.

Vor allem nach dem Seminar von Edith Braemer über marxistische Literaturwissenschaften, das beide in Jena besuchten, hatte es viel zu besprechen gegeben. Braemer war zwanzig Jahre älter als das junge Paar und 1947 aus dem Exil in Shanghai in die DDR gekommen. Sie gehörte zu jenen, die schon vor dem Erstarken der Nationalsozialisten und dann während ihres Regimes für den Kommunismus gekämpft und dafür einen hohen Preis gezahlt hatten. 1933 war Braemer Teil einer kommunistischen Straßenzelle in Berlin gewesen, war verhaftet worden und hatte dadurch das Sorgerecht für ihre Kinder verloren. Sie hatte die folgenden Jahre im KZ Fuhlsbüttel und im KZ Lichtenburg verbracht und war 1937 wegen »Vorbereitung zum Hochverrat« verurteilt worden. 1939 hatte man sie entlassen, und sie war ohne ihre Kinder, die es inzwischen nach England geschafft hatten, nach Shanghai emigriert, wo sie unter dem Namen Edith Weiß für reiche Flüchtlingsfamilien als Dienstmädchen gearbeitet hatte. Diese Frau hatte stets gewusst, wofür sie stand. Sie war nie ein sogenanntes Fähnchen im Wind gewesen und genau dafür bewunderten Christa und Gerhard sie. Das Wort, das Braemer in ihren Augen am besten beschrieb, war »progressiv«.

Sie hatten an ihren Lippen gehangen und ihre Literaturempfehlungen verschlungen. Jedes Werk, das sie besprach, war von ihnen sofort in den staubigen Gängen der Bibliothek aufgespürt worden. Hunderte Bücher müssen über den Tisch gewandert sein, an dem sie oft bis zehn Uhr abends gemeinsam saßen, die Münder und Nasen versteckt hinter Buchrücken, nur neugierige Augen, die ab und zu den Blick des anderen erhaschen wollten. Oft hatte Gerhard Christa nach diesen langen Tagen noch nach Hause in ihr kleines Zimmer begleitet, war mit ihr auf die andere Seite der Saale gelaufen und anschließend brav wieder zu seiner Seite des Ufers marschiert, in seine Kammer im Haus der schwerhörigen Witwe Specht.

Endlos Lesen und endlos Reden war ein sicherer Anfang und das Fundament ihrer Verbindung. Die erste Nacht hatte gedauert. Sex war ein gefährliches Tauschgeschäft, das Abhängigkeiten und Versprechen mit sich brachte. Das wusste sie. Das wusste er. Das wussten alle. Also wartete man lieber auf den »Richtigen« oder die sogenannte »Richtige« oder den grellen Funken, der diesen Moment anzeigte. Das jedenfalls ist das Märchen, das über ihre Generation gern erzählt wird.

Dieses hier ist schöner: In einer ihrer ersten gemeinsamen Nächte, die natürlich irgendwann kamen, sollen sich Christa und Gerhard *Arc de Triomphe* von Erich Maria Remarque vorgelesen haben. Eine Liebesgeschichte zwischen zwei Geflüchteten, die in Paris kurz vor Beginn des Zweiten Weltkriegs spielt. Gut möglich, dass die beiden da auch zum ersten Mal ihre eigenen Fluchtgeschichten miteinander geteilt haben. Literatur verbindet. Trauma auch. Am Ende ihres Lebens wird Christa über Gerhard sagen: »Ich habe nie einen Mann getroffen, von dem ich erwartet hätte, dass er genauso passt.«

Der einzige Text, mit dem beide – trotz Braemer, trotz stundenlanger Sitzungen in der Bibliothek, trotz nächtlicher Gedankenspiele – in ihren Jenaer Tagen nichts anfangen konnten, war von Josef Stalin. Seinen literaturwissenschaftlichen Abhandlungen hatten sie nie folgen können. Mehr als einmal hatten sie versucht, sich durch seine zähen Zeilen zu quälen, und hatten am Ende doch nichts verstanden. Junge und alte Kommunistinnen sprachen wohl nicht immer die gleiche Sprache. Was aus der Sicht von Gerhard und Christa einerseits vielleicht nichts machte, solange man sonst fest hinter seinen Glaubenssätzen stand, andererseits aber heimlich Zweifel säte: Liegen wir falsch oder die Anderen?

Ein ähnliches Unbehagen hatte auch die Volkskammerwahl 1950 ausgelöst. Die Parteien traten damals bereits im Block auf, konnten aber offiziell noch einzeln gewählt werden. Gerd und Christa hatten sich bereit erklärt, in Jena Wahlhelfer zu spielen.

Sie waren von Tür zu Tür gezogen und hatten die Leute animiert, zur Wahl zu gehen. Nur wer wähle, könne diese junge Demokratie mitbestimmen. Als sie dann selbst ins Wahllokal gekommen waren, hatte es jedoch gar keine Wahlkabine gegeben. Man musste unter den Augen der Anwesenden wählen, gar kein Problem, solange man das Kreuz an der richtigen Stelle setzte. Dass dieses Procedere nicht dem Ideal von freien Wahlen entsprach, war Christa und Gerhard klar. Als sie an der Uni darüber diskutierten, hieß es, sie hätten keinen richtigen Klassenstandpunkt.

Es war eine Kritik, die sie damals sehr traf, ihnen aber auch zeigte, welche Fragen man eben lieber gar nicht oder nur leise stellte und wem in diesem Land Recht zugesprochen wurde. Die alten Genossen, die Partei und das System hatten immer das letzte Wort. Das musste man akzeptieren. Es war eine der wichtigsten Lektionen, die Christa und Gerhard in Jena gelernt hatten: Wenn ein Ereignis, eine Entscheidung der Partei oder ein Text wie der von Stalin verunsicherten, konnte das nur daran liegen, dass sie kleinbürgerlicher Herkunft waren und manches aufgrund ihrer Sozialisierung einfach noch nicht richtig verstanden hatten. Die Antwort auf die Frage, wer falschlag, war also denkbar einfach: Der Fehler lag nie bei den anderen, sondern stets bei sich selbst. Sie – die einstigen Kinder der Hitlerjugend – waren schließlich diejenigen, die sich und ihre Haltung erst noch beweisen mussten, und genau das tat Christa dann auch in vorbildlicher Manier in Leipzig.

An der Uni hatte sie sich kurz nach ihrer Ankunft und bereits hochschwanger zum sogenannten Sekretär ihrer Seminargruppe wählen lassen. Eine Art Klassensprecherrolle, in deren Funktion sie penibel darauf achtete, dass ihre Kommilitoninnen ihre Leistungen erfüllten, damit ein schlechtes Ergebnis nicht die Durchschnittsnote aller nach unten zog. Als Annette auf die Welt kam, fehlte Christa nur ein paar Wochen. Dankbarkeit gegenüber diesem neuen Staat sah trotz gelegentlicher Irritationen so aus: bestmögliche Leistung. Bestmögliches kollektives Verhalten. Wie sich das durchsetzen ließ, hatte sie auch in dem System ihrer Kindheit erprobt. In ihrem bekanntesten Buch *Der geteilte Himmel*, das 1963 erscheinen wird, gibt es diesen Satz: »Wenn ich genauer hinsah, kam immer die andere Farbe durch.«

Zu Hause, in ihrer düsteren Wohnung im Stadtteil Gohlis, bewies sie ihr Pflichtbewusstsein damit, dass sie sich nach der Arbeit an der Hochschule die Nacht um die Ohren schlug und jene erste Rezension für das *Neue Deutschland* verfasste. »Reiß dich zusammen« war der Satz der Stunde. In ihrem Text war von Zweifeln an der offiziellen Linie keine Spur. In diesem Text stand sie gedanklich direkt neben Ministerpräsident Otto Grotewohl und jenem Satz, den er auf dem II. Schriftstellerkongress im Juni 1950 in Ostberlin ausgerufen hatte: »Schriftsteller sind Kampfgenossen der Regierung.« Das war der Maßstab. Kleiner ging es damals nicht und jenen Maßstab wollte Christa nun bei Emil Rudolf Greulich und seinem Roman anlegen, den sie stellvertretend für die Partei, die Genossen und ihr Zentralorgan abklopfte und auf den Prüfstand stellte.

Greulichs Roman erzählt die Geschichte von Werner Braß, einem westdeutschen Motorenfachmann, der in der BRD arbeitslos wird und als großer Skeptiker in die DDR kommt, weil er dort eine Anstellung als technischer Leiter gefunden hat. Im Verlauf des Buches begreift er, dass das ostdeutsche System eindeutig besser ist. Es ist die Geschichte einer Wandlung. Am Ende wird der Westdeutsche zu einem bewussten Mitarbeiter am Aufbau der DDR.

Als treue Bürgerin und Leserin hätte man so eine sozialistische Heldengeschichte eigentlich nur lieben und loben können. Aber Treue reichte damals eben nicht. Treue Sozialistinnen, die brav nickten, aber nicht selbst mitdachten, gab es zuhauf. Wirklich geschätzt waren sozialistische Hardlinerinnen, die die propagierten Ideale glühend verteidigten und im Notfall auch mit dem Finger auf andere zeigen würden. Christa nahm also all ihr Wissen, das sie sich bei Edith Braemer in Jena antrainiert hatte, und verriss das Buch. Irgendwann musste sie schließlich mal laut Ja schreien. Ja, ich will!

Natürlich gefiel ihr Greulichs Thema. Die Umerziehung eines Menschen war das perfekte Sujet der frühen fünfziger Jahre, und dass es sich bei diesem Menschen um einen aus dem Westen handelte, war ideal. Doch der Charakter dieses Hauptprotagonisten war Christa zu blass und zu einseitig. Und auch den anderen Figuren in seinem Buch warf sie kleinbürgerliche Positionen vor und unterstellte Greulich damit ideologische Schwäche, weil es ihm nicht gelang, sich in den Kopf und die Gefühlswelt des neuen sozialistischen Menschen einzufühlen. Wer Arbeiter und Arbeiterinnen nicht so verstand und heldenhaft darzustellen wusste, wie es die Partei angeordnet hatte, dem musste mit pädagogischer Strenge auf die Sprünge geholfen werden. Der letzte Absatz ihrer Besprechung lautet:

Zusammengefaßt: Greulich versteht es noch nicht, seine theoretischen Erkenntnisse in die künstlerische Tat umzusetzen. Hinsichtlich der Richtigkeit der ausgesprochenen Ideen ist seinem Buch nichts vorzuwerfen, und als Vorstoß in ein noch wenig betretenes Gebiet ist es sogar von Herzen zu begrüßen. (...) Aber er muß Erlebtes noch bewußter mit spezifisch künstlerischen Mitteln gestalten lernen, muß auch an seiner Sprache, die sehr alltäglich, zu wenig eigen ist, arbeiten. Nur so kann aus guten Ansätzen ein Buch entstehen, das allen Anforderungen entspricht.

Es war ein erschreckend überheblicher Ton, den sie da anschlug, und ein denunziatorischer dazu. Ihre Kritik sollte ja nicht irgendwo erscheinen. Sie sollte im *Neuen Deutschland* stehen, wo ausschließlich Leute tätig waren, die nicht nur schrieben, sondern sofort an die Genossen ganz oben berichteten, wenn jemand unliebsame Positionen vertrat. Negative Rezensionen konnten DDR-Autoren das Rückgrat brechen und ihnen ein Parteiverfahren einbringen. Christa schien das in Kauf zu nehmen.

In ihrem Brief an Greulich, dem sie ihre Rezension beilegte, gibt es diesen Satz, auf den ihre Jenaer Dozentin Edith Braemer wahrscheinlich furchtbar stolz gewesen wäre: »Ich sehe eine große Aufgabe unserer Kritik darin, die Autoren anzuleiten bei der intensiven Beschäftigung mit der marxistischen Literaturtheorie.« Während ihr Brief an das *Neue Deutschland* sich in süßer Bescheidenheit übt und die Rolle der kleinen Studentin fast schon zur koketten Pose wird, schlägt sie bei Greulich mit einer Selbstgewissheit um sich, die irritierend und gleichzeitig beeindruckend ist. Vor allem, wenn man bedenkt, wem sie da erklärt, wie man lesenswerte Romane schreibt:

Meiner Meinung nach müsste alles verschwinden, was nicht zur Charakteristik der Person dient, und dann müsste man sich auf wirklich typische Gespräche beschränken. (...) Wenn das Buch dadurch an Umfang abnimmt, so schadet ihm das nichts. Nur keine Personen einführen, die man überhaupt nicht kennenlernt, bloss weil sie Referate halten müssen!

Greulich war 20 Jahre älter als sie und gelernter Schriftsetzer. 1927 war er in die KPD eingetreten, hatte Funktionen als Polit- und Agitpropleiter übernommen und als Setzer bei der KPD-Zeitung *Die Rote Fahne* gearbeitet. 1939, als Christa beim BDM aufstieg, war er von der Gestapo verhaftet und 1940 wegen Vorbereitung zum Hochverrat zu zwei Jahren und sechs Monaten Gefängnis verurteilt worden. 1942 hatte man ihn in die Strafdivision 999 zum Kriegsdienst nach Tunis geschickt, wo er 1943 in amerikanische Kriegsgefangenschaft kam. 1946 war er nach Deutschland zurückgekehrt und sofort SED-Mitglied geworden. Er gehörte zu den Mitbegründern des Deutschen Presse- und des Deutschen Schriftstellerverbandes der DDR, war Teil deren Rechtskommission und hatte 1952 bereits erfolgreich mehrere Werke veröffentlicht.

Nun könnte man sagen: Werk und Autor gehören getrennt und es ist nur richtig, dass Christa sich von der Biografie des Mannes nicht beeindrucken ließ. Warum sollte sie sich darum scheren, was Greulich – den sie in dem Brief sogar duzte – geleistet hatte? Ein schwacher Roman blieb ein schwacher Roman.

Man könnte aber auch sagen: Christa Wolf ging zu weit. Sie übertrug die eigenen Unzulänglichkeiten und den eigenen Groll gegen all das Kleinbürgerliche, das immer noch in ihr steckte, auf Greulich und sein Werk und aus der Vehemenz, mit der sie auf »gute« Literatur in der DDR pochte, sprach vor allem der eigene dringende Wunsch, endlich selbst mitschreiben, mitreden und mitgestalten zu dürfen. Raus aus der piefigen Wohnung, raus aus diesem ungeliebten Leipzig, raus aus der Rolle der ewigen Schülerin. Sie hatte sich genug erziehen lassen, jetzt erzog sie – im wahrsten Sinne des Wortes –, und um diesen Platz für sich zu beanspruchen, musste sie, eine junge Frau von 23 Jahren, vielleicht erst jemand anderen vom Sockel schmeißen oder diesen wenigstens ins Wanken bringen.

Am 20. Juli 1952 wird ihre Kritik im *Neuen Deutschland* veröffentlicht. Der betreuende Redakteur ist begeistert. Der Autor sauer. Christas Text führt dazu, dass die *BZ am Abend* trotz Vorabankündigung Abstand davon nimmt, Greulichs Roman in Fortsetzungen bei sich zu veröffentlichen. Für Greulich eine Katastrophe. In einem weiteren Brief, den Christa ihm im September 1952 schreiben wird, merkt sie immerhin an, »dass man als Kritiker vielleicht noch sorgfältiger vorgehen muss.«

Für sie hat sich der Verriss gelohnt. Sie wird für weitere Kritiken angefragt, vom *ND* und von der Zeitschrift *NDL* (*Neue Deutsche Literatur*), und im Oktober 1952 meldet sich der Schriftstellerverband persönlich bei ihr. Exakt so eine Frau braucht man dort.

Der Verband war 1950 als Deutscher Schriftstellerverband im Kulturbund zur demokratischen Erneuerung Deutschlands in Berlin gegründet worden und seit Mai 1952 eigenständig tätig, gab die Literaturzeitschrift *Neue Deutsche Literatur* (*NDL*) heraus, organisierte Schriftstellerkongresse und betreute Autorinnen und Autoren bei ihren Stoffen. Wolf sollte den Verband zukünftig bei der Analyse und Bewertung von Manuskripten unterstützen. Ende Oktober wird sie deren Außenlektorin. Ihr erster Job, nah an der Macht. Die Rechtsaufsicht des Verbandes unterlag dem Ministerium für Kultur, die politische Anleitung dem ZK der SED. Die sogenannte »Absicherung der Linie Schriftsteller« wurde vom Ministerium für Staatssicherheit übernommen. Die Christa Wolf der frühen 1950er Jahre passte dorthin. Wolf war Hardlinerin geworden oder, um es sanfter auszudrücken: eine junge Person, die sich ideologischer Härte verpflichtet hatte, um vergangene Fehltritte wiedergutzumachen.

Beim Lesen all der Kritiken, die sie in den frühen 1950er Jahren schrieb, überschattet diese Härte alles. Greulich war nur der Anfang. Im Laufe der Zeit wurde sie immer programmatischer, strenger und fast schon ideologisch besessen. Ihr moralischer Rigorismus verschaffte ihr den Ruf einer Art heiligen Johanna der Literaturkritik. So bezeichnete sie jedenfalls mal ein Kollege. Ihr ging es um nichts Geringeres als die große Aufgabe der Epoche: die Gestaltung des neuen Menschen.

Rückblickend werden Christa Wolf diese Texte furchtbar peinlich sein. Für sie gehört diese Phase nicht zu ihrem Werk und sie distanzierte sich später sehr davon. Sie musste erst selbst Schriftstellerin werden, um zu der Einsicht zu gelangen, dass man Bücher nicht nur rein ideologisch betrachten kann. Sie musste erst selbst kritisiert werden, um zu verstehen, dass es beim Lesen eines Werkes nicht nur darum gehen konnte, ob der Text den eigenen Erwartungen und der eigenen politischen Haltung entsprach, sondern dass die Frage, was der Autor oder die Autorin ganz individuell dachte, fühlte, wollte, mindestens genauso wichtig war.

Während Christa an jenem 17. April 1952, den sie erschöpft und müde auf der unbequemen Bank in Leipzig-Gohlis begann, die Briefe und die Rezension in Umschläge steckt und ein paar hoffnungsvolle Stoßgebete zum aschblauen Himmel schickt, ahnt sie noch nichts von dem, was kommen wird. Aber den schrillen Ton, der plötzlich von draußen durch das verrußte Fenster dringt, erkennt sie sofort. Diesen Pfiff kann nur einer. Es ist ihr Signal. Gerhard durfte die Woche in Berlin einen Tag eher beenden und zu ihr fahren. Manchmal gelang Ausbruch eben doch und heimliche Sehnsüchte erfüllten sich schneller als gedacht.

Maxie

Wien

Mit Fred, dem sanften, fröhlich-traurigen, sechzehn Jahre älteren Mann, wurde aus Elfriede »Fritzi« Brunner Maxie Wander. Es war ein neuer Name für ein neues Leben, das offiziell am 13. Juli 1956 auf dem Standesamt Ottakring in Wien begann. Er trug einen grauen Anzug, sie trug ein graues Kostüm und weiße Nelken in der Hand. Er war 39, sie 23 Jahre alt. Sie hatten lange für dieses laute »Ja« gekämpft.

Als sie sich vier Jahre zuvor kennengelernt hatten, war er noch der Ehemann einer anderen gewesen, erwartete mit ihr, Otti, ein Kind und hatte bereits einen außerehelichen Sohn mit einer Frau aus der Zeit der Emigration in Frankreich. Kompliziert. Nicht verfügbar. Vernünftiger wäre »Lieber sein lassen« gewesen. Aber dann hatte es diesen Abend und diese Nacht gegeben und was will man machen, wenn sie plötzlich im Raum steht, die Liebe auf den ersten Blick. Anders als bei Christa und Gerhard Wolf kamen die Gefühle nicht langsam. Sie schlugen wie Wellen über Fred Wander und Elfriede Brunner zusammen und es war keine Frage der Zeit, ob sie zusammenfinden und zusammenbleiben würden, sondern eine Frage von Mut. Über Wasser halten, schwimmen lernen, eine gemeinsame Insel finden.

Rosl Großmann-Breuer, die bewunderte Cousine und Widerstandskämpferin, hatte beide an einem Freitagabend im Dezember 1952 eingeladen, sie zum Völkerkongress für Frieden im ehrwürdigen Wiener Konzerthaus zu begleiten. Elfriede Brunner, der jungen, manchmal etwas verloren wirkenden Verwandten, tat es gut, wenn man sie in neue Kreise schubste und zu politischen Veranstaltungen mitnahm. Sie suchte noch nach ihrem Platz.

Rosl Großmann-Breuer und Fred Wander waren Freunde und Kollegen. Er arbeitete für sie bei der *Stimme der Frau*, die sie als Chefredakteurin leitete, schrieb einfühlsame Reportagen und Kurzgeschichten und war ihr fleißigster Mitarbeiter. Seine Lieblingsthemen: Frauenschicksale und Jugendkriminalität. So einen wie ihn gab es nicht oft. Autor. Feminist. Kommunist. Leserinnen liebten ihn. Rosl Großmann-Breuer förderte und schätzte ihn. Sie kannte seine Frau Otti. Er kannte ihre Eltern und ihre Familiengeschichte. Nur Elfriede Brunner, ihre kleine Cousine, hatte er bis zu jenem Abend im Dezember noch nicht kennengelernt.

Elfriede Brunner und Fred Wander warteten – jede für sich – vor dem Wiener Konzerthaus auf Rosl. Elfriede Brunner fror, zog mit dem rechten Fuß Halbkreise auf dem Asphalt. Fred Wander, die Hände tief in den Taschen vergraben, schaute in die Menschenmenge, auf der Suche nach der Kollegin und Freundin oder einem anderen bekannten Gesicht. Halt! War die junge Frau mit den blonden Locken und dem viel zu großen Mantel nicht die, die an der Theaterkasse im Scala arbeitete? Müde sah sie aus, »linkisch und anmutig zugleich«, wird er später über diesen Moment schreiben und Elfriede Brunner wird sich daran erinnern, dass sie seine Blicke bemerkte, aber sich nicht traute aufzuschauen. Flirten mit Buben in Hernals war ein Kinderspiel. Bei erwachsenen Männern meldete sich die innere Befangenheit.

Rosl Großmann-Breuer kam, abgehetzt wie üblich. Kalte Hände wurden geschüttelt, Namen ausgetauscht, dann betraten die drei das Gebäude und standen in den folgenden Stunden eng aneinandergepresst wie Sardinen in dem großen, überfüllten Saal, lauschten den Stimmen und ließen sich von der Euphorie tragen. Der Kongress des Internationalen Friedensrates war das Highlight des Herbstes. Bedeutende Antifaschisten und Antifaschistinnen aus der ganzen Welt waren hier versammelt, um die drängenden Fragen der Gegenwart zu diskutieren: Wie kann dem Kalten Krieg ein Ende bereitet werden? Wie kann die nationale Unabhängigkeit gewahrt und allen Ländern Sicherheit garantiert werden? Ernste Themen, die immer wieder von Freundschaftsbekundungen und kommunistischen Liedern unterbrochen wurden. Ab und zu schaute Fred Wander zu Elfriede Brunner. Ab und zu schaute sie zu ihm, schräg nach oben und irgendwann hörten sie gar nicht mehr auf zu lächeln.

Der Abend endete in der Wohnung von Rosl Großmann-Breuer. Sie tranken Wein, redeten bis spät in die Nacht und Fred Wander dachte: Noch nie hat jemand so über meine Witze und Anekdoten gelacht. Noch nie hat mir jemand so aufmerksam zugehört wie diese junge Frau. Elfriede Brunner dachte: Wie viele Geschichten müssen in diesem Mann wohnen? Er scheint ein endloses Repertoire an Erfahrungen gesammelt zu haben. Ich will sie alle hören und mir dafür alle Zeit der Welt nehmen. Er war wie ein Buch, das sie entdeckt hatte und nun immer und immer wieder lesen wollte.

Danach verbrachten sie fast jeden Tag miteinander. Sie begleitete ihn zu Recherchen für die *Stimme der Frau*, saß mit ihm in Kaffeehäusern, saugte alles auf, was er ihr zeigte und erzählte. Er war kein Junge vom Block. Er gab ihr seine Lieblingsbücher, *Krieg und Frieden* von Leo Tolstoi, *Früchte des Zorns* von John Steinbeck, er spielte ihr Platten von Peter Tschaikowsky vor und wusste ziemlich schnell, dass er sich für sie von seiner Frau Otti trennen musste. Für ihn, wird er einmal sagen, gehörte Elfriede Brunner »zu jenen seltenen Menschen, die, wenn sie hereinkommen, das Licht verändern und eine Atmosphäre des naiven Staunens und der Freude verbreiten, ohne sich dessen bewusst zu sein«. Zwei brennende Herzen in einem ziemlich großen Schlamassel.

Ihre Eltern waren von dieser Beziehung überhaupt nicht begeistert. Ein verheirateter, viel zu alter Mann und Vater von zwei Kindern, der sein Leben auch noch schreibend (Brotlose Kunst!) bestreiten wollte, versprach nichts als Ärger. Wovon sollte das Paar existieren? Immerhin war er Mitglied in der KPÖ. Viel mehr konnte ihm nicht abgewonnen werden. Dem Stil der Brunners treu, wurde viel geschrien, geschimpft und getobt. Zweimal soll Alois Brunner Fred Wander bei Besuchen in der Wattstraße rausgeschmissen haben. An Elfriede Brunners Liebe zu diesem Mann änderte das nichts. Trennung war keine Option.

Otti, die Ehefrau von Fred Wander, sah das ähnlich. Auch sie wollte nicht loslassen. Die Scheidung dauerte. Gefühlschaos für Monate und Jahre, bis Fred Wander alles zu viel wurde und er die Chance nutzte, die sich bot, um Abstand und Klarheit zu gewinnen. Das neu gegründete Literaturinstitut Johannes R. Becher in Leipzig hatte ihn eingeladen, ein Jahr lang den Lehrgang für junge Autoren und Autorinnen zu besuchen. Für Talente und Genossen aus dem Ausland gab es Freiplätze. Kommunistisches, sozialistisches Denken und Schreiben sollte keine Grenzen kennen. Außerdem half es der Strahlkraft des Instituts, wenn nicht nur DDR-Bürgerinnen und -Bürger hier lernten.

Für Fred Wander war die DDR ohnehin ein Sehnsuchtsort. Wie viele Kommunisten und Kommunistinnen klammerte er sich »an die Hoffnung, die Sowjetunion und die jungen sozialistischen Staaten würden es endlich besser machen.« Er und Rosl Großmann-Breuer hatten bereits in Wien oft über den Osten Deutschlands gesprochen und wehmütig zu dem jungen Staat hinübergeschaut. 1950 schrieb sie in einer Kolumne über die DDR:

Mithilfe der Sowjetunion hat es nur fünf Jahre gedauert, und in der Deutschen Demokratischen Republik konnte jetzt das Volk in voller Freiheit seine Regierung wählen. Es ist klar, dass die Frau in dieser Wahl den Ausschlag gegeben hat. Die deutschen Frauen stimmten in ihrer Mehrheit einer Entwicklung zu, die sie zum ersten Male in der Geschichte zu gleichberechtigten Menschen macht und ihnen die Tore zu Bildung und voller Entfaltung öffnet. Für diese Republik haben die deutschen Frauen gestimmt.

Es war ein fantastisches Bild, gedruckt auf Zeitungspapier. Der Realität hielt es nicht stand. Fred Wander bemerkte bereits während der ersten Wochen in Leipzig, dass dieses gelobte Land ein Land mit zwei Sprachen und zwei Gesichtern war. In offiziellen Räumen und Gruppen sprach niemand offen, es herrschte eine freundliche Kälte und der bürokratische Apparat schaute mit Misstrauen auf seine Bevölkerung. So nahm es Fred Wander wahr: »Du spürst, in dieser Gesellschaft herrscht eine undurchsichtige Macht, von der sich jeder beobachtet fühlt.«

Dem standen jedoch die verrauchten und vertrunkenen Stunden in den weltberühmten Lokalen der sächsischen Stadt gegenüber, dem »Ratskeller«, dem »Kaffeebaum« und »Auerbachs Keller«, wo er zum ersten Mal auf Gleichgesinnte traf, seine politische – rote – Haltung nicht wie in Wien permanent rechtfertigen oder verstecken musste und wo eine Euphorie wie bei dem Völkerkongress für Frieden herrschte. In Leipzig fühlte er sich, nach allem, was er erlebt hatte, zum ersten Mal verstanden. Wenn man gegen die Grausamkeiten und Ungerechtigkeiten wirklich ankämpfen und die Welt zum Besseren verändern wollte, gab es nur einen Ausweg und das war der Sozialismus. Darin waren seine Kommilitoninnen und Kommilitonen und er sich einig und darüber schrieb er auch in seinen täglichen Briefen an Elfriede Brunner, die genau wissen wollte, was er dort drüben erlebte, wen er traf, was er beobachtete. Sehnsucht kehrte sich in diesen Monaten um. Aus der Sehnsucht nach einem Land wurde Sehnsucht nach einer Frau. Elfriede Brunner, Chaos hin oder her, musste und würde in seinem Leben bleiben.

Im Februar 1956 kam sie ihn schließlich in Leipzig besuchen und verzauberte sofort alle mit ihrem Charme. Innerhalb weniger Tage hatte sie sich mit Freds ganzer Seminargruppe angefreundet und saß so selbstverständlich im »Ratskeller«, als hätte sie nie etwas anderes getan und als hätte sie nie irgendwo anders gelebt als in Leipzig. Nur der Dialekt verriet sie und manchmal auch ihr Blick auf diese Stadt. Ihr erging es wie ihm. Vorstellung und Realität mussten einander angepasst werden. Während die Leipzigerinnen und Leipziger stolz auf das bereits Geschaffte waren, fragte sie sich – genau wie Christa Wolf ein paar Jahre zuvor –, was das eigentlich war. Elfriede Brunner war laut Fred Wander »von dem Zustand der Stadt bestürzt. Leipzig war vernachlässigt und zurückgeblieben, während in Wien – zehn Jahre nach dem Krieg – kaum noch Spuren der Kämpfe zu sehen waren! War denn der Sozialismus nicht stark genug, die Wunden zu heilen, die Städte wiederherzustellen?«

Reden und über die Zukunft, die utopischen Ziele von Marx und Lenin debattieren, das beherrschten die Leute in der

DDR und das machte auch Elfriede Brunner Spaß. Die Leute und die Gespräche waren ohne Zweifel um ein Vielfaches interessanter als in Österreich, gaben ihr Hoffnung und berauschten sie, aber die Umsetzung, das tatsächliche Handeln, hing irgendwie schief. Es war nicht allein die offensichtlich fehlende Tat- und Wirtschaftskraft, was den Aufbau anging. Es gab eine Härte von oben, die gruselige Züge hatte. Wie Fred irritierte sie der bürokratische Apparat und seine Mitarbeiterinnen und Mitarbeiter, die ihre Augen und Ohren überall zu haben schienen und deren Anwesenheit Leute in der Öffentlichkeit hemmte, offen zu sprechen. Manchmal erinnerte sie die Atmosphäre sogar an ihre Schulzeit unter den Nationalsozialisten in Hernals, wo sie als Kommunistenkind auch hatte lernen müssen zu unterscheiden, wem sie sich offenbarte und vor wem sie ihre Gedanken lieber geheim hielt. Und es gab den Stalinismus, über den praktisch niemand – weder die hölzernen Beamten noch die diskussionsstarken jungen Leute – wirklich reden wollte. Sie sprach das Thema ja auch nicht an. Über die Opfer und Gräueltaten unter Stalin redete sie nur mit Fred, wenn sie am Ende langer Tage allein waren. Anders als ihre Mutter und die Kommunistinnen-Generation vor ihr verdrängte oder verklärte sie die Wahrheiten über die Jahre der sogenannten Säuberung nicht, aber sie schob sie zugunsten eines funktionierenden Alltags weg. Um vorwärts zu gehen, war es vielleicht nötig, positiver zu denken, so absurd und irre das auch klingen mag. Die DDR war nicht Stalin und Anfangsfehler konnten sicher überwunden werden – und wie viele Orte, wo Utopie zu Wirklichkeit werden sollte, gab es auf dieser Welt schon? Hier lebte und atmete der Kommunismus wenigstens. Nicht nur an einem Ort, sondern in einem ganzen Land. In Österreich wurde ihre politische Blase ja immer mehr an den Rand gedrängt. Der Traum von einem linken Theater in Wien war längst geplatzt und die Scala, wo Elfriede Brunner so gern gearbeitet hatte, musste nach üblen Diffamierungen in der Presse und in der Öffentlichkeit schließen, weil das feindliche Klima nicht mehr auszuhalten war. Der einzig gute, richtige Platz im deutschsprachigen Raum war die DDR und all die Regisseure wie Bertolt Brecht und Benno Besson, die sie in der Scala gesehen und bewundert hatte, waren längst hier, inszenierten, gestalteten, erfanden sich, erfanden Sprache und Sein neu oder versuchten es jedenfalls. Das wollte Elfriede Brunner auch. Das Liebes- und Reiseabenteuer mit Fred Wander wurde nun wirklich ernst und konsequenterweise legte sie zum Aufbruch in ein neues Leben ihren alten Namen ab. Elfriede Brunner wurde zu Maxie Wander.

Für sie war der neue Vorname ein Spiel mit den Rollen und den Geschlechtern, fast schon ein performativer Akt, der sagte: Ich – das ist Fiktion und Konstrukt. Maxie, nicht Maximiliane, stand für eine Person, die alles sein konnte, die sie oder er meinte, cool war und sich nicht ganz greifen ließ. Wer verbarg sich hinter so einem Namen? Darauf konnte es keine eindeutige Antwort geben und genau das war der Spaß dabei.

Wander passte dazu. Wander verband sie mit dem heißgeliebten Mann, den sie im Sommer 1956 ehelichte. Wander war aber auch ein Nachname, der von Reisenden und Rastlosigkeit erzählte, von allem anderen als Stillstand, von ewiger Bewegung und ewiger Neugier. Und all das machte schließlich diese Verbindung aus.

Als Maxie Wander folgte sie ihm, ahmte ihn in seinem Wunsch, noch mal ganz frisch anzufangen, nach. Fred Wander, das war ja ebenfalls ein Name, den er sich selbst gegeben hatte, als er 1945 nach Wien zurückkehrte und es nicht mehr ertrug, als Fritz Rosenblatt durch die Straßen zu laufen. Dieser Name barg zu viel Schmerz und Grauen, zu viel Leid und Trauma und Tod in sich, und wenn er weiterleben wollte, musste er ein anderer werden. Bei ihm war es kein Spiel. Bei ihm war es eine Notwendigkeit, um Zukunft überhaupt wieder denken zu können. Er, der jüdische, 1917 geborene Mann, der schon als Junge in Wien ständig Antisemitismus ausgesetzt gewesen war, der seine Schwester und seine Eltern im Holocaust verloren und selbst fünf Jahre Auschwitz und Buchenwald überlebt hatte. Es war ein Wunder, dass er in dieser Welt überhaupt dreißig Lebensjahre geschafft hatte. Für alles, was nun kam, brauchte sein Selbst einen anderen Sound. Fred klang nach weiter Welt und ein bisschen nach Cowboy. Modern. Offen. Und Wander – ein Wanderer war er immer gewesen und würde es bleiben. Ein Fremder, ein Suchender, dessen Insel nun diese junge Ehefrau war, die alles leichter und besser machte.

Ihre Hochzeitsreise führte sie nach Korsika, jenem Land, das bereits 1943 erfolgreich gegen die Hitler-Mussolini-Besetzung aufbegehrt und sich befreit hatte. Dort verbrachten Maxie und Fred Wander den Sommer, liebend, schreibend, fotografierend. Er machte sie mit seiner Kamera vertraut und zeigte ihr, zurück in Wien, wie man Fotos selbst entwickelt. Das Fotografieren wurde zu ihrer gemeinsamen Leidenschaft. Aus den Wochen auf Korsika entstand schließlich ein Reisebuch, das Fred Wander im Herbst 1956 ein Verlag in der DDR abkaufen wird. Die Welt schreibend festhalten ist vielleicht in Wien eine brotlose Kunst. In der DDR will man seine Texte und seinen Blick und bezahlt sogar Geld dafür.

Das einzige Problem: Ostmark ergeben in Österreich keinen Sinn, sind wertlos. Vielleicht sollten die Wanders also den Schritt wagen und ganz in die DDR ziehen, wo es zwar beunruhigende Schwächen des Systems gibt, aber für Fred Wander auch Chancen auf ein Dasein als Schriftsteller unter Gleichgesinnten und für Maxie Wander das Versprechen einer neuen Art zu leben. Das genau ist das zentrale Thema ihrer Biografie: die fortwährende Suche nach einem schöpferischen, aufrichtigen, anderen Lebensentwurf.

Teil II

Ankunft im Alltag

Maxie & Brigitte

Petzow

Einen Raum für sich allein, einen Raum zum Schreiben, einen Raum, in dem sich in Ruhe denken lässt, davon träumen Schriftsteller und Schriftstellerinnen seit jeher und überall auf der Welt. Ungestört in einem Zimmer mit Aussicht sitzen, Worte für das innere Treiben finden, den Wahnsinn und die Geschichten, die dort wohnen. Das ist die große Sehnsucht und diese Sehnsucht teilten auch Schreibende in der DDR.

1955 hatte der Schriftstellerverband für sie und ihre klappernden Schreibmaschinen mit dem Heim »Friedrich Wolf« im brandenburgischen Petzow einen Ort geschaffen, an dem genau das möglich war. Namenspatron war der 1953 verstorbene Arzt, Schriftsteller und kommunistische Politiker, dessen Söhne man vielleicht besser kennt als ihn – Markus Wolf, Chef der Außenspionage der DDR, und der Regisseur Konrad Wolf. Heim, das klingt piefig und trostlos und ist etwas irreführend. Dieses Heim war eine große, weiße, komfortable, etwas verlebte und von einstiger Dekadenz erzählende Villa direkt am Schwielowsee in der Havellandschaft. Hier roch es nach Wasser und nasser Erde, verwelktem Laub und Brandenburg. Wer im Osten aufgewachsen ist, weiß, was das heißt.

Während des Krieges hatte das Gebäude der deutsch-österreichischen Ufa-Schauspielerin und NS-Sympathisantin Marika Rökk gehört. Dann war sie in den Besitz der ostdeutschen Utopisten übergegangen. Ein Haus voller Geschichte wurde zu einem Haus für neue Geschichten.

Das erste Heimleiterehepaar waren Herta und Otto Ihlenfeld, die Eltern von Christa Wolf. Nachdem Christa Wolf 1954 offizielles Mitglied des Schriftstellerverbandes geworden und in den Vorstand aufgerückt war, hatte sie ihre Kontakte genutzt und den Eltern den Posten verschafft. Beliebt hatte sie sich damit nicht gemacht, aber beliebt wurden die Eltern in ihrer Rolle als Leiter dieses »VEB Elfenbeinturm«, wie Brigitte Reimann das Heim später einmal nannte. Otto Ihlenfeld kümmerte sich mit Hingabe ums große Ganze, begrüßte, werkelte, organisierte, behielt die Übersicht. Herta Ihlenfeld betreute die Küche und soll die Gäste mit köstlichen Gerichten beglückt haben, was angesichts des ständigen Mangels eine Herausforderung gewesen sein muss.

Für 10 Mark am Tag konnten sich Autoren und Autorinnen im Schriftstellerheim »Friedrich Wolf« verpflegen lassen, sich zurückziehen und schreiben, mit der Familie Urlaub machen oder dem Alltag entfliehen. Manche blieben für ein Wochenende. Andere für ein paar Wochen oder Monate und machten aus dem Heim ein Zuhause. Häufig wurden die Auszeiten von den Verlagen bezahlt oder mit einem Stipendium finanziert. Ein paar Mark für Petzow ließen sich immer auftreiben.

Ein Aufenthalt in dieser Enklave mit Blick aufs Wasser war für viele die beste und freiste Daseinsform, die der sozialistische Staat zu bieten hatte. Die typische im Gedächtnis gebliebene Deutsche Demokratische Republik mit all ihren Repressionen und Gängeleien war hier aufgehoben. In Petzow durfte geträumt und geschrieben und der Sehnsucht nachgegangen werden. In Petzow war streiten und diskutieren erlaubt. Oder besser: Es wurde geduldet. Hier traute man sich, offene Gespräche mit mehr als einer Person zu führen.

Die Tage liefen gewöhnlicherweise so ab: Vormittags saßen alle Gäste in ihren Zimmern, vor ihren Schreibtischen und arbeiteten an ihren Texten und Manuskripten. Zum Mittagessen traf man sich an dem langen Tisch im Erdgeschoss und aß, was Herta Ihlenfeld zubereitet hatte. Vielleicht gab es Königsberger Klopse, vielleicht gab es Senfeier mit Salzkartoffeln. Vielleicht gab im Frühjahr – wie in jenem Frühjahr 1958 – Spargel mit brauner Butter und Schinken. In der DDR auch bekannt als »Edelgemüse«. Einige machten nach dem Mittagessen Mittagsschlaf, andere gingen um den See spazieren oder setzten sich in den Garten, in die alten Liegestühle, dösten, dachten, hörten den drei Pappeln am Ufer beim Rauschen zu und den Wellen, die sich bei Wind überschlugen, redeten mit jemandem, der sich zu ihnen gesellte, über das, was am Vormittag geschafft oder gerade nicht geschafft worden war, was sich nicht aufs Papier bringen ließ oder was endlich Form angenommen hatte. Fliehende Wolken. Schimmerndes Wasser. Viele von ihnen hielten die märchenhafte Kulisse in ihren Tagebüchern fest.

Am Abend traf man sich wieder in großer Runde bei Tisch, schlemmte, fing an zu trinken und versuchte, die heraufbeschworenen Geister und Gedanken, die sich im Laufe des Tages im Kopf eingenistet hatten, mit Rausch und Rauchschwaden zu vertreiben, mit Gesprächen loszuwerden, damit sie einem nicht in den Schlaf folgten. Die Sache beim Schreiben war und ist ja die: Die Geschichten hören nicht auf, wenn die Schreibmaschine, die Tastatur stillsteht oder der Füller liegen bleibt, sie kreisen und marschieren und poltern durch ihre Erfinderinnen über Tage, Wochen, Monate und oft Jahre. Trinken und Reden, sagen die Leute, hilft. Und so trank und quasselte man eben auch in Petzow. Der Trinkspruch hieß »Auf die Freundschaft«.

In den Abendstunden begannen auch die hitzigen Diskussionen und tiefsinnigen Gespräche über das, was man allgemein Leben oder den menschlichen Zustand nennt. Im Mondlicht bei Kerzenschein und unter alten Kronleuchtern sitzend, wurden persönliche, sozialistische, weltliche Fragen und Zweifel, Träume und Hoffnungen besprochen. Es wurde darüber geredet, worüber man als Autor oder Autorin der DDR unbedingt schreiben müsste und was das eigentlich war, die Wahrheit, was es hieß, wahrhaftig zu schreiben, und ob es tatsächlich gelingen würde, mithilfe von Literatur den Menschen zu verändern und eine neue Spezies nach Marx'schen Standards zu erschaffen. Es wurden Geschichten aus Kriegstagen erzählt, heldenhafte und solche, die Schuld auf den Tisch legten. Es wurde die aktuelle weltpolitische Lage analysiert, der Kalte Krieg, die Nazis in Westdeutschland, die unbescholten weiter in Machtpositionen saßen, die Revolution in Kuba und immer wieder die Idee des Sozialismus, der alle, die am Tisch in Petzow saßen, folgten, weil sie zu ihrer Sache geworden war.

Ein anderes beliebtes und hier ebenfalls politisch aufgeladenes Thema war die Liebe und die Frage, ob Ehe vielleicht doch kleinbürgerlich und antirevolutionär war und das Ende jeder Leidenschaft bedeutete. Liebe musste frei sein und wahrhaftig, genau wie das Schreiben. Aber wie diese unbedingte Forderung gelingen konnte und woher man den Mut nehmen sollte, danach zu leben, das blieb ungeklärt. Die meisten, die nach Einbruch der Dunkelheit in Petzow zusammensaßen und sich theoretisch wild gaben, waren selbst verheiratet. Irgendwie ging es nicht ohne Trauschein. Jedenfalls nicht in der DDR. Überall galt es eben Kompromisse zu machen auf dem Weg in die schöne neue Welt, also auch in Liebesdingen. Unverheiratete Paare bekamen in der DDR keine Wohnung und auch kein Hotelzimmer, ohne das Personal mit ein paar Scheinen zu bestechen. Bekloppt, das fanden alle, aber so war es und Petzow war allen freiheitlichen Gesprächen zum Trotz natürlich auch ein Ort, an dem Ehen gestiftet wurden. Nur ab und zu, wenn genug getrunken, genug geraucht, genug geredet worden war und alle auf ihre Zimmer gingen, passierte es – heimlich, leise –, dass es zu Affären untereinander kam. Brigitte Reimanns Biografie kann davon erzählen. Sie nahm mehr als einmal jemanden mit zu sich oder wachte in einem anderen Bett auf. Freie Liebe für eine Nacht. Immerhin.

Es müssen schöne, anregende Stunden gewesen sein, in diesen Nächten in Petzow, aber auch hoffnungslos naive Augenblicke, weil diese Gruppe von Menschen, die hier zusammenkam, an etwas glaubte, das sich so nie einlöste, das immer mehr Idee blieb, als Realität zu werden. Der Kampf für den Sozialismus, die Arbeiterklasse und die DDR ließ sich mit Feuer beschreiben und bereden, die Ideale umzusetzen, in wahres Leben zu überführen, das war eine andere Geschichte. Fred Wander schrieb über diese Monate später: »Ich lebte damals mit Maxie in einer ständigen Euphorie, wir genossen Freundschaft wie nie zuvor, genossen (...) die Freiheit und das Glück, in einem Haus am See zu wohnen und genügend Essen zu haben und Zeit, auf der Maschine zu tippen. Die Menschen um uns, die Spaziergänge, die langen Gespräche ...«

In diesem Elfenbeinturm, der bis zum Ende der DDR existierte, begegneten sich auch die drei Frauen Maxie Wander, Christa Wolf und Brigitte Reimann immer wieder. Mal nahmen sie sich bewusst wahr, mal streiften sie sich nur kurz. Vielleicht haben sie auch mal zu dritt an einem Tisch gesessen, sehr wahrscheinlich ist das jedoch nicht. Reimann und Wander pflegten im Laufe der Jahre jeweils eine enge Freundschaft zu Wolf, fanden den Weg aber nie zueinander.

Wie verrückt nah sie sich trotzdem kamen, davon erzählt auch jenes Frühjahr 1958, als die eine in Petzow ihr Leben in der DDR begann und die andere sich Hals über Kopf in einen amourösen Neuanfang stürzte. Maxie Wander war mit Fred ganz in die DDR gezogen. Das Paar durfte im Schriftstellerheim wohnen, bis das Haus in Kleinmachnow bezugsfertig war. Brigitte Reimann weilte zur gleichen Zeit in Petzow, arbeitete an einem neuen Buch und verliebte sich unsterblich in einen Kollegen. Wie oft sind Wander und Reimann wohl auf der großen Treppe aneinander vorbeigelaufen? Wie oft saßen sie nur einige Armlängen voneinander entfernt? Wie oft hat Maxie Brigitte beobachtet, ohne dass Brigitte ihre Blicke bemerkte? Maxie sah Brigitte, aber Brigitte sah Maxie nicht.

Maxie Wander liegt mit Fred im Bett. Es ist Mitte März. Sie wohnen in dem kleinen Dachzimmer, in dem sie schon bei ihrem ersten Besuch in Petzow im Winter 1956/57 gewohnt und in dem sie ihre Tochter Kitty gezeugt haben, die im vergangenen Jahr im Herbst auf die Welt gekommen ist. Seitdem ist dieses Zimmer für sie Wunderkammer. Auf dem Schreibtisch vor dem Fenster stapeln sich Bücher und Papier, Briefe und Fotos. Es ist ihr und sein Arbeitsplatz. Zwei Suchende teilen sich einen guten Meter Holz. Auf dem Fußboden liegen Kleider, Socken, Unterhemden. Maxies Mutter und ihr Ordnungswahn sind weit weg. Die beiden rekapitulieren den Abend, der hinter ihnen liegt, und flüstern über die anderen Gäste der Villa, deren Sprechgewohnheiten und Verhaltensmuster. Wie Leute reden, ist ein Lieblingsthema des Paares. Was der Unterschied ist zwischen der Kunst des Artikulierens und Erzählens und der Kunst des Schreibens. Wer schreibt, findet Maxie, ist nicht unbedingt jemand, der gut erzählt, aber manche hier verlieren sich trotzdem einfach in Monologen und Geschichten und manchmal, sagt sie, wirkt das so, als täten sie das vielleicht nur zur Ablenkung, um jene innere Leere besser aushalten zu können. Fred findet, dass die Wenigsten das wirklich aushalten können: still bleiben, bei sich bleiben, mit sich sein. Seiner Meinung nach liegt das auch daran, dass Geräusche permanent den Alltag bestimmen. Seit es Sprechmaschinen und Kopfhörer gibt und Fernsehen und Radio müsse man sich dem, was in einem wohnt, gar nicht mehr stellen, man könne sich einfach konstant berauschen und berieseln lassen. Maxie nickt. Fred streicht ihr über die Locken.

Zur Stille hat Maxie ohnehin eine besondere Verbindung. Stille und ein schweigender Mund bedeuten, nicht in die Verlegenheit des Stotterns zu kommen. Stottern, holpernde Sätze, das passiert ja nur, wenn sie reden, laut werden muss. Das Innen ist klarer, wenn sie nicht gezwungen ist, es nach außen zu kehren, und wenn sie ehrlich ist, beobachtet sie sowieso lieber, als selbst zum Zentrum der Aufmerksamkeit zu werden. Sie hört in geselligen Runden wie hier in Petzow gern zu und stellt Fragen, statt sich in Szene zu setzen. Zuhören kann Maxie außergewöhnlich gut und es ist wie eine Vorahnung auf ihren Durchbruch mit dem Buch *Guten Morgen, du Schöne*, in dem sie Gespräche mit Frauen in der DDR protokollieren wird. Maxie strahlt Wärme aus und Offenheit und hat die Gabe, innere Türen aufzuschließen. Es ist ein Talent, aber für sie auch Notwendigkeit. Denn womit soll sie sich schon auf die Bühne begeben? Umgeben von erfolgreichen Schriftstellerinnen wie Brigitte Reimann, kommt Maxie in dieser Nacht zum Nachdenken, was sie eigentlich bisher geleistet hat und in dieser Welt noch leisten kann. Brigitte Reimann, die alle irrsinnig schön und irrsinnig interessant finden, ist genauso alt wie Maxie und längst ein Star. Jede hier anwesende Person hat ihr Buch *Die Frau am Pranger* gelesen und alle Männer ringen um ihre Aufmerksamkeit. Im Vergleich dazu wirkt ihr eigenes Tun albern, kindisch. Maxies härteste Kritikerin ist sie selbst. Mach. Reiß dich zusammen. Jammer nicht. Diese Strenge in Bezug auf die eigenen Unzulänglichkeiten verbindet Maxie Wander mit Christa Wolf. Wolf, die neue Bekannte, die vielleicht eine gute Freundin werden könnte und die sie auch hier in Petzow kennengelernt hat. Wolf kommt mit ihrer Familie oft an den Wochenenden vorbei, um die Eltern zu besuchen und im Kreise Gleichgesinnter auszuspannen. Maxie mag Christa. Sie haben einen ähnlichen Humor und können über die gleichen Geschichten lachen.

Die Selbstzweifel, die Maxie in schlaflosen Stunden zerfressen, behält sie lieber für sich. Neuen Freundinnen zeigt man sich doch von seiner fröhlichsten Seite und spart die unschönen Gedanken und Minderwertigkeitskomplexe erst mal aus. Ihr größter Komplex: Diesen Vorsprung, den Fred und Leute wie Brigitte Reimann und in gewisser Weise auch Christa Wolf haben, diese Chancen, Erfahrungen und dieses Leben im Scheinwerferlicht, das holt sie doch nicht mehr auf. Wird sie je mehr sein als die heitere, neugierige, junge Wiener Ehefrau an der Seite dieses alten Schriftstellers? Sie, die zwar wie verrückt Tagebuchskizzen schreibt und Entwürfe für Kurzgeschichten und unendlich viele Briefe, manchmal fünfzehn an einem Tag, hat die Tür zu ihrer Berufung noch nicht gefunden, möglicherweise fehlt ihr auch einfach das Werkzeug dazu. Arbeiterkind. Maxie macht sich klein, obwohl sie nie klein sein wollte, und vielleicht sind die Skizzen und Entwürfe und Briefe auch ein Versteck, bevor sie das echte Schreiben wirklich anfängt, sich eingesteht, dass sie wie die anderen mit vollem Recht in Petzow ist und sein will. Schreibübungen nennt sie die Stunden an der Schreibmaschine, dabei ist sie längst eine schreibende Frau. Sie muss nur den Mut finden. Fred drängt sie dazu, weiterzumachen, gleichzeitig ist er mit seinen eigenen Sachen beschäftigt.

Beim Abendessen kam wieder die Frage auf, warum er, der zwei Konzentrationslager überlebt hat, nicht über diese Erfahrung schreibt. Es wäre doch wichtig, das literarisch zu verarbeiten, sagen die anderen. Ein Reisebuch über Korsika oder das Leben in der Produktion, den schreibenden Arbeiter, den Helden des Alltags, der schuftet und daran arbeitet, ein besserer Mensch zu werden, könne fast jeder schreiben, diese Geschichte kann nur Fred Wander erzählen. Aber er kann eben nicht. Es ist noch zu nah. Mit einem Teil seiner selbst ist er immer noch dort, gesteht er Maxie im Bett, in dieser Nacht. Die Rückkehr ist noch nicht ganz gelungen. Wenn er, wie am Abend, an einem Tisch mit Wein und warmen Gerichten sitzt und wieder Mensch sein darf, ertappt er sich bei dem Gedanken, das alles sei vielleicht doch nur ein Traum und gleich werde er wieder in der Baracke aufwachen und das Stöhnen seines Nachbarn hören, das Wimmern und das Sterben. Er ist mit Maxie in der DDR. Er lebt. Aber der Weg zurück ins Leben muss noch gegangen werden.

Leben, neues Leben, das gilt es auch für Maxie in der DDR tatsächlich erst zu erobern, während ein ebenfalls neues Leben in Wien fern der Eltern aufwachsen muss. Wie es wohl Kitty geht? Ach, Kitty, Kitty, Kitty, seufzt Maxie. Über ein halbes Jahr ist sie nun schon alt und lebt bei den Großeltern in Hernals. Sobald sie in ihr versprochenes Haus in Kleinmachnow ziehen können, will Maxie ihr kleines »Butzerl« sofort dazuholen, aber bis dahin hat sie es bei den Großeltern besser. Oder nicht?

Aus großer Entfernung betrachtet, wirkt es schon ein bisschen eigenartig und nicht ohne weiteres verständlich, dass Maxie ihr erstes, aus großer Liebe entstandenes Kind zunächst zurücklässt. Kinder gehören in Petzow selbstverständlich dazu, aber vielleicht hat sie sich davor gefürchtet, dass Fred, sobald Familienleben echt wird, die Flucht ergreift, wie er es bei seiner ersten Ehefrau Otti getan hat. Vielleicht will Maxie ihm und ihr deshalb noch ein bisschen Zeit in dieser Märchenwelt zu zweit schenken und sicherstellen, dass der Umzug in die DDR mehr als nur das Hirngespinst eines schwer verliebten Kommunistenpaares ist. Einmal soll jemand, an einem dieser Abende, an denen hitzig diskutiert wurde, zu Maxie und Fred gesagt haben: »Alles, was ihr hier redet, gilt nicht. Ihr habt österreichische Pässe und könnt jederzeit abhauen!«

Dieser Jemand war nicht Brigitte Reimann, aber sie hätte es sein können. Brigitte Reimann konnte nicht einfach gehen. Und auch die freiheitliche Idylle des Schriftstellerheims konnte nicht darüber hinwegtäuschen, dass es Pässe und Staatsbürgerschaften waren, die eine Existenz prägten. Als Reimann im März in Petzow ankommt, ist sie erschöpft und desillusioniert und lächelt müde über Wander-Sätze wie diesen: »Man muss die Kinderkrankheiten des Systems durchstehen und nicht verzagen. Die Diktatur des Proletariats soll ja laut Marx nur ein Übergang in eine klassenlose Gesellschaft sein!«

Der zurückliegende Herbst und Winter waren für sie eine Katastrophe gewesen. Reimanns erster Ehemann, Günter Domnik, den sie 1953 in aller Stille in Burg geheiratet hatte, saß wegen häuslicher Gewalt und Körperverletzung im Gefängnis. Nach einem Streit zwischen ihm und ihr war er erst auf Brigitte und dann auf jeden, der ihm in die Quere kam, losgegangen. Die Stasi hatte daraufhin versucht, sie mit seiner Freilassung zu erpressen, und sie zu Spitzeldiensten gedrängt, und sie hatte sich tatsächlich breitschlagen lassen und eine Bereitschaftserklärung unterschrieben, dass sie zukünftig mit dem MfS kooperieren und Berichte über andere Schriftsteller verfassen würde. Sie wollte Günter, diesen grausamen, brutalen Mann, der trotz allem ihr Mann war, aus dem Gefängnis befreien, und irgendwie hatten es die »Schmeißfliegen« von der Stasi, wie Reimann sie nannte, geschafft, ihr einzureden, dass sie der guten Sache dienen würde, wenn sie mit den Organen der Staatssicherheit zusammenarbeitete. Im Gegenzug würde man Günter frühzeitig auf Bewährung entlassen.

In ihr Tagebuch hatte sie kurz nach der Erklärung geschrieben: »Ich habe doch all meinen Idealen abgeschworen – und nun kommt einer daher und redet mir ein, ich könnte durch meine bescheidene Hilfe dem Sozialismus (über dessen moralische Berechtigung ich mir nicht einmal recht klar bin!) einen Dienst erweisen. Und ich falle, verdammt noch mal!, drauf rein und glaube stundenweise selbst, ich täte damit etwas Gutes und Nützliches. Die Zukunft wird lehren, ob dieses System gut und richtig ist.« Die Zukunft würde sie auch lehren, dass man sich von gewalttätigen Männern trennen musste.

Seitdem war ihr ständig übel gewesen. Schreiben fiel schwer, Leben noch schwerer. Mann im Gefängnis. Körper voll blauer Flecken, die langsam gelb wurden, und ein Kopf, der stündlich zu platzen drohte. Immerzu plagte sie der Gedanke, einen Fehler gemacht und sich selbst verraten zu haben. Im Januar 1958 eine weitere Notiz im berühmten Tagebuch: »Mit der Stasi muss ich Schluss machen, es geht nicht anders.« Sie ging – um wieder in den Spiegel schauen zu können – intuitiv in die Offensive und, mit der Hilfe und Rückendeckung ihres Kollegen Wolfgang Schreyer, berichtete sie schließlich dem Bezirksvorstand des Schriftstellerverbandes von ihren Erfahrungen mit dem unmöglichen Ministerium für Staatssicherheit. Daraufhin wurde ein Oberst der Stasi in Magdeburg zum Schriftstellerverband eingeladen und musste Rede und Antwort stehen, was solche erpresserischen Anwerbeversuche sollten. Ihre Offensive hatte positive und negative Konsequenzen: Die IM-Tätigkeit wurde offiziell eingestellt und die Beziehung zwischen dem MfS und ihr abgebrochen. Als Grund wurde in ihrer Akte vermerkt: »Fehlende Perspektive der Zusammenarbeit.« Gleichzeitig wurde eine neue Akte unter dem Decknamen

»Denker« angelegt. Reimann stand wegen ihres Vorgehens fortan selbst unter Beobachtung.

Als sie im März nach Petzow kommt, liegt also alles schief. Sie will den Fängen des Ministeriums für Staatssicherheit entkommen, sehnt sich nach Ruhe und gleichzeitig produktiven Stunden am Schreibtisch. Sie will endlich an ihrem neuen Roman arbeiten. Im Juni, wenn ihr Mann aus dem Gefängnis entlassen wird, will sie spätestens zurück in Burg sein.

In den Tagen vor ihrer Ankunft gab es schon großen Aufruhr. Vor allem die Männer sollen geraunt haben: »Die Reimann kommt.« Sie ist jung und schön und berühmt. Ihr Roman *Die Frau am Pranger* steht in der zigsten Auflage, sie ist ein Star. Als sie schließlich eintrifft, wird sie hofiert und angebetet. Immer ein Schwarm Männer hinter ihr. Sie genießt das. Sie mag es, angebetet und verehrt zu werden, sie mag das Spiel und den Flirt, beides bringt sie auf andere Gedanken, und während Maxie Wander mit Fred flüsternd im Bett liegt und über Vergangenheit, Gegenwart und Zukunft philosophiert, verdreht Reimann im Salon des Hauses allen den Kopf, außer einem. Siegfried Pitschmann, der sich, wie so oft, verzogen hat, sitzt in der großen Halle des Hauses auf einem bequemen Sessel vor dem Radioapparat und hört das Beethoven-Violinkonzert, gespielt von David Oistrach.

Pitschmann, geboren 1930, ist ein stiller Mann. Einzelgänger. Jemand, der wenig spricht und der sich nur selten an den Diskussionen beteiligt. Er steht immer etwas abseits, das ist auch Maxie Wander schon aufgefallen. Im Abseits scheint er sich wohler zu fühlen. Für ihn ist Petzow auch eine Art Kur. Sein vergangenes Jahr war eine ähnliche Katastrophe wie bei Reimann. Im Sommer hatte er, der gelernte Uhrmacher und freie Autor, im Kombinat »Schwarze Pumpe« in Hoyerswerda als Betonarbeiter angefangen, um der DDR seinen Dienst als schreibender Arbeiter zu erweisen, aber der Schöngeist war nicht gemacht für den rauen Alltag im Lausitzer Braunkohletagebau. Baustellenromantik sah anders aus. Schon im November 1957 wurde er krank, kam ins Krankenhaus und kehrte schließlich im Februar 1958 nach Mühlhausen zurück, wo er mit seiner Frau Elfriede, deren beiden Söhnen aus erster Ehe und dem gemeinsamen Sohn Thomas lebte. Wie bei Reimann ist die Ehe, auch wenn das niemand aussprechen will, längst gescheitert, und Pitschmann, immer noch krank und angeschlagen, ist deshalb glücklich über einen Aufenthalt im Schriftstellerheim, den ihm sein Lektor Günter Caspar vom Aufbau-Verlag organisiert hat. Hier will er in Ruhe gesund werden und ein Buch schreiben. Anders als Reimann ist er jemand, der sehr langsam arbeitet. Jeden Satz baut er mühsam zusammen, versteigt sich in jedes kleine Detail und treibt seinen Lektor damit regelmäßig zur Verzweiflung. Schick Seiten, nicht Sätze. Sosehr sein Körper ständig leidet und sich quält, so sehr quält sich auch sein Geist. Er ist das Gegenteil von ihr. Brigitte Reimann schreibt, wie sie auch liebt: besessen und ständig auf der Suche nach einem alles überwältigenden Gefühl.

An jenem magischen Abend – die Wanders im kleinen Dachzimmer, die Reimann mit der Männerschar im Salon – sitzt er, Pitschmann, also versunken in der großen Halle, lauscht, bis plötzlich Reimann mit ihrer Beute im Schlepptau hineinplatzt. Sie und ihre Begleiter sind angetrunken, sie verlangt nach etwas Flottem zum Tanzen, ein bisschen Jazz, den sie so liebt. Ein bisschen Josephine Baker, deren neue Platte sie gerade rauf und runter hört. Pitschmann mag Jazz genauso wie Klassik, aber als sie tatsächlich anfängt an dem alten Gerät herumzudrehen und versucht, andere Musik zu finden, wird er wütend, springt auf und beschwert sich: »Das ist Oistrach, meine Dame, er spielt Beethoven!« Es ist das erste Mal, dass er sie direkt anspricht, und sie soll ihn sehr erschrocken angeschaut haben, »mit weit aufgerissenen Augen, kurzsichtig bis fast zur Blindheit. Aber dadurch wirkten ihre Augen besonders schön, leicht verschleiert.« Pitschmann dreht den Sender also wieder zurück. Sie entschuldigt sich, und die ganze Truppe verschwindet.

Kein guter Start. Oder doch? Ein paar Tage später dann das erste echte Gespräch zwischen den beiden über ihr Buch *Die Frau am Pranger*, das ihm, Pitschmann, sehr gefallen hat, weil es etwas Ungeheuerliches wagt und ein Tabu bricht. Eine Geschichte über eine deutsche Bäuerin und einen sowjetischen Gefangenen, die sich verlieben, das ist etwas, was sich bis dahin niemand getraut hat. Sie will etwas von ihm hören. Er liest ihr eine Kurzgeschichte vor. Sie verliebt sich in seine Art zu schreiben und dann in ihn. Eine »Wahnsinns-Liebe« schreibt sie auf und »wir sind wie Geschwister«. »Daniel«, wie sie ihn nennt, weil bei ihr alle Männer sofort neue, fiktive Namen bekommen, ist ihr Gesuchter und sie seine Gesuchte. Er sagt, er liebt ihren Gang, der süß und aufregend sei. Das hat ihr, die ja humpelt, noch niemand gesagt.

Nächtelang sitzen sie zusammen, eng umschlungen wie einst die Wanders, und malen sich aus, wie es sein wird, wenn beide geschieden sind, einander heiraten und miteinander leben und schreiben können. Berühmt wollen sie werden und glücklich. Zusammen reden sie sich in den schönsten Literaturhimmel und fangen an Geschichten zu erträumen, mit denen Großes gelingen könnte. Großes, das meint: Lesende zum Weinen bringen. Sie gefangen nehmen, sie erfreuen, sie fesseln. Das ist für sie und ihn gleichermaßen das Ziel von Literatur und Brigitte Reimann und Siegfried Pitschmann würden zu jenen gehören, die große Literatur schreiben, Werke für die Ewigkeit. Das war ihr erstes Versprechen, der Anfang ihrer Sehnsucht und der Anfang ihrer Liebe. Der 21. März, den sie als Datum festhalten, wird von nun an ihr Jubiläum sein und ein Jahr später, im Februar 1959, werden sie, nachdem Reimann sich im November 1958 von Günter hat scheiden lassen, tatsächlich heiraten. Natürlich hier in Petzow, wo alles angefangen hat. Dem Ort ihrer Liebe und dem Ort ihrer geistigen Heimat. Zu den Geschenken gehören E.T.A. Hoffmanns gesammelte Werke und zwei Flaschen Sekt und Brigitte schenkt ihrem Siegfried eine Heine-Gesamtausgabe. Die Kollegen und Kolleginnen feiern mit, und einige von ihnen werden flüstern: Sie wird ihn ruinieren. Sie wird ihn in den Wahnsinn treiben. Sie, die Männer mit Messer und Gabel auffrisst.

In ihren Tagebüchern sieht es ganz anders aus: »Manchmal denke ich darüber nach, wie oft ich geliebt habe, wie oft ich geliebt wurde, (…) wie aufregend mein Leben ist: immer neue Menschen, immer wieder neue Leidenschaften, immer Ehrgeiz, eine Arbeit, die mir Zufriedenheit nicht gestattet – ein herrliches Leben voller Entdeckungen. Ich werde nie alt. Meine ehemaligen Schulfreunde, meine Schülerinnen sogar schon, sind im Hafen eingelaufen, breite behäbige Schiffe – ich fahre jeden Tag wieder aufs Meer hinaus.«

Aus der Distanz betrachtet ergibt sich dieses Bild: Die Wanders hatten Pässe mit außerordentlichen Privilegien. Sie konnten bei Repressalien einfach aus der DDR verschwinden und reisen, wohin sie wollten. Reimann reiste vor allem in Gedanken. Am Ende der Erkundungen treffen sich alle doch am gleichen Ort. In Petzow, dem VEB Elfenbeinturm. Oder wie Reimann das Schriftstellerheim auch mal nannte: dem »sozialistischen Zauberberg«. Ein Zauberberg, das war es in diesem Frühjahr 1958.

Christa

Halle

Ihre ersten beiden Bücher *Moskauer Novelle* und *Der geteilte Himmel* entstanden in Halle an der Saale. An einem Schreibtisch, der auf einen verwilderten Garten und alte Obstbäume blickte. Hier fing Christa Wolf an, literarisch zu schreiben. Hier wurde sie zur Schriftstellerin. Hier traute sie sich endlich, eigene Geschichten zu erzählen.

Im September 1959 waren sie und ihre Familie aus Berlin-Karlshorst in den Amselweg 34 gezogen, ein kleines Quartier direkt neben dem Südfriedhof. Alle Straßen benannt nach Vogelarten. Es war der vierte Ortswechsel in zehn Jahren. Ankommen in einem Leben, das wirklich passte, war nicht einfach.

Ihrem Umzug nach Halle waren Stationen in Jena, Leipzig, Berlin vorausgegangen und eine Handvoll Versuche, berufliche Erfüllung in konventionelleren Positionen zu finden. Ein Dasein hauptsächlich schreibend bestreiten zu wollen, war ja im Grunde eine Anmaßung und ein Akt der Überheblichkeit, der dem Grundton ihrer Erziehung zuwiderlief, nicht auffallen, sich nicht so wichtig nehmen. Doch irgendwann konnte sich Christa Wolf nicht mehr hinter Kritiken und Manuskripten anderer Leute verstecken. Sie hatte es versucht. Es reichte ihr nicht. In ihr arbeiteten Geschichten und Erlebnisse, die verlangten, erzählt zu werden. Von Vera und Pawel. Rita und Manfred. Sie musste nur den Mut finden. Nur. Bloß. Ganz einfach. Fast fünf Jahre dauerte diese Suche.

Nach dem bravourösen Abschluss des Germanistikstudiums mit einer Diplomarbeit über »Probleme des Realismus im

Werk von Hans Fallada« hatte sie vier Jahre als Außenlektorin und wissenschaftliche Mitarbeiterin für den Deutschen Schriftstellerverband gearbeitet. Erst in Leipzig, dann in Berlin. Sie hatte unzählige Bücher analysiert, zerrissen, gelobt und rezensiert. Sie hatte sich als gewissenhafte Leserin, ernsthafte Literaturexpertin, messerscharfe Kritikerin, treue Genossin und zuverlässige Kollegin etabliert, deren Urteil und Arbeit man schätzte, traute. 1955 war sie Mitglied des Verbandsvorstands geworden. Sie hatte Karriere im Kulturapparat der DDR gemacht. Treue wurde im Sozialismus belohnt. Scharfsinn von Frauen auch, solange er auf Linie stand. 1956 ernannte man sie zur Cheflektorin des Verlags »Neues Leben«. Da war sie 27 Jahre alt und hätte eigentlich Luftsprünge machen müssen. Die gegenwärtige Literaturlandschaft sollte von ihr mitgestaltet und geformt werden. Welche junge Frau im Deutschland der Fünfziger konnte das schon von sich behaupten?

Was sie erreicht hatte, passte zu all dem, was das System jungen Bürgerinnen wie ihr versprochen hatte. Hier war sie also, die Selbstverwirklichung, die Marx und Engels verheißen hatten. Ein Individuum erklimmt Berge. Einen nach dem anderen. Und spürt am Ende: nichts. Eine Befriedigung des persönlichen Ehrgeizes, das schon, aber keine Zufriedenheit, kein Glück. Fragen drängten sich in Wolfs Kopf: Warum konnte sie dieser Form von Selbstverwirklichung nichts abgewinnen? Wieso fühlte sich ihr jahrelanger Einsatz für das große Ganze nicht erfüllender an? War echte Zufriedenheit am Ende doch etwas Anderes? Und wo verliefen eigentlich die Grenzen zwischen den individuellen Zielen einer jungen Frau wie ihr und den Zielen eines jungen sozialistischen Staates? Hatte sie überhaupt ein Recht darauf, Ziele jenseits der politischen Agenda zu verfolgen?

Vor allem mit der Rolle als Cheflektorin haderte Christa Wolf. Ein Team leiten, Entscheidungen für andere treffen, Tage in Sitzungen verbringen, repräsentieren, richtig wählen, immer auswählen, nicht wanken, nicht überanalysieren. Sie fühlte sich ständig überfordert und nicht ausreichend gebildet, was natürlich vorgeschobener Quatsch war. Sie war der Herausforderung und Verantwortung sehr wohl gewachsen, aber Verantwortung und Macht muss man wollen, um darin aufgehen zu können. Sie war darin untergegangen, hatte sich den eigenen Aufstieg schöngeredet, bis es nicht mehr ging. Nach wenigen Monaten ganz oben wählte sie einen sicheren Ausweg. Schwangerschaft mit Tochter Nummer zwei. So erklärte sie das später. Den wahren Grund ihres Abschieds, den sie – tief in ihrem Inneren – ja längst kannte und der sich auf Notizzetteln zu Hause versteckte, behielt sie für sich.

In einem Brief an ihren Freund, den Lyriker Louis Fürnberg, spielt sie schon Ende 1955 mit dem Gedanken, die Seiten zu wechseln. Er hatte sie ermuntert: »Der liebe Gott hat dich nicht geboren, damit du deutschen Schriftstellern die angeborenen grammatischen Unzulänglichkeiten verbesserst. Schreib!!!« Für ihre Antwort braucht sie Monate, dann aber spricht sie es aus: »Ich habe sehr viel zu tun, den ganzen Haushalt und eine Menge Arbeit (…), aber das ist doch nicht das Eigentliche und macht mich nicht zufrieden. Übrigens sehe ich Kritik im Moment auch nicht als ›Das Eigentliche‹ an. Selber schreiben möchte ich können, ich wüsste vielleicht sogar, was.« Zögerliche Töne. »Vielleicht sogar, was«. Hier begann etwas Neues. Das passte zu den äußeren Umständen.

Auch die Politik der DDR und des Ostblocks war 1956 damit beschäftigt, sich neu auszurichten, Altes abzustreifen, die inneren Verunsicherungen zu überwinden und sich wieder auf eine hellere Zukunft auszurichten. Josef Stalin, der einstige Anführer dieses Hammer-und-Sichel-Experiments, war seit drei Jahren tot und diese drei Jahre hatten Wahrheiten und Fakten an die Oberfläche gespült, denen man sich nun zu stellen hatte. Auf dem 20. Parteitag der KPdSU hatte Stalins Nachfolger, Nikita Chruschtschow, erstmals die Verbrechen und die Morde seines Vorgängers öffentlich gemacht und die Entstalinisierung eingeleitet. Schluss mit dem Personenkult. Der Sozialismus musste besser werden und endlich den nächsten Schritt zur Befreiung des Menschen gehen. Das sah Nikita Chruschtschow so. Das sah Christa Wolf so. Die Anerkennung des großen Terrors unter dem Diktator Stalin barg zwar auch die Erkenntnis, dass sich Kommunisten und Sozialistinnen gegenseitig aufgefressen hatten, aber das kehrte man schnell unter den Teppich und wandte sich der nächsten Generation zu. Im September 1956 war Katrin, genannt »Tinka«, auf die Welt gekommen. Bloß weiterträumen. Glück im Kleinen streicheln. Hoffnung im Großen behalten. Den ungarischen Volksaufstand in Ungarn lassen. Den Weg finden, nach eigenen Bedürfnissen zu handeln.

1957 war ein Jahr des Übergangs zur sogenannten »Freien«. Christa Wolf hatte Kritiken für alle großen Zeitschriften und Zeitungen des Landes geschrieben. Das gefiel ihr. Wer nicht liest, kann nicht schreiben. 1958 machte sie noch einen letzten Versuch als angestellte Redakteurin bei der Zeitschrift *Neue Deutsche Literatur* (*NDL*), wieder umgeben von den alten Kolleginnen und Kollegen, wieder beeinträchtigt von den alten Herzschmerzen, nicht ganz das Richtige zu tun, sich selbst (oder dem Land?) nicht ganz den richtigen Dienst zu erweisen. Wolf war keine rasche Entscheiderin, sie musste alles immer erst ausloten. Die Nähe der Macht suchen. Sich selbst auf die

Finger schlagen. Anderen Kante zeigen. In diesem letzten Jahr als Redakteurin, bevor sie den Sprung ins eigene Schreiben wagt, verfasst sie ein Essay, das ihre politische Kompromisslosigkeit, ihre gedankliche Verbundenheit und ihre Strebsamkeit so hell strahlen ließ, dass in Zukunft, selbst wenn sie sich aus festen Angestelltenverhältnissen lösen würde, niemand in Versuchung kommen könnte, ihr Untreue oder unklaren politischen Kurs vorzuwerfen. Sie erörterte in diesem Text für die *NDL* ernsthaft die Frage: »Kann man eigentlich über alles schreiben«, also darf man als Autor und Autorin in der DDR erzählen, was man will? Diese Frage überhaupt zu stellen, schloss »Nein« als Antwort automatisch ein. Heißer ging es nicht. Treuer ging es nicht. Der Text beschäftigte sich eingehend mit der Beziehung zwischen Verlagen, Autoren und Autorinnen. Diese Welt kannte sie gut. Diese Welt hatte sie eingefangen und genauso schrieb sie auch. Verlage und Lektorinnen müssten anleiten, unterstützen, Verantwortung für ihre Schützlinge übernehmen und zu dieser Verantwortung gehöre das Mittel der Zensur. Wolf fragte: »Kann ein Schriftsteller, wenn er einen Gegenwartsstoff gestaltet – Unzulänglichkeiten, die in unserer Gesellschaftsordnung auftreten, beim Namen nennen und kritisieren? Kann er auf Widersprüche hinweisen, die sich im Leben der Menschen zu tragischen Konflikten auswachsen? Kann er die Wahrheit schreiben?« Ihre Antwort: »Das kommt nun freilich ganz darauf an, was er für ›die Wahrheit‹ hält«. Wolf fand: Wer sozialistisch gefestigt war, brauchte keine Zensur, aber dort, wo die Wahrheit schief hing, musste man unbedingt einschreiten.

Vielleicht schrieb sie den Text, um sich selbst klarzumachen, welche Herausforderung und Pflichten diese Berufung mit sich brachte. Vielleicht wollte sie – das würde jedenfalls zu ihr, die nie impulsiv entschied, passen – einmal gründlich unter den Augen der Lesenden abwägen. Abwägen mit der Linie der Partei im Kopf, die ja bekanntlich die Maßstäbe setzte, wie weit und wohin Denken wie Schreiben gehen durfte. Andererseits fiel ihre Entschlossenheit, dieses System und seine Lust an der Zensur radikal zu verteidigen, am Ende des Jahrzehnts vielleicht auch deshalb so laut und schrill aus, weil sie – wie schon zu Beginn in Jena – eigene Fragen übertönen musste. Wo ist mein Platz? Wer bin ich? Wer bin ich in der DDR? Wer könnte ich sein? Was darf ich? Überforderung, wird sie einmal sagen, sei ein typisches Phänomen dieser Jahre gewesen. Das meinte auch: die Überforderung, ständig zwischen dem antrainierten Parteikonformismus und dem Wunsch nach freiem kritischem Denken hin- und hergerissen zu werden. Diese Divergenzen durfte es nicht geben. Ein Spektrum des Wahnsinns, das 1959 mit dem Umzug nach Halle zumindest in Teilen ein Ende fand.

In Teilen, weil Halle ehrlicherweise wieder eine Spagatentscheidung war, ein Kompromiss zwischen den eigenen Bedürfnissen und den Erwartungen der anderen. Endlich literarisch schreiben? Ja! Aber bitte so, wie es sich gehört, und dort, wo die Politik Schriftstellende sehen wollte. In der Produktion. In den Reihen der Arbeiterinnen und Arbeiter. In den rauchenden und qualmenden Gebieten, die Aufbruch darstellen.

Sechs Monate vor ihrem Umzug im April 1959 hatte die 1. Bitterfelder Konferenz stattgefunden. Das elektrochemische Kombinat in Bitterfeld hatte zusammen mit dem Mitteldeutschen Verlag 150 Schriftstellerinnen und Schriftsteller sowie 300 »schreibende« Arbeiterinnen und Arbeiter eingeladen, eine neue Kultur unter dem Leitspruch »Greif zur Feder, Kumpel, die sozialistische deutsche Nationalkultur braucht dich!« zu entwerfen. Wolf war dabei gewesen. Sie hatte sich ein weiteres Mal entflammen lassen. Ihr gefiel die Idee dieses »Bitterfelder

Weges« und das proklamierte Ziel der Konferenz, Erfahrungen von Arbeitenden in der Produktion ab sofort literarisch zu verarbeiten. Sie waren schließlich das Herz des Landes. Die Helden und Heldinnen der DDR. Dass die Literatur ihr Leben und ihren Alltag abbildete, war nur logische Konsequenz. Konkret hieß das: Geschichten waren nicht mehr frei. Themen, Figuren und Handlungsorte für Romane standen fest, sollten in »Zirkeln schreibender Arbeiter« mit der Unterstützung von »echten« Schreibenden freigelegt werden und diese sollten wiederum selbst in die Produktion gehen, um zu verstehen, was Arbeiten in der DDR eigentlich hieß. Klare Grenzen, auch das gefiel Wolf. Noch. Halle war dafür der perfekte Ort. Halle war das größte industrielle Ballungszentrum des Landes. Also zog die Familie im September 1959 in den Amselweg 34. Gerhard, Christa, Annette und Tinka. Sich selbst finden, Zensur akzeptieren, Arbeitende ehren, die richtigen Geschichten finden. Sie war sich sicher, das geht nur in dieser Stadt in Sachsen-Anhalt.

Ihr Leben dort sah so aus: literarisches Schreiben versuchen. Nebenbei als freie Lektorin für den Mitteldeutschen Verlag arbeiten, weil ja auch Geld verdient werden musste, zwei Kinder großziehen, eine Ehe führen, Alltag bewältigen, der großen Sache die Stange halten, in einer Brigade im Waggonbauwerk Ammendorf mitarbeiten und dort einen »Zirkel schreibender Arbeiter« leiten, in alldem endlich eine Balance finden und vielleicht sogar ein permanentes Zuhause. Der Wecker klingelte wochentags immer um halb sieben. Christa Wolf stand als Erste auf. Gerhard ließ sie schlafen. In der Küche trank sie Kaffee und schmierte Schulbrote für Annette. Christa küsste sie zum Abschied und verfolgte die Schritte ihrer Tochter bis zum Ende der Straße vom Fenster aus. Manchmal drehte sich Annette noch einmal um und winkte. Das erste Kind, das keins mehr war. Das sah sie an den schlaksigen Beinen. Sie weckte Tinka, die zweite Tochter, die so anders als die große Schwester war. Frecher und fröhlicher. Weniger in sich gekehrt. Tinka anziehen war stets ein kleiner Kampf. Nein, das kann ich selber. Nein, der Strumpf ist zu eng. Nein, ich will noch Märchen hören. Der erste Seufzer des Tages wurde ausgestoßen, bevor die Familie zu dritt frühstückte. Honigbrot für Tinka. Es war sinnlos, ihr etwas anderes anzubieten. Leberwurstbrot für Christa und Gerhard. Vielleicht spielte das Radio. Dann brachte Christa Tinka in ihren Kindergarten »Freie Scholle« und musste akzeptieren, dass sie ihrem kleinen Mädchen keinen Abschiedskuss mehr geben durfte. Bin schon groß. Na gut. Weiter im Programm. Einkaufen. Milch, Butter, Äpfel, Schabefleisch. Das Nötigste. Währenddessen versuchte sie, nicht darüber nachzudenken, wie oft die Kinder seit ihrer Ankunft schon krank gewesen waren, wie oft sie mit Bronchitis im Bett gelegen hatten und wie oft sie Schwitzkuren gemacht hatten. Hier gab es nicht nur verwilderte Gärten und alte Obstbäume. Hier hing Tag und Nacht der Chemiegestank und toxische Nebel aus den Fabriken in Leuna und Beuna in der Luft. Der bedingungslose Einsatz für die DDR hinterließ handfeste Spuren bei den Kindern.

Zurück zu Hause, saß sie am Schreibtisch und trieb die eigene Erzählung voran. Manchmal klappte das nicht. Manchmal ließ sie sich von Kleinkram ablenken. Kleinkram, also Artikelchen, zu denen sie sich ab und zu noch überreden ließ. Mittags kochte Gerhard Königsberger Klopse, die so schmeckten wie bei ihrer Großmutter in Landsberg an der Warthe. Ein bisschen altes Zuhause im neuen. Ab und zu sprachen sie und er darüber, warum sie eigentlich hier lebten. Hier in der DDR. »Im Negativen sofort zu beantworten: Man weiß, was ›drüben‹ gespielt wird, und daß man da nicht hingehört. Im Positiven: daß hier bei uns die Bedingungen zum Menschwerden wachsen.« Nach dem Mittagessen eine Stunde Mittagsschlaf. Mittagsschlaf war wichtig.

Am Nachmittag arbeitete Christa Wolf weiter, bis Tinka um vier aus der Kita abgeholt werden musste. Manchmal kam sie zu spät. Dann war Tinka sauer und Christa innerlich zerrissen. Den Kindern genug Zeit schenken und all das schaffen, was man sich morgens vorgenommen hatte, gelang leider selten.

Mehrmals in der Woche fuhr sie außerdem ins Waggonbauwerk Ammendorf in ihre Brigade und ließ sich von Willy, dem Leiter, auf Stand bringen, was meistens ernüchternd war. Seine Brigade schaffte es nicht, den Produktionsplan einzuhalten. Seine Brigade trank Bier oder spielte Karten. Wartete. Wartete ab. Faulheit war das nicht. Die Arbeitsmaterialien wurden einfach nicht geliefert, und ohne Material ließ sich nichts bauen. Das Trinken und das Spielen waren also auch Ablenkungsmanöver gegen den Frust. Wolf machte sich Notizen. Wolf ermunterte. Aber die Frustration der Arbeiter färbte auch auf sie ab. Im Waggonbauwerk schritt man nicht zielstrebig voran. Im Waggonbauwerk herrschte die meiste Zeit Stillstand. Für die Arbeiter gab es aus dieser Misere keinen Ausweg. Für Wolf gab es das Schreiben und die Fiktion. Schreibend träumen, das war erfüllender, als dem schleppenden Aufbau des Arbeiterstaates zuzusehen.

Die ersten beiden Jahre in Halle arbeitete sie – wenn Artikel, Kinder und Brigade nicht nach ihr riefen – an der *Moskauer Novelle*, ihrem Debüt. Sie erzählt die Geschichte der DDR-Bürgerin und Kinderärztin Vera Bauer, die 1959 nach Moskau reist und dort den Dolmetscher Pawel Koschkin trifft. Schöner Mann. Schöne Frau. Liebe könnte daraus werden, aber der Fremde erinnert Vera Bauer an irgendjemanden. Nur an wen? Wie sich im Verlauf herausstellt, kennen sich die beiden tatsächlich. Koschkin war einst Leutnant der Roten Armee und 1945 in ihrem mecklenburgischen Heimatdorf stationiert. Er kannte Vera Bauer als junges deutsches Mädchen. Sie kannte ihn als Besatzer und Opfer eines grausamen Anschlags, bei dem er eine Augenverletzung davontrug. Dass er jetzt Dolmetscher war und kein Arzt, wie sie, war seinen Verletzungen geschuldet. Und in gewisser Weise auch ihr, der feigen Mitläuferin, die ihn wider besseres Wissen nicht gewarnt hatte. Ihre Schuldgefühle überlagern das leise Liebesglück in Moskau. Außerdem ist die Kinderärztin bereits verheiratet. Was nun? Er verzeiht ihr. Beide stehen 1959 endlich auf der gleichen Seite. Kämpfen für die gleiche Welt. Nützt nur nichts. Am Ende siegt das schlechte Gewissen und das Pflichtbewusstsein. Vera geht der Liebe nicht nach und lässt ihn ziehen. Sein Herz ist gebrochen.

Eine brave Geschichte und rückblickend eine Anbiederung an das System. Wolf inszenierte ihre Hauptfigur als ordentliche Genossin, die sich selbst geißelt, um nicht noch einmal vom Weg abzukommen, auch wenn es Verführungen gibt. Vera Bauer reißt sich für die große Sache – Ehe, Sozialismus – zusammen. Der Verzicht des Individuums, das eigene Glück hinter die gesellschaftlichen Erfordernisse stellen, das große Ganze ins Herz einer Einzelnen tragen. Darum geht es in diesem Buch. Typisch DDR. Typisch Christa Wolf. Es war die perfekte Geschichte für die gegenwärtige Atmosphäre.

Für ihr Publikum war die *Moskauer Novelle* ein grandioses Buch. Wolf hatte es geschafft. Sie war jetzt Schriftstellerin. Allseits gelobte Schriftstellerin. Ihren Kurs musste niemand korrigieren. 1961 erhielt sie den Kunstpreis der Stadt Halle. Im folgenden Jahr sollte das Buch verfilmt werden. Wolf arbeitete mit dem Regisseur Konrad Wolf an einem Drehbuch. Zu mehr kam es jedoch nicht. Offiziell fehlten Devisen für Drehs in der Sowjetunion. Die Wahrheit war: Der Sowjetunion passte der

Stoff von einem schwachen Russen, der eine Liebesbeziehung zu einer Deutschen hat, nicht. Genau dieser wunde Punkt hatte umgekehrt auch zum Erfolg in der DDR beigetragen. Christa Wolf war kurz enttäuscht, schluckte und machte weiter. Es gab ja noch die Brigade des Waggonbauwerks in Ammendorf, den »Bitterfelder Weg«, dem sie gerecht werden wollte, und diese andere Geschichte, die seit Monaten durch ihren Kopf wanderte. Bloß weiterträumen.

Die ersten Entwürfe für *Der geteilte Himmel*, ihren zweiten Roman, entstanden im Sommer 1961. Der Titel stand lange nicht fest, wechselte wöchentlich: »Entdeckungen«, »Begegnung«, »Zur Zeit der Trennung«. Es war wieder eine tragische Liebesgeschichte. Die Charaktere: Rita, eine planlose junge Frau, die durch den Eintritt in einen sozialistischen Betrieb in Halle aufblüht und den Weg ins Kollektiv findet. Manfred, ein studierter Chemiker, der nur sein eigenes Fortkommen im Sinn hat und an nichts mehr glaubt. Zwei Weltanschauungen. Zwei Wege. Übersteht das eine Beziehung? Die Geschichte brauchte nur noch eine große Klammer. Einen wuchtigen Konflikt, der nicht nur ein ungleiches DDR-Paar wie Manfred und Rita, sondern eine ganze Gesellschaft erschüttern würde.

Manchmal ist Realität schneller als Fiktion. Am 13. August 1961, nachdem Christa Wolf sich wochenlang gewunden hatte, mit Entwürfen, die im Kleinen gut, im Großen schwach waren, baute die DDR eine Mauer. Schloss sich ein. Riegelte sich ab. Verlor eine Menge Menschen und eine Menge Vertrauen. Für die Entstehung des Romans war diese entscheidende Wendung tatsächlich eine schicksalhafte Fügung, Christa Wolf begriff das sofort. Dies war die Geschichte der Stunde. Das war es, was sie erzählen musste: eine komplizierte Liebe vor dem Hintergrund der deutschen Teilung. Sie ließ Rita in der DDR, schickte Manfred in den Westen. Rita versucht, ihn zurückzuholen, scheitert, bricht zusammen und rekapituliert, was ihn und sie ausgemacht hat. Über allem stand die Frage, was klüger war: Gehen oder Bleiben? Was ist das bessere System? Natürlich stellte sich Christa auf die Seite von Rita, die blieb. Aber sie nahm den Konflikt ernst, formulierte Widersprüche und stattete Manfred mit guten Argumenten aus. Manfred ging, weil er an der DDR-Bürokratie zerbrach und den Sozialismus nicht für eine Utopie, sondern für einen Machterhaltungsapparat hielt. Er wollte mehr. Er wollte sich nicht ewig gängeln lassen. Er wollte Manfred sein, der kluge Chemiker. Nicht ein kleines Rädchen in einem System, das alles verschlang und doch nicht vorankam. Er war Wolf in seinen Zweifeln näher als Rita. Das war das Befreiende an Prosa. Man durfte fiktive Leute schwanken lassen und andere Sichtweisen durchspielen, solange die Moral der Geschichte am Ende stimmte. Manfreds Gleichgültigkeit rührte ja nur daher, dass er wie sie selbst im Nationalsozialismus aufgewachsen war. Einmal zu viel gebeutelt. Rita, das junge Mädchen aus der heilen Welt eines kleinen Dorfes, hatte weniger Narben. Die uneingeschränkte Sympathie galt beim Schreiben stets ihr. Sie war es, die sich entwickelte, zum besseren Menschen, die nicht einfach aufgab, wenn es anstrengend wurde, und die am Ende auch diese Trennung überwinden würde. Wolfs Leserinnen und Leser sollten den Schmerz von Rita spüren und ihre Kraft, Manfred für seinen Fehler und seine Blindheit verurteilen und am Ende des Buches gefestigt zurück in ihre Betriebe marschieren. Die Sache mit der Teilung war schlimm, aber Leute wie Manfred musste man gehen lassen. Die hatten nicht kapiert, worum es ging. Die waren schwach. Wer blieb, war stark. Half mit. Stand wieder auf.

Wolf war stark. Sie freute sich nicht über die »Maßnahmen zur Sicherung der Staatsgrenze«, aber sie verstand, warum man das tun musste. Es war die einzige Lösung, um die Konfrontationen zwischen Ostblock und Westen zu beenden. Die einzige Lösung gegen den Faschismus, der ja, wie alle in der DDR wussten, im Westen immer noch in den Köpfen hing und in den Institutionen rumsaß. Ein »antifaschistischer Schutzwall«, das war eine Notwendigkeit, die ja vielleicht auch Entspannung bringen würde. Wolf glaubte, dass im Schutz der Mauer offen reden leichter fallen würde. Dass der Staat seine Angst ablegen würde, wenn niemand mehr gehen konnte, und großzügiger werden würde, toleranter, selbstsicher. Feste Grenzen festigten doch den Sozialismus und ein gefestigter Sozialismus brauchte weniger Härte. Das stand selbstverständlich nicht in ihrem Roman, aber das war die Hoffnung.

Als der *Geteilte Himmel* im Mai 1963 erscheint, ist das Buch sofort vergriffen und erreicht bereits im ersten Jahr eine Auflage von 160 000 Exemplaren. Wolf hatte eines der größten politischen Ereignisse der Epoche massentauglich verarbeitet, erntet dafür unglaublichen Ruhm und verdient zum ersten Mal in ihrem Leben richtig viel Geld. Bestseller rentieren sich auch in der DDR. Die Kulturpolitik liegt ihr zu Füßen. Auf dem VI. Parteitag der SED wird sie zur Kandidatin des ZK gewählt. Die Akademie der Künste zeichnet sie mit dem Heinrich-Mann-Preis aus. 1964 folgt der Nationalpreis. Die Zukunft ist hell. Noch heller als erträumt. Aber das wusste Christa Wolf, als sie das Buch 1961 und 1962 in Halle schrieb, natürlich noch nicht. Vielleicht ahnte sie es.

Dass sie sich einen derartigen Erfolg wirklich hatte träumen lassen in den ersten Jahren in Halle, ist schwer vorstellbar, für sie war das eine Phase der Prüfung und des Neuanfangs. Der Eintritt in ihr Dasein als Schriftstellerin war auch ein Realitätsabgleich, was dieses Land ausmachte und was es verlangte, schaffte, wollte, von Schreibenden und Arbeitenden. Einmal die Produktion der DDR von innen gesehen zu haben, war eine

Lektion, die lange nachhallte und 1962 dann doch enden musste. Der Kinder wegen. Die Warnung des Arztes war deutlich: Wenn sie bleiben, werden ihre Mädchen chronische Schäden in den Bronchien davontragen.

Im September 1962 zog die Familie nach Kleinmachnow. Wieder alte Obstbäume. Wieder ein verwilderter Garten. Nur kein Chemiegestank und toxischer Nebel. Ankommen in einem Leben, das wirklich passte, war nicht einfach und gleichzeitig ein Privileg der DDR-Elite, zu der Christa Wolf eindeutig gehörte. Arbeiterfamilien, wie jene, die sie im Waggonbauwerk kennengelernt hatte, konnten nicht einfach umziehen.

Christa

Ministerium für Staatssicherheit

Personenbeschreibung:
- *Größe: ca. 1,70*
- *Gestalt: schlank*
- *Gesicht: oval*
- *Haar: schwarz*
- *Besondere Kennzeichen: keine*

Über die späten 1950er und frühen 1960er Jahre berichten heißt auch über die Stasi schreiben und über das Verhältnis zwischen dem Überwachungsapparat der DDR und Christa Wolf.

Fast fünf Jahre lang war ihre Anwerbung vorbereitet worden. Mitarbeiter des Ministeriums für Staatssicherheit hatten sie seit 1955 beobachtet, Material gesammelt, Lebensläufe erstellt, Einschätzungen von Wegbegleitern und Wegbegleiterinnen eingeholt, Auskunftsberichte geschrieben. Im Frühjahr 1959 sollte aus Christa Wolf ein »Geheimer Informator« (GI) werden, eine Bezeichnung, die später durch »Informeller Mitarbeiter« (IM) abgelöst wurde. Eine Episode in Akten, aus der Sicht und den Beschreibungen der Stasi-Protokolle.

Berlin, 20. Februar 1959: Leutnant Benno Paroch, Mitarbeiter der Abteilung HA V/1, erstellt einen Zwölf-Punkte-Plan zur Werbung von Christa Wolf als GI. Punkte 1 bis 9 sind bereits erledigt. Die letzten drei stehen noch aus:

10. Den (Wort geschwärzt) des Kandidaten in der Abt. XII überprüfen und nach Bekanntsein der Anschrift bzw. des jetzigen Aufenthalts Ermittlungen einleiten.

Gemeint ist höchstwahrscheinlich ihr Mann Gerhard Wolf.

11. Der Kandidat soll Verwandte in Westberlin wohnen haben, aufklären, um wen es sich handelt und welche Beziehungen zum Kandidaten bestehen.
12. Variante ausarbeiten zum Ansprechen des Kandidaten, dazu soll die Sache (Wort geschwärzt) verwendet werden.

Gemeint war die Sache »Ledig«. Der in München lebende Autor Gert Ledig, einst glühender Kommunist, hatte sich in einem Artikel öffentlich gegen die DDR und für die Rückkehr zum Katholizismus ausgesprochen. Seitdem galt er als Abtrünniger. Wolf kannte ihn von einem gemeinsamen Aufenthalt im Schriftstellerheim in Petzow. Diese Verbindung sollte genutzt werden, um Wolf einzuschüchtern.

Berlin, 25. Februar 1959: Leutnant Paroch schreibt einen Aktenvermerk.

Betreff: »Einschätzung des GI-Kandidaten WOLF, Christa durch den Mitarbeiter des MfS.«

Die zentralen Sätze: »Der Kandidat ist für operative Zwecke von großem Nutzen, da sie in der Lage ist, uns Informationen über einzelne Schriftsteller zu geben, die durch ihr (sic!) nicht die Kulturpolitik unserer Partei und Regierung unterstützen oder bürgerlichen Tendenzen unterworfen sind. Hinsichtlich des Kampfes gegen die ideologische Diversion auf dem Gebiet der Literatur ist sie abwehrmäßig von großem Nutzen.«

Berlin, 2. März 1959: Leutnant Paroch verfasst einen formellen Vorschlag »zur Werbung eines geheimen Informators auf der Linie Schriftsteller«. Sechs dichte Schreibmaschinenseiten listen akribisch auf, was Paroch über Wolf weiß, was andere über sie sagen und wie er in der Angelegenheit weiter vorgehen will.

Art der Werbung: »Die Werbung soll auf der Basis der Überzeugung erfolgen.«

Bestellung zur Werbung, Ort und Zeit der Werbung: »Als Ort der Werbung ist ein inoffizielles Zimmer in der Französischen Straße Nr.14 in Berlin vorgesehen, das sich in einem Gebäude befindet, wo eine Anzahl von öffentlichen Institutionen wie z.B. Sparkasse untergebracht sind.

Als Zeit der Werbung ist die Woche vom 16.3. bis 20.3. vorgesehen.«

Parochs Vorgesetzter, Oberleutnant Seidel, genehmigt den Vorschlag.

Berlin, 23. März 1959: Ein Kollege von Leutnant Paroch besucht Christa Wolf in ihrem Büro in der Redaktion der *NDL*, wo sie als Redakteurin arbeitet. Es ist 14:30 Uhr. Sie ist allein. Er gibt sich als Mitarbeiter des MfS aus, bittet um Verschwiegenheit und bestellt sie zu einer Aussprache für den nächsten Tag. Sie, vermerken die Akten, sagt sofort zu.

Berlin, 24. März 1959: Christa Wolf erscheint pünktlich um 15 Uhr in dem »inoffiziellen Zimmer« in der Französischen Straße. Paroch ist nicht allein. Er hat seinen Vorgesetzten Oberleutnant Seidel mitgebracht. Vor Wolf geben sie sich als Herr Wegner und Herr Siebert und Mitarbeiter des MfS aus. Sie befragen sie zu ihrem Verhältnis zu dem westdeutschen Schriftsteller Gerd Ledig. Wolf nennt Ledig einen politischen »Wirrkopf« und distanziert sich von ihm. Das Gespräch über Ledig schüchtert sie ein. Paroch alias Wegner will wissen, welche Probleme es in der Redaktion der *NDL* gibt. Sie reden über politisch unzuverlässige und schwankende Schriftsteller. Paroch fragt Wolf, wer für feindliche Tendenzen ein offenes Ohr hat. Wolf nennt Namen. Paroch kommt zum Punkt: Ist Wolf bereit, das MfS zu unterstützen? Wolf antwortet mit Ja. Er erläutert die Fragen der Konspiration. Sie darf mit niemandem über die Zusammenarbeit sprechen. Sie braucht einen Decknamen. Wolf wählt den Decknamen »Margarete«, ihr zweiter Vorname. Sie sagt, dass sie gegenüber ihrem Mann nicht schweigen kann. In ihrer Ehe gibt es keine Geheimnisse. Paroch lenkt ein. Sie darf Gerhard sagen, dass sie sich getroffen haben. Um 18 Uhr verabschieden sich die drei. Das nächste Treffen soll am 22.4. um 16:00 am selben Ort stattfinden.

Berlin, 25. März 1959: Paroch verfasst einen Anwerbungsbericht und rekapituliert das Treffen mit Wolf. Seine Einschätzung: »Die Kandidatin machte einen ruhigen, gefaßten Eindruck. (…) Lediglich bei der Frage der Konspiration und das Verbot, gegenüber dritten Personen zu sprechen, versetzte sie in eine leichte unruhige Stimmung, die jedoch durch ein Entgegenkommen unsererseits bereinigt wurde. Von einer schriftlichen Verpflichtung wurde wegen ihrer Mentalität Abstand genommen.«

Berlin, 22. April 1959: Christa Wolf trifft Paroch ein zweites Mal in der Französischen Straße. Sie kommt einige Minuten zu spät, entschuldigt sich höflich. Er fragt sie, ob sie mit ihrem Mann über das erste Treffen gesprochen hat. Sie verneint. Das folgende Gespräch dauert angeblich drei Stunden. Wolf spricht über den bevorstehenden Umzug nach Halle. Sie wird dort »in einem Schwerpunktbetrieb des Chemieprogramms als Kulturfunktionär arbeiten«. Paroch bittet sie um ihre Einschätzung zu den Schriftstellern Manfred Bieler und Walter Kaufmann. Sie befindet, Bieler habe nur ein geringes literarisches Talent. Über Kaufmann sagt sie unter anderem, dass er noch einige Schwierigkeiten habe, mit den Lebensbedingungen in der DDR zurechtzukommen. Am Ende des Gesprächs weist Paroch Wolf erneut auf die Regeln der Konspiration hin. Er bittet sie um einen ausführlichen Bericht zu dem Schriftsteller Walter Kaufmann und eine Aufstellung über das aktuelle Schaffen einiger Berliner Schriftsteller. Wolf soll keine Nachfragen gestellt haben. In seinem fünfseitigen »Treffbericht«, den er später anfertigt, bezeichnet Paroch Wolf als aufgeschlossen. Wolf müsse nur mehr Vertrauen fassen. Das nächste Treffen ist für den 5. Mai geplant.

Berlin, 5. Mai 1959: Christa Wolf ruft Leutnant Paroch an und sagt das geplante Treffen ab. Sie muss auf eine wichtige Dienstreise.

Berlin, 21. Mai 1959: Paroch vermerkt in den Akten, dass Wolf ab dem 18. Mai am Sowjetischen Schriftstellerkongress in Moskau als Pressevertreterin teilnehmen wird. Sobald sie zurück ist, soll sofort ein Termin vereinbart werden.

Berlin, 1. Juli 1959: Christa Wolf trifft Leutnant Paroch in der Nähe des Thälmannplatzes. Sie übergibt ihm die angeforderten Dokumente. Ihre schriftliche Einschätzung über den Schriftsteller Walter Kaufmann hat sie mit »Margarete« unterschrieben. Es ist das einzige schriftliche Zeugnis ihrer IM-Tätigkeit. Ein neuer Termin für ein Treffen kann laut Parochs Protokoll nicht vereinbart werden, »da der GI über seine stehenden Termine zu dieser Zeit noch keinen Überblick hat«.

Berlin, 24. September 1959: Paroch und Wolf haben sich seit Juli nicht getroffen. Erst war sie im Urlaub, dann er. Nun ist sie nach Halle gezogen.

Aktenvermerk von Paroch: »Mit der Abteilungsleitung müssen weitere Maßnahmen zwecks der Treffdurchführung in Halle abgesprochen werden.«

Berlin, 24. November 1959: Paroch tippt eine letzte Einschätzung und einen Perspektivplan in seine Schreibmaschine. Ein ernüchterter Text. Wolf hatte zu wenig Zeit für Treffen. Wolf war viel auf Dienstreisen. Inzwischen ist Wolf nach Halle gezogen. Was bleibt?

Paroch schreibt: »Der Inhalt der gegebenen Berichte hatte nur informatorischen Charakter und konnte nur zur Einschätzung von Personen verwandt werden. Auffallend an der Zusammenarbeit war eine größere Zurückhaltung und überbetonte Vorsicht, die aus einer gewissen intellektuellen Ängstlichkeit herrührt.«

Trotzdem sieht er noch Perspektiven, gerade weil sie so viel unterwegs ist, gerade weil sie sich in Literaturkreisen bewegt und dazu mit einem Mann verheiratet ist, über den sie ebenfalls interessante Informationen bringen könnte. Wie es weitergeht, müsse man jedoch sehen, wenn man sie in Halle trifft.

Berlin, 10. Juni 1960: Paroch übersendet die Akte von Christa Wolf zur Übernahme nach Halle. Leutnant Alfred Richter übernimmt. Er ist zuständig für den in Halle ansässigen Mitteldeutschen Verlag und tritt dort auch offiziell als Mitarbeiter des MfS auf. Wolf arbeitet für den Verlag als freie Lektorin.

Halle, 28. Juli 1960: Leutnant Alfred Richter besucht Christa Wolf in ihrer Wohnung in Halle. Er bleibt fast zwei Stunden. Wolf sagt, dass sie sich nicht in konspirativen Wohnungen treffen will. Ihr sei das unangenehm. Die Lösung: Weitere Treffs werden bei ihr zu Hause stattfinden. Die »Treffauswertung«, die Richter anschließend verfasst, ist mager.

Halle, 29. September 1960: Leutnant Richter trifft Wolf erneut in ihrer Wohnung am Amselweg 34. Das Gespräch, heißt es in den Akten, findet von 14:00 bis 16:30 statt. Themen sind der Deutsche Schriftstellerverband Halle, die Schriftsteller ihres Bezirkes, die Behandlung von Manuskripten. Laut Richter »ging es im wesentlichen mit darum, das Vertrauen der GI zu den Organen des MfS zu stärken und zu festigen«.

Jahrzehnte später wird Christa Wolf sagen, dass die Gespräche mit Richter in Halle von ihr in der Annahme geführt wurden, »über diesen Weg Kritik wirksamer befördern zu können«.

Halle, 27. Oktober 1960: Ein weiteres Treffen zwischen Wolf und Richter in ihrer Wohnung. Zweieinhalb Stunden bleibt der Leutnant. Wieder, schreibt Richter einen Tag später in seine »Treffauswertung«, geht es um »Fragen und Probleme unter den Schriftstellern des Bezirksverbandes«. Wolf charakterisiert einzelne Schriftstellerkollegen für Richter, allerdings nicht mit der »erforderlichen Sicht für unsere Aufgaben«.

Halle, 2. Dezember 1960: Das gleiche Spiel in Wolfs Wohnung. Wolf beantwortet Fragen zum Schriftstellerverband und zum Mitteldeutschen Verlag. Richter bittet sie um ausführliche schriftliche Berichte. Einen Tag später verfasst Richter eine weitere nichtssagende »Treffauswertung«.

Wahrscheinlich war Gerhard Wolf bei diesem Treffen, wie bei den meisten, die in Halle stattfanden, ebenfalls dabei. Richter erwähnt das in seinen Berichten nie.

Halle, 18. Januar 1960: Gespräch in Wolfs Wohnung zur angespannten Situation im Deutschen Schriftstellerverband in Halle. Richter hält in seinem Bericht fest: »Sie betonte dabei, daß zur Zeit ein Zustand der Stagnation, der politischen Gleichgültigkeit und somit der Unsicherheit im Verband vorhanden ist.« Wolf fühle sich von den Mitarbeitern der Bezirksleitung isoliert. Die angeforderten schriftlichen Berichte hat sie nicht angefertigt.

Halle, 20. Februar 1962: Wolf hat das für den Nachmittag vereinbarte Treffen mit Leutnant Richter abgesagt.

Halle, 29. November 1962: Der IM-Vorgang »Margarete« wird von Leutnant Richter offiziell eingestellt. Im September 1962 ist Familie Wolf nach Kleinmachnow gezogen. Die zuständige Bezirksverwaltung Potsdam »ist an einer Übernahme der IM nicht interessiert«.

Brigitte

Hoyerswerda

Ein neuer Mensch braucht eine neue Stadt. 1955 eröffnete einige Kilometer nördlich von Hoyerswerda das Braunkohleveredelungswerk »Schwarze Pumpe«. Das Kombinat sollte das Zentrum der sozialistischen Arbeitsutopie werden und mit ihm und seinem Ausbau die erste industriell gefertigte Plattenbaustadt der Welt entstehen. In irrsinnigem Tempo wurden Platten für Tausende von Arbeitern und Arbeiterinnen an den Rändern des alten Siedlungskerns von Hoyerswerda in den Himmel gezogen. Architektonisch sollten sie es mit Le Corbusiers legendären Wohnkomplexen aufnehmen und ihre Bewohnerinnen und Bewohner in eine neue Zeit und ein neues Lebensgefühl katapultieren. Es gab fließend Wasser und Fernheizung, große Fenster, Kühlschränke und Badezimmer mit Duschen. Zwischen den Wohnblockreihen wurden Kneipen eröffnet, die »Glückauf« oder »Freundschaft« hießen, und kleine Kaufhallen. Fünfmal am Tag brachten Doppelstockbusse die Menschen zu ihren Schichten ins Werk »Schwarze Pumpe«, wo sie verhältnismäßig gut bezahlt wurden. Es gab wenig zu meckern in diesen ersten Jahren, außer, dass man jeden Morgen den schwarzen Ruß von den Fensterbrettern wischen musste und es noch keine Kitas und Schulen gab und auch keine Orte für Kultur, aber das würde sicher alles kommen. Glauben war mindestens genauso wichtig wie Fleiß.

Brigitte Reimann musste natürlich dabei sein, als die Utopie des Sozialismus auf dem Boden sächsischer Felder einen Körper aus Beton bekam. Im Januar 1960 zog sie mit ihrem zweiten Ehemann, dem Schriftsteller Siegfried Pitschmann, jener Wahnsinnsliebe, die in Petzow angefangen hatte, in einen Wohnkomplex in die Liselotte-Herrmann-Straße. Es war Reimanns erste eigene Wohnung und das erste Mal, dass sie gemeinsam mit einem Mann einen eigenen Haushalt führte. Bisher war Burg ihr Territorium gewesen, ihr Königinnenreich. Das Kinderzimmer im Haus der Eltern war das Zimmer einer Frau geworden, die geheiratet, eine Scheidung vollzogen und eine weitere Ehe begonnen hatte. Das Leben in Burg war voller emotionaler Turbulenzen gewesen, aber auch eins, das bequem und sicher war. Hoyerswerda-Neustadt dagegen war unbekanntes Gebiet, eine Art Mondlandschaft mitten in der DDR, in der sich die junge Schriftstellerin erst mal zurechtfinden musste.

Nach einem verkorksten Studium der Theaterwissenschaften in Weimar und zwei Jahren als Junglehrerin in Burg war Brigitte Reimann seit 1953 als freie Autorin tätig gewesen. Sie war in den Deutschen Schriftstellerverband aufgenommen worden und ihr Alltag hatte seitdem vor allem aus Schreiben, Lesen, Rauchen und Denken bestanden, aus gelegentlichen Treffen mit dem Verband und diversen Arbeitsgemeinschaften junger Autoren und Autorinnen. Das Proletariat kannte sie nur aus Berichten. Nun stand sie im neuen Zentrum der Arbeiterklasse, zwischen all den auserkorenen Heldinnen und Helden dieses ebenfalls jungen Staates. Dass ihr dabei bang ums Herz wurde, war nur verständlich. Kurz vor ihrem Umzug nach »Hoy« schrieb sie: »Das Abenteuer Schwarze Pumpe rückt uns auf die Haut und ich fürchte, wir sind ihm nicht gewachsen.«

Die ersten Tage nach ihrer Ankunft weinte sie vor Heimweh. Ihr fehlten die geliebte, immer hilfsbereite Mutter und die Ruhe des elterlichen Stadtrandhauses. In der Neustadt von Hoyerswerda war es voll und laut. Überall Menschen, die sie nicht kannte, Krach, meterhohe Sandberge und Staubwolken, die der rasante Bau der Wohnblöcke mit sich brachte. Die Wände ihrer neuen Wohnung – 2 Zimmer, Küche, Bad – waren dünn und hellhörig und der Baulärm legte sich nur in der Nacht. Gleichzeitig lag eine Euphorie in der Luft, die an Goldgräberstimmung erinnerte und ansteckte. Alles war so modern und schnell und produktiv, als wäre aus den Träumen tatsächlich Wirklichkeit geworden, weil eine Menge Leute endlich zu den Werkzeugen gegriffen und einfach losgelegt hatten. War die Utopie 11 Jahre nach der Gründung der DDR endlich angekommen, ausgerechnet in der Oberlausitz, dem hintersten Winkel der Republik? Und was würde sie, die humpelnde 26 Jahre alte Frau aus bürgerlichem Hause, die am liebsten mit Buchstaben baute, hier leisten können? Würde es ihr gelingen, die Wirklichkeit und die Menschen einzufangen, ihnen ein Stück Literatur zurückzugeben, das sie ehrte und spiegelte?

Die Gründerväter dieses Laboratoriums und die SED-Funktionäre, die über die Neustadt wachten, wollten unbedingt, dass auch Schriftstellerinnen wie Reimann kamen. Es brauchte ja nicht nur Menschen, die die Kohle aus den Tiefen der Erde holten, Häuser bauten und Maschinen bedienten. Es brauchte auch solche, die sie dabei beobachteten, die Geschichten des Aufbruchs festhielten und unter dem Deckmantel der Kunst Propaganda für Hoyerswerda betrieben. Die Vereinbarung, die mit Schreibenden wie Reimann getroffen wurde: vier Tage Schreibmaschine, ein Tag Kombinat. Einmal pro Woche fuhr Brigitte Reimann also in die »Schwarze Pumpe« und arbeitete dort im Sinn des »Bitterfelder Weges« – »Greif zur Feder, Kumpel« – als Hilfsschlosserin. Auch das war ein Neuanfang. Reimann hatte bisher noch nie wirklich körperlich gearbeitet, der Körper an sich war seit der Kinderlähmung ja Arbeit genug. Und wirklich effektiv war das, was sie dort tat, nicht. Sie schliff Ventile, war langsamer als alle anderen und auch nicht besonders geschickt, alles musste ihr erklärt und gezeigt werden und es gab stets mehr Fragen als echte Ergebnisse, wenn Reimann mit ihrer zierlichen Gestalt, versunken in einem viel zu großen Blaumann und mit rotem Lippenstift, in die schmutzigen Gänge des Werkes stieg und an irgendwelchen Geräten versuchte ihr Soll zu erfüllen. Andererseits war sie für die Arbeiter und die Brigade, der sie zugeteilt wurde, eine willkommene Abwechslung. Eine Frau, die schrieb und damit Geld verdiente, war etwas Besonderes. Noch besonderer aber war, dass diese Frau echtes Interesse an den Männern und ihrer Arbeit zeigte, sie ernst nahm, ihnen Fragen stellte und wirklich zuhörte. Sie wollte von ihnen wissen, woher sie kamen, was sie für Pläne hatten, wen sie liebten und wovon sie träumten. Das hatte bisher niemand wissen wollen und sie waren es auch nicht gewohnt, über solche Dinge Auskunft zu geben, aber mit Reimann fiel es leicht, sich zu öffnen. Reimanns Art, ihre uneingeschränkte Neugier und ihr Charme kitzelten Erzählungen über die weichen Faktoren des Lebens aus den Männern.

Diese Gespräche zwischen Reimann und den Arbeitenden fanden in den Mittagspausen statt, an den langen Tischen der Kantine und bei den wöchentlichen Treffen ihres Zirkels »Schreibender Arbeiter«. Das war noch so eine Abmachung. Sie war einfacher als das Schuften im Untergrund. Zwanzig Arbeiter wurden eingeladen, vier Arbeiter erschienen, darunter der kleine Volker Braun, damals noch Abiturient und seit vier Jahren in der Produktion. Braun war talentiert, das sah Reimann sofort. Der Rest, *oh well*. Sie war eine gute Leiterin und versuchte, das Beste aus ihrer Bande rauszuholen. 1961 brachte sie anlässlich des 15. Jahrestages der SED das Buch *Im Schritt unserer Zeit* mit Texten ihres Zirkels heraus, wofür sie sogar einen Brief von Staatsoberhaupt Walter Ulbricht bekam, der das Buch lobte und mit sozialistischen Grüßen verblieb. Reimann sah die Arbeiter. Ulbricht sah sie.

In erster Linie blieb Reimann in Hoyerswerda aber selbst Schriftstellerin und verarbeitete die Tage, an denen sie in der »Schwarzen Pumpe« neben diesen schwer schuftenden Kerlen gestanden, ihnen zugearbeitet und sie beobachtet hatte. Genau dafür war sie geholt worden, um das große Versprechen des Arbeiter-und-Bauern-Staates, seine Fortschritte und Herausforderungen einzufangen.

Während sie in ihrer Wohnung an der Schreibmaschine saß, tippte, rauchte, überlegte und ihren zukünftigen Bestseller *Ankunft im Alltag* vorantrieb, versuchte auch Siegfried Pitschmann, ihr geliebter »Daniel«, zu schreiben. Er scheiterte meist kläglich. Auf ihn hatte das Umfeld keine anregende Wirkung, es hemmte ihn, lenkte ihn ab und dieses Umfeld meinte nicht nur den Lärm und das ständige Kommen und Gehen der Nachbarn und Nachbarinnen, sondern auch sie, das unermüdliche Arbeitstier und die fleißige Ehefrau, der scheinbar alles gelang, was sie sich in den Kopf setzte. Sie kannte keine Schreibblockaden. Sie schrieb in jeder freien Minute. Schreiben war Selbstbefriedigung, Rausch und ihr Weg zum Glück. Siegfried Pitschmann machte diese Gabe wütend. Er gab ihr die Schuld dafür, dass er so wenig schaffte, dass er tagelang an einzelnen Sätzen festhing und aus Verzweiflung anfing Wodka zu trinken, was ihn noch griesgrämiger und elender machte. Auch hier unterschied sich das Paar: Sie konnte trinken und schreiben, konnte sich ein Glas nach dem anderen einschenken und trotzdem die schönsten Sätze formulieren. Freunde aus Hoyerswerda würden später einmal über Reimann sagen, dass es stets sie war, die ihre Männer durchfütterte, die die Ansagen machte und selbstbewusst und unbeirrt voranschritt. Emanzipation war kein Akt, den sie mühsam erlernen musste. Und ihr Verständnis für Pitschmanns Klagen über die Bedingungen, die ihn angeblich am Schreiben hinderten, hielt sich in Grenzen. In ihr Tagebuch schrieb sie: »Wer etwas zu sagen hat und wer schreiben will und kann, der schreibt an jedem x-beliebigen Punkt der Welt. Ich hasse diese Extravaganzen (...). Ich bin von Konferenz zu Konferenz gerast, ich halte die Wohnung tadellos in Ordnung, ich wasche und plätte und scheuere, unser Haushalt läuft wie am Schnürchen.«

Wieso gelang es ihm, der in ihren Augen doch so unglaublich talentiert war und stets mehr Zeit zur freien Verfügung hatte als sie, dann nicht, seine Geschichten zu beenden? Niemand fragte sie je, wann und unter welchen Umständen sie an ihren Büchern arbeitete, und sie verstand auch, warum das niemand wissen wollte. Es war unwichtig, interessant war nur, ob eine Geschichte gut war.

Diese Auseinandersetzungen, die im Laufe der Jahre immer häufiger wurden, waren der Anfang vom Ende ihrer Liebe. Reimann konnte Selbstmitleid bei anderen nur schwer ertragen. Pitschmanns trauriges Gesicht, seine permanente Enttäuschung über sich selbst und die Dinge, die Texte, die ihm nicht gelingen wollten, frustrierten sie. Wenn sie nicht in ihre eigenen fiktiven Welten abtauchte, wollte sie sich lebendig fühlen, fröhlich sein und ausgelassen und einen Mann an ihrer Seite wissen, der sie fliegen ließ und gleichzeitig mitriss. Pitschmann schaffte das nicht, also kehrte sie dem unglücklichen Ehemann immer öfter den Rücken, ging aus, tanzte, flirtete mit anderen und sammelte Männer, wie sie es nannte. Es dauerte nicht lange, bis einer unter ihnen versuchte, Pitschmann vom Thron zu stoßen. Am 2. Januar, fast genau ein Jahr nach ihrer Ankunft in

Hoyerswerda, schrieb sie: »Und nun also doch: Jon (dreißig), Philosophiestudent, vor dem Examen geflogen, zweimal aus der Partei entfernt, Arbeit auf einer MTS, wegen einer dummen Geldgeschichte im Gefängnis – im Straflager von Schwarze Pumpe, Raupenfahrer bei BMK, ein Enfant terrible. Er sieht meinem Uli-Bruder so ähnlich.«

Die Reimann und die Männer, die Reimann und ihre unkonventionelle Art zu leben, die Reimann und ihr Hunger nach Abenteuern und Anerkennung, das passte in Hoyerswerda nicht allen. Das passte vor allem den Männern in den grauen Anzügen nicht, die die Entscheidungen trafen. Schon 1961 bezeichnete man sie hinter vorgehaltener Hand als Linksradikale und Anarchistin. Sie wusste das und lachte darüber. »Wahrscheinlich neige ich gerade deshalb zum Anarchismus, weil ich aus dem Bürgertum komme.« Gleichzeitig versuchte sie, sich selbst zur Raison zu bringen und den Fokus wieder auf Pitschmann und das Leben in geordneten Verhältnissen zu legen. Im März 1961 notierte sie: »Liebe Brigitte R., Sie haben den besten Mann der Welt, und es ist unverständlich, warum Sie – wenn auch nur für ein paar Wochen – einem anderen in die Arme stolpern. Sie sind ein idiotisches Stück Weibchen. Ihre aufrichtige Brigitte R.«

Ein Frauenleben über Männergeschichten zu beschreiben und zu begreifen zu versuchen ist blödsinnig und eindimensional. Reimanns Männergeschichten und Eroberungen spielen beim Blick auf die Schriftstellerin jedoch tatsächlich eine Rolle: Männer waren Musen und Inspirationsquellen für Protagonisten und Figuren in ihren Büchern. Beim Schreiben verarbeitete sie, was sie sich von Liebe erhoffte, was Liebe meinte und was Liebe scheitern ließ. Beim Schreiben konnte sie die Männer ihres Lebens in Märchenfiguren verwandeln, ihre Konturen schärfer oder weicher zeichnen. Der schrecklich altmodische Ausspruch »sich einen Mann backen« meinte bei ihr, sich einen Mann erschreiben. Siegfried Pitschmann und Jon, der Neue, der eigentlich Hans Kerschek hieß, färbten etwa ab auf die zwei jungen Männerfiguren in *Ankunft im Alltag*, dem Roman, der Reimanns Berühmtheit noch einmal auf ein ganz neues Level hochschnellen ließ.

Reimann erzählt die Geschichte von drei Abiturienten – eine Frau, zwei Männer –, die vor Beginn ihres Studiums ein praktisches Jahr in der »modernsten Brikettbude von ganz Europa« absolvieren. Dort lernen sie den harten Alltag von Arbeiterinnen und Arbeitern kennen und müssen sich und ihre Glaubenssätze auf den Prüfstand stellen. Es geht um das Ankommen im Sozialismus. Es geht um die Diskrepanz zwischen dem Kollektiv und dem Individuum, dem Ideal und der Wirklichkeit. Es geht um die Vorstellung, dass man nur gemeinsam alles schaffen kann, dass man sich einreihen und anpassen muss, wenn eine Gesellschaft erfolgreich sein will. Es geht um die Unterschiede zwischen Mann und Frau, um den Sexismus, dem die junge Hauptfigur Recha Heine im Kombinat ausgesetzt ist. Da schnalzt eine Zunge und Hände wandern ungefragt über den Frauenkörper. Es geht um Liebe und Begehren und die ewige Wahl zwischen dem Macker und dem Schmerzensmann, dem Anpacker und dem Schöngeist. Es geht aber auch um Schuld und Sühne, um die Frage, wer in diesem Land den Aufstieg eigentlich verdient hat, wer gefördert und wer bestraft werden sollte. Wer verdient eine »Karriere« – die Opfer des Nationalsozialismus oder die Mitläufer, die sich jetzt läutern? Der moralische Zeigefinger ist hoch erhoben und das Ziel der Geschichte natürlich, dass aus diesen drei jungen Menschen am Ende bessere Menschen, gute Sozialistinnen und Sozialisten werden. Der wichtigste Satz im Buch ist wohl dieser:

»Wir haben das Land umgekrempelt. Wir haben uns selbst umgekrempelt.«

Reimann schrieb das Buch in weniger als einem Jahr. Sie konnte sich scheinbar mühelos in diese Geschichte fallen lassen. Womit sie sich herumquälte, waren andere Dinge: die Ehe mit Pitschmann und die Affäre mit Jon, das Dreieck aus Eifersucht und Sehnsucht und die vielen Verpflichtungen, die neben dem Schreiben an ihr zogen. Der Haushalt zum Beispiel und die Besuche von Nachbarinnen, die unangemeldet zum Schwatzen kamen und die sie nicht wieder wegschicken wollte, weil das unhöflich war. Sie quälte sich mit einem Hörspiel, das sie gemeinsam mit Pitschmann verfasste und einem Drehbuch fürs ostdeutsche Fernsehen, das ständig verändert und überarbeitet werden musste, weil beim Fernsehen zig Leute ihre Meinung einbringen mussten und jeder in den Stoff einer Geschichte reinquatschte. Aber bei der Arbeit für *Ankunft im Alltag* war alles so, wie es sein sollte. Hier konnte sie die schöne neue Welt entstehen lassen und es spielte keine Rolle, was echt und was erfunden war und ob diese neue Welt wirklich Zukunft haben würde. Am Ende war das Buch genau das, wofür die Funktionäre Reimann nach Hoyerswerda geholt, ihr eine Wohnung und ein Einkommen gegeben hatten. Sie hatte der Neustadt ein Denkmal gesetzt und die Arbeiter und Arbeiterinnen ins rechte, heldenhafte Licht gerückt. Das war nicht peinlich und auch nicht unglaubwürdig, aber ziemlich verblendet.

Als *Ankunft im Alltag* in die Buchhandlungen der DDR getragen wurde, begann ein zweites großes Bauprojekt. Im August 1961 wurde die Mauer hochgezogen. Reimann fand das nur konsequent und dachte sofort darüber nach, eine Geschichte zu diesem Thema zu schreiben. Die Mauer und der Westen, das ging sie ja persönlich an. Die Mauer und der Westen, das waren

Themen, die ihre eigene Familie prägten. Im April 1960, ein Jahr vor der Abriegelung, war ihr Bruder Lutz mit seiner Frau und seinem Kind über das Geflüchtetenlager Marienfelde in den Westen abgehauen. Seitdem waren die Reimanns zerrissen, vor allem Bruder und Schwester. Reimann hatte sein Handeln aufs Schärfste verurteilt, gleichzeitig setzte ihr die Entzweiung mit dem Bruder, der ihr als Kind so nah gewesen war, zu. Nach außen hin gab sie sich hart: »allmählich sollte man sich mit dem Gedanken vertraut machen, dass Familien auseinanderfallen.« Und: »Zum Teufel, sollen die Leute doch gehen, denen es bei uns nicht passt!« Ihre literarische Antwort auf den Mauerbau und die Ausreisewelle aus der DDR war die Erzählung *Die Geschwister*, für die sie 1963 den Heinrich-Mann-Preis erhielt.

Dass Menschen gingen, weil sie unter Repressalien litten und nicht nur die Hoffnung an das System verloren hatten, sondern Leid und Trauma ausgesetzt waren, wirklich vom Staat unterdrückt, eingeschüchtert und abgestraft wurden, das sah Reimann irgendwie nicht. Oder sie sah es schon, aber sie hielt an dem Gedanken fest, dass es für alles eine Erklärung gab und eine Lösung, dass es Kompromisse und Handlungsspielräume gab und dass man diese eben nutzen musste, statt sich aus der Affäre zu ziehen. Ihr Rigorismus erinnert an Anna Seghers, die mal sagte: »In einem Haus, in dem es brennt, kann man nicht einem Menschen helfen, der sich in den Finger geschnitten hat.« Reimann sah das ganz genauso. Die DDR musste sich vor dem Beschuss und den Feindseligkeiten des Westens schützen, sich wehren und eben auch mal Zähne zeigen. Unmittelbar nach dem Bau glaubte sie, dass das Reiseverbot nur kurz anhalten würde und Besuche im Westen bald wieder möglich wären. Sie war naiv, ungeheuer naiv. Und sah im Grunde nur sich selbst, legte ihre Maßstäbe bei allen anderen an. Sie hatte bisher ein paar unschöne Momente mit der Stasi erlebt und es gab politische Entscheidungen, die sie nicht unbedingt unterstützte, aber weitreichende Repressalien hatte sie nie erlebt. Sie schrieb, bekam Geld, wurde gefördert. Ihr Bruder gehörte jedoch zu den Menschen, denen in der DDR jeglicher Weg und jegliche Selbstbestimmung versperrt wurden, weil er mit den falschen Leuten gelernt, geredet, sich umgeben hatte. Er konnte sich seinen Arbeitsplatz nicht aussuchen, für ihn gab es keine Möglichkeit zum Aufstieg. Lutz wurde kleingehalten. Das Leben in der DDR war für ihn nicht lebenswert. Kurz nach dem Bau der Mauer schrieb Lutz Brigitte aus dem Westen einen langen Brief und forderte sie auf: »Steig endlich einmal aus Deinem ›Elfenbeinturm‹ aus und sieh Dir Euer sozialistisches Leben an, aber ohne Deine rosarote Idealistenbrille!« Sie wandelte diesen Satz ab und legte ihn ihrer Romanfigur Konrad in den Mund, der in *Die Geschwister* mit seiner Schwester Elisabeth darüber streitet, ob Gehen vernünftiger ist als Bleiben.

Das Buch ist eine heftige Liebeserklärung an den Bruder und eine brutale Abrechnung mit seiner Entscheidung, die DDR zu verlassen. Das Buch ist aber auch sanfter, als Brigitte es gegenüber Lutz, dem echten Bruder, sein konnte. Wie in Wolfs *Der geteilte Himmel* gibt es hier durchaus Empathie für jene, die der DDR den Rücken kehren. Jenseits der Literatur konnte und wollte Reimann diese Empathie nicht zeigen. In ihren Augen hatte der Staat ihrem Bruder das Ingenieurstudium finanziert und nun stellte er sich hin und nannte ihr Zuhause nur noch »Ostzone« und belächelte sie für ihren Idealismus. Sie wiederum verachtete ihn dafür, dass er kein Rückgrat hatte, in Wahrheit nichts Anderes wollte als einen Mercedes fahren und Geld scheffeln, der dämliche Kapitalist. Beide fragten sich, wie das möglich war, so unterschiedliche Ansichten zu haben und Wege einzuschlagen, obwohl sie von der gleichen Tür, dem gleichen Zuhause gestartet waren. Bei der Arbeit am letzten Kapitel des Geschwisterromans war sie so erschöpft, dass sie sich abends manchmal übergeben musste.

Der Einzige, der versuchte, zwischen Lutz und Brigitte zu vermitteln, war Reimanns Vater Willi. Als wöchentliches Ritual schickte Willi Reimann seinen vier Kindern einen sogenannten »Familienrundschrieb«, in dem er alle ihm zu Ohren gekommenen Umtriebe, Banalitäten und Ereignisse im Leben der einzelnen Mitglieder der Reimann-Bande zusammenstellte. Wenn die Geschwister schon nicht regelmäßig Kontakt hielten, musste er dafür sorgen, dass man sich nicht abhandenkam. In einem Brief Anfang der sechziger Jahre ermahnte er die Kinder: »Hütet Euch, unseren Familienzusammenhalt zu zerstören! Wir wollen doch jede eigene Meinung achten und nicht dem anderen etwas aufzwingen. Reden wir nicht von Freiheit, sondern üben wir sie! Dann bleibt das gegenseitige Verständnis.« Freiheit war das große Wort und große Ideal, das die Familie prägte, aber von den jeweiligen Mitgliedern der Reimann-Bande unterschiedlich definiert wurde. Die scheinbar banalen Fragen, die die Familie umkreisten, lauteten: Was hieß Freiheit? Was bedeutet sie für wen und zu welcher Zeit? Und wie gerecht musste Freiheit sein? Die Antwortmöglichkeiten waren komplexer. Für Brigitte Reimann bedeutete Freiheit, schreiben zu können und sich selbst und die eigenen Glaubenssätze verwirklichen zu dürfen. Freiheit war ein Akt der Gerechtigkeit. Freiheit versprach individuelle, aber auch kollektive Besserung. Sie stand in dieser Frage Schulter an Schulter mit Schillers Marquis Posa, den sie schon als Jugendliche verehrt hatte. Für Menschen wie ihren Bruder hieß Freiheit: bloß raus aus der DDR. Freiheit in einem Land wie der DDR war für ihn nicht möglich. Was nützt es, wenn man sich Freiheit vielleicht im Kopf bewahrt, aber die sozialistischen, ideologischen, wie geografischen Grenzen nicht überschreiten darf? Und für die

Menschen, die Arbeiter und Arbeiterinnen in Hoyerswerda bedeutete Freiheit wohl am ehesten ein Leben ohne finanzielle Sorgen, also finanzielle Sicherheit, Geld verdienen, einen Trabant anschaffen, ein modernes Dach über dem Kopf haben und warmes Wasser. Der Wert der Freiheit war eng verknüpft mit dem Wert der Arbeit.

Die Risse im System offenbarten sich Reimann nur langsam. War sie im Schreiben wirklich frei und reichten Sonntagsausflüge mit dem eigenen Trabant, nachdem die ganze Woche nur aus Schuften, Schlafen, Schuften bestanden hatte, wirklich aus, um Freiheit zu spüren? Was die Visionäre von Hoyerswerda vergessen hatten, war, dass Menschen mehr brauchen als ein gesichertes Einkommen und ein Dach über dem Kopf. Das hatte Karl Marx zwar einst gefordert und für das 19. Jahrhundert waren diese Ziele notwendig und essentiell, aber die Produktion des 20. Jahrhunderts hatte sich so rasend schnell entwickelt, dass diese einstigen Grundbedürfnisse unbedingt ergänzt werden mussten. Der moderne Mensch, der tagein, tagaus an Maschinen stand, war eben selbst kein Gerät, das man ein- und ausschalten konnte und mit einem Sofa befriedigte. Menschen können nicht nur produktiv sein oder ruhen. Es gab dazwischen auch Gefühle, die Raum brauchen, und Seelen, die gesehen werden wollen. Leben, Arbeiten und Wohnen waren drei unterschiedliche Dinge und der Kommunismus musste aufpassen, dass er nicht in die gleichen Fallen tappte, die er der kapitalistischen Arbeitswelt vorwarf.

Als Reimann das Manuskript zu *Die Geschwister* ihrem Lektor übergeben hatte, wurden ihre eigene Haltung, ihre sozialistische Linientreue und ihre Sicht auf Lebensarten geprüft. Sie war Sozialistin, das schon, aber in Liebes- und Arbeitsdingen verließ Reimann den gewünschten Rahmen und war in den Augen der Herrschenden manchmal zu freizügig, preschte zu sehr nach vorn, sprach die Dinge zu klar aus. Der Lektor schlug Änderungen vor, die sie empörten, strich ganze Passagen aus dem Text und zensierte. Reimann schimpfte: »Die Stasi-Szene gestrichen, die Kunst-Diskussion gestrichen; alles, was an Gefühl oder gar ... an Bett gemahnt, ist gestrichen, und jetzt kann man meine schöne Geschichte getrost in jedem katholischen Mädchenpensionat auslegen.« Das Buch erschien 1963 in der von ihr gewünschten Form. Da war ihr zweiter Bruder Ullrich mittlerweile ebenfalls in den Westen abgehauen. Auch er war an der Bürokratie und dem behäbigen Apparat gescheitert und hatte aufgegeben, nicht den Glauben an den Kommunismus, aber den Glauben an das sozialistische System. Sie fand, auch er war feige und bequem. Sie hat mal diesen zynischen Satz formuliert: »Sicher, der Sozialismus ist eine schöne Idee, solange man ihn nicht im eigenen Land hat.«

Hoyerswerda, das Abenteuer einer idealen Stadt, hatte glücklich taumelnd angefangen. Zwei Jahre später hatte Reimann die Realität eingeholt, auch wenn sie das nicht wahrhaben wollte: Familie zerrissen. Arbeiter erschöpft, Liebe kaputt oder mindestens kompliziert. Bei genauem Hinschauen waren das für Brigitte keine guten Jahre, trotz Aufbruchseuphorie der neuen Stadt für neue Menschen. Es sind erfolgreiche Jahre für sie als Schriftstellerin, aber privat eine mittelgroße Katastrophe. Das Glück will sich im Privaten nicht einstellen oder, wenn man so will, der Erfolg, was auch immer solch ein erfolgreiches Privatleben ausmachte. In diesen Jahren auf jeden Fall: eine gute Ehe, Kinder, ein intaktes Familienleben mit Kaffeekranz am Sonntagnachmittag. Die Rituale und Verhältnisse ihres bürgerlichen Elternhauses blieben Maßstab, auch wenn sie sich seit ihrer Kindheit an diesem Maßstab abgearbeitet und sich ihm oft genug verweigert hatte. In gewisser Hinsicht stand sie zwischen den Stühlen und fand keine Antwort auf die Frage, ob frau für ein erfülltes Leben wirklich alles brauchte und ob »alles« für eine Frau wie Reimann eben auch ein Ehemann und ein Kind bedeutete?

Eintrag in Reimanns Tagebuch vom 16. Januar 1962: »Seit drei Tagen grausame Kopfschmerzen, wie immer bei Vollmond. Manchmal scheint mir, ich liebe keinen mehr. Sie haben mir so oft von meinem unbarmherzigen Egoismus geredet, dass ich daran zu glauben beginne, ich entdecke meine Bosheit, Hartherzigkeit, Streitsucht, meinen hypertrophierten Emanzipationstrieb. Vorhin schrie im Haus ein Kind, ein paar Wochen alt. Ich hatte so schreckliche Sehnsucht nach einem Baby. Lohnt die Arbeit den Verzicht? Ich werde nie eine gute Schriftstellerin sein. Ich denke jetzt oft an den Tod und prüfe mich, ob ich Angst vor ihm habe.«

Die Zweifel, die sie hier anfangen zu plagen, blieben fast das ganze Jahr bei ihr und beim Verhandeln, was Glück ausmacht, drängte sich auch die Babyfrage wieder mit in den Raum.

Sie hatte es in der Vergangenheit bereits zweimal versucht. 1954 war sie sechs Monate lang schwanger gewesen, dann verlor sie das Kind. Im Sommer 1956 dann eine Fehlgeburt in einem früheren Stadium. Beim ersten Mal hatte sie sehr gelitten. Beim zweiten Mal, schrieb sie, war sie froh, dass die Wochen der Übelkeit und Müdigkeit vorbei waren und sie wieder rauchen und trinken und arbeiten konnte. Nicht arbeiten können, war für sie das Allerschlimmste und ein Kind, das war ihr klar, würde ihre Zeitrechnung auf den Kopf stellen. Aber gar kein Kind haben?

Im Oktober 1962 bekam ihre kleine Schwester Dorothea ein Baby. Reimann schrieb: »Ich könnte heulen. Ich werde das nicht mehr kennenlernen. Jetzt frißt der verdammte Beruf meine Reserven an Kraft und Liebe – oder mein verrückter Ehrgeiz.

Eines Tages werde ich dastehen, ein mäßiges Talent, mit ein paar schnell vergessenen Büchern, und dann wird mir einfallen, daß ich eine Frau bin, und dann ist es zu spät für ein Kind. Meine schlimmsten Muttersehnsüchte habe ich ja schon überwunden, eine Zeitlang war ich verrückt nach diesen kleinen Pfoten und dem ganzen duftenden krähenden Drumherum.«

Ihr strengster Kumpel war immer sie selbst. Greif zur Feder!

Christa & Brigitte

Moskau

Brigitte Reimann war »aufgeregt wie ein Hinterwäldler«. Sie war noch nie geflogen. Sie war noch nie in einem Transitraum gewesen. Sie hatte noch nie ein Flugheft vorzeigen müssen und noch nie gespürt, wie sich das anfühlt, wenn eine Maschine abhebt und die Schwerkraft ausgehebelt wird. »Alles unerprobtes Gebiet und großes Abenteuer«, schrieb sie im Herbst 1963 in ihr Tagebuch.

Der Schriftstellerverband hatte sie und andere Schriftstellende wie Walter Gorrish und Christa Wolf eingeladen, Anfang Oktober für acht Tage als Repräsentantinnen nach Moskau zur »Woche des Deutschen Buches« zu fliegen. Als Starlett am Literaturhimmel durfte sie nicht fehlen. Ihr Roman *Ankunft im Alltag* war bereits ins Russische übersetzt worden. *Die Geschwister* sollten im nächsten Jahr folgen.

Die Tage vor der Abreise hatte sie mit unzähligen Fragen verbracht: Wie gefährlich ist fliegen? Was trägt man in Moskau? Brauche ich elegantere Kleider? Wird es schneien? Werde ich zu viel Wodka trinken? Werde ich mich mit den anderen gut verstehen? Bekommt man im Flugzeug einen Fallschirm? Werde ich unsere Innung blamieren? Ist mein Russisch gut genug? Werde ich in Moskau Zeit für eigene Erkundungen haben? Wie sind die russischen Männer? Ist es teuer, essen zu gehen? Wie riecht Moskau? Sind die Brüder der Sowjetunion wirklich schon weiter in ihrem Sozialismusverständnis? Wird das schwächere Bein mitmachen? Werde ich einen Flirt anfangen?

Was bei der forschen, lebenshungrigen Reimann ja leicht in Vergessenheit gerät: Sie war ein Mädchen aus der Provinz, das die Welt außerhalb der DDR nur aus Büchern und Erzählungen kannte. Nun sollte sie zum ersten Mal raus, in eine Metropole wie Moskau.

Am 7. Oktober brachte Siegfried Pitschmann Reimann zum Flughafen. Auf dem Weg nach Berlin sprachen sie kaum. Reimann zupfte nervös an ihrem neuen Kleid herum, das sie sich in letzter Minute gekauft hatte. Beim Abschied heulte sie drei nervöse Tränen und versuchte, den Rest zu unterdrücken, dann stieg sie mit weichen Knien und dickem Kloß im Bauch in die IL 18. Fallschirme für Passagiere gab es natürlich nicht, also zog sie den Gurt so fest wie nur möglich. Der Motor startete. Das Flugzeug hob ab. Und ihr erging es wie den meisten: Einmal in der Luft, machte die Angst der Euphorie Platz, und als sie zweieinhalb Stunden später unter dunkelblauem Abendhimmel in Moskau landeten, war sie bereit für Abenteuer.

Die Reisegruppe kam im »Kiewskaja« unter, einem kleinen Transithotel neben dem Kiewer Bahnhof. Normalerweise wurden Delegierte wie sie in sogenannten »Ausländerhotels« untergebracht, anonymen, modern-komfortablen Gebäuden, weit weg vom Zentrum. Aber für elegante Abschottungsversuche fehlte das Geld. Beide Bruderstaaten kämpften in diesem Herbst mit wirtschaftlichen Schwierigkeiten, Wohnungsnot und Nahrungsengpässen. In der Sowjetunion war die Ernte so schlecht ausgefallen, dass Tausende Tonnen Weizen in Amerika gekauft werden mussten. Sparkurs war angesagt. Für die angereiste Kulturelite war dieser Umstand jedoch eher ein Glücksfall, auch wenn es im »Kiewskaja« weder warmes Wasser noch funktionierende Heizungen gab. Sie durften rein ins echte Leben, mitten hinein in den fremden Alltag. »Schmetternde

Arien morgens und fröhliches Leben bis in die Nacht. Neue Erfahrung nach den Ausländerhotels der vorigen Jahre. Blick aus dem Fenster (1. Stock) direkt auf die sehr belebte Straße (…). Verschiedenste Typen marschieren unentwegt vorbei«, schrieb Christa Wolf kurz nach der Ankunft in ihr Tagebuch.

Was sich ebenfalls als glückliche Fügung erwies: Brigitte und Christa mussten sich das Zimmer im 1. Stock teilen und ohne diese gemeinsamen Moskauer Tage und Nächte wären sie vielleicht nie Freundinnen geworden.

Im Februar 1960 hatte Reimann Christa noch als »beste Feindin« bezeichnet. Wolf hatte in einer Jury für einen Wettbewerb »Zur Förderung des literarischen Gegenwartsschaffens« gesessen und Reimann hatte sich geärgert, dass diese Jury nicht ihr, sondern der Schriftstellerin Irmtraud Morgner den ersten Preis verlieh. In einem Brief schrieb sie damals: »Hörte inzwischen, dass meine beste Feindin in der Jury sitzt: die Wolf, die mir schon den Vorabdruck in der *NDL* auf schmutzige und intrigante Art vermasselt hat.« Seitdem hatte der Name Christa Wolf bei Reimann extrem schlechte Laune verursacht. Keine gute Voraussetzung für eine gemeinsame Fahrt.

Schon zu Beginn der Reise war Brigitte überrascht, wie freundlich Christa Wolf auftrat. Sie wirkte geradezu gelöst und entspannt, von der legendären Strenge war nichts zu spüren. Christa war geübt in Auslandsreisen. Für sie war es der dritte Besuch in Moskau und sie tat, was sie am besten konnte – die Gunst der Stunde nutzen, aber dabei nicht abheben. Sie schob den eigenen Kram zu Hause weit weg und nahm Brigitte – auf die ja immer irgendjemand aufpassen musste – mit mütterlicher Überlegenheit an die Hand. Sie bewahrte die drei Jahre jüngere Kollegin davor, von Taxis überfahren zu werden, zu viel Geld für unnützen Kram (den sie ja eh schon mitgebracht hatte) zu verprassen oder sich ernsthaft in fremde Männer zu verlieben, die Siegfried Pitschmann, der zu Hause in Hoyerswerda auf sie wartete, den Platz streitig machen würden. (Dafür gab es ja auch schon Jon.) Christa lenkte. Brigitte gab sich hin und schmunzelte: »Christa hat Daniels Funktion übernommen: ewig Angst um mich auszustehen – wegen des Moskauer Verkehrs, wegen meiner Art, Geld auszugeben, wegen der schönen Georgier …«

Das Pflichtprogramm war überschaubar. Ein paar Empfänge hier und da, Besuche in Botschaften, sowjetischen Redaktionen und Hochschulen, wo nicht mehr erwartet wurde als förmlich-oberflächliches Palaver und gegenseitige Versicherungen, dass in dieser schönen sozialistischen Welt alles prima war. Es gab also genug Zeit für eigene Erkundungen.

Gemeinsam genossen sie ihre kurze Freiheit, flanierten stundenlang durch die Stadt, staunten über den Kitsch und die Schönheit, die riesigen Hochhäuser, die rosafarbenen Adelspaläste, die Metrostationen, die wie unterirdische Marmorschlösser aussahen, die kleinen Holzbüdchen, die an das alte Russland aus den Romanen erinnerten, die vielen Lokale, in denen es vor Bronze und Kristall nur so glitzerte, all die Buchläden, vor denen sich rund um die Uhr lange Schlangen bildeten, den wahnsinnigen Verkehr und die irrsinnigen Taxichauffeure, die laut Reimann wie Cowboys fuhren. Abends tranken sie im Restaurant »Dnepr« zu Kaviar und saurer Sahne Wodka, aßen das beste Eis der Welt, freuten sich über die liebenswerten Russen, die Brigitte als »bezaubernd schlampig, unpünktlich und, kurzum, unpreußisch« deklarierte, und schwatzten, bis ihnen die Augen zufielen.

An einem Vormittag fuhren sie in den neuen Stadtteil Tscherjomuschki, auf den Brigitte besonders gespannt war. In den Architekturzeitschriften, die sie zu Hause regelmäßig verschlang, war ein strahlendes Bild dieser Moskauer Trabanten-

Siedlung gezeichnet worden, sie erwartete eine sozialistische Traumwelt mit neuen Wohnmodellen für neue Menschen. Als sie dann vor Ort stand, große Enttäuschung. Was sie sah, war vernachlässigt, monoton und trist. Viel trister als Hoyerswerda, was man erst mal schaffen musste. Selbst die neuen Läden wirkten altmodisch. Überall hatte der Frost bereits die Farbe der Fassaden und Fensterrahmen aufgefressen. Geblieben war ein schmutziges Grün. Und gleich neben den neuen Häusern fing die Not an, die offenbarte, dass eben längst nicht alles so prima war, wie man sich gerade noch fröhlich grinsend versichert hatte. Brigitte sah zerfallene Hütten, »gedrückte Katen, eigentlich nur Bretterhaufen, überall geflickt, zu Boden geneigt, winzige schmutzige Fenster – Bilder wie aus den Slums amerikanischer Großstädte«. Statt sozialistischer Zukunft also Elend wie im Kapitalismus und Imperialismus. Schön waren in dieser Kulisse nur die großen roten Früchte, die auf dem Markt von einem Mann mit pechschwarzem Schnurrbart verkauft wurden. Granatäpfel hatte Reimann bis dahin noch nie gesehen und vielleicht, dachte sie, war das auch ein bisschen beschränkt, in fremden Ländern die eigenen Maßstäbe ansetzen zu wollen.

Am fünften Tag schrieb Brigitte in ihr Tagebuch: »Christa ist so ein Mensch, dem man alles sagen kann, und man weiß es bewahrt. Sie lacht über mich, aber ganz freundlich: ich sei schizophren und überhaupt eine schreckliche Person. Ich glaube, wir verstehen uns jetzt gut (sie ist eine von den ›Guten‹ nach meiner Kindereinteilung), ich mag sie sehr leiden.«

Es war vor allem die Gegensätzlichkeit der beiden Frauen, die die Faszination und Magie dieser Freundschaft ausmachte. Wolf, die besonnene Pragmatikerin. Reimann, die impulsive Chaotin. Manchmal dachte Reimann, Wolf würde auf sie herabschauen. Dabei war es eher so: Wolf bewunderte Reimann dafür, dass sie so frei und spontan auf das Leben zugehen und spielen konnte, alles aufsog, alles so intensiv wahrnahm. Klar war sie dabei oft ein bisschen unüberlegt und kindisch und viel zu romantisch, ließ sich ablenken und mit Haut und Haaren von Situationen und Orten und Menschen verschlingen, aber nichts mit Fassung zu nehmen, sah Wolf auch als große Stärke an.

Christa blieb von dieser Moskau-Reise eine Szene besonders in Erinnerung. Brigitte war mit einem schönen Georgier, den sie auf einem Abendessen mit der Delegation kennengelernt hatte, am Kiewer Bahnhof spazieren gewesen. Es hatte heftig geregnet und in einer Pfütze, mitten in der Bahnhofshalle, hatte ein betrunkener Mann gelegen. Regungslos. Durchnässt bis auf die Haut. Brigitte war dem armen Menschen sofort zur Hilfe geeilt und hatte ihn mithilfe ihres Flirts ins Trockene gebracht. Zurück im Hotel, hatte sie Christa mit verzweifeltem Gesicht davon erzählt. Wie konnte es sein, dass es an einem Ort wie Moskau – wo doch nur neue, also bessere und solidarischere Menschen leben sollten – niemanden gab, der dem Mann aus seiner Misere half. Für Christa war diese Anekdote exemplarisch für Brigitte und ihre Art, mit der Welt und mit Menschen umzugehen.

Brigitte, das wurde beiden auf dieser Reise deutlich, musste jeder Regung nachgehen und jede Veränderung in sich und in ihrer Umgebung selbst spüren. Es reichte nicht nur zu beobachten. Sie war wie ein Kind, das den Erfahrungsberichten anderer nicht traute, sondern alles mindestens einmal selbst erlebt haben musste. Sie war in dieser Freundschaft die Gefährlichere und Abenteuerlustigere. Eine Freundin und kleine Schwester, die zigmal aus dem ein oder anderen Schlamassel gerettet werden musste, die aber auch wusste, wann es galt, aufzustehen und Haltung zu zeigen. Reimann brannte von allen

Seiten. Wolf mochte diese Unbändigkeit. Gleichzeitig versuchte sie, dieses Brennen immer etwas zu entschleunigen.

Eine andere Szene, die etwas über die Dynamik zwischen den beiden Frauen erzählt, spielt annähernd so in ihrem Hotelzimmer, nachts um halb zwei. Brigitte und Christa lagen frierend in ihren Einzelbetten. Von draußen warf das orangefarbene Licht der Laternen alberne Schatten an die Wände. Brigitte hatte den Abend wieder mit jenem schönen Georgier verbracht. Georgi, Ingenieur aus Tiflis, groß, schlank, schwarze Haare, hatte sie zu Schokolade und Cognac eingeladen. Sie hatte ihm deutsche Worte beigebracht. Jetzt rüttelte er ein bisschen an ihrem Herzen und sie konnte nichts tun, als laut zu seufzen.

»Hast du gesehen, wie er mich angesehen hat?«

Natürlich hatte Christa gesehen, wie Georgi Brigitte angeschaut hatte. Er war ihr – wie alle Männer auf dieser Reise – sofort verfallen und es war beneidenswert, wie strahlend Brigitte durch Moskau lief. Beim dritten Besuch musste man sich ganz unabhängig von amourösen Abenteuern schon etwas mehr anstrengen, um entflammt zu werden, aber das sagte Christa nicht laut.

Sie sagte: »Du hast kein bisschen Selbstbeherrschung!« und Brigitte lachte.

»Ach komm, in einer fremden Stadt darf man ein bisschen spielen. Außerdem gilt die alte Regel auch hier: Liebesgeschichten muss man spätestens nach dem dritten Kuss beenden.«

»Und das schaffst du bei diesen langen flatternden Wimpern?«

Brigitte schwieg. Was wirklich vorgefallen war, würden nur er und sie wissen, aber sie schätzte Christa dafür, dass sie lieber scherzte, statt zu urteilen. Sie zog sich den langen Zopf glatt, drehte sich zu ihrer Zimmergenossin, die nur in Umrissen zu erkennen war.

»Wie läuft es eigentlich mit der Seghers-Biografie?«

Jetzt seufzte Christa: »Eine glückliche Übergangslösung, bis ich mich endlich an den neuen Roman wage.«

Zwei Schreibende in zwei knarzenden Betten retteten sich, jede mit anderen Mitteln, vor Schreibblockaden, und wenn es etwas gab, das sie ohne Wenn und Aber anerkennen konnten, dann war es das Talent und den Mut der jeweils anderen, Geschichten zu sammeln, einzufangen, auf Papier zu bringen und sich dafür in Schwierigkeiten zu stürzen. Am Ende der Moskauer Reise, bevor Brigitte »souverän wie ein alter Globetrotter und ohne nennenswerte fatale Gefühle bei Start und Landung« zurückfliegt, wird sie Christa Wolf beim Abschied sogar umarmen und sich selbst über diesen Akt der Zuneigung wundern. »Ich glaube, ich habe sie liebgewonnen«, flüstert das Tagebuch.

Maxie

Kleinmachnow

Kitty und Berti sind im Kindergarten, auf dem Küchentisch stehen ihre leeren Müslischalen und Maxie kann noch das Kichern hören, das bis eben den Raum erfüllte. Nun ist es ganz still. Ihr Teil des Tages beginnt. Sie schiebt das Geschirr zur Seite, zieht einen Bogen Papier vom Stapel auf der Fensterbank und schreibt wie jeden Morgen einen Brief an ihre Eltern in Wien:

Ihr Lieben, meine Stimmung ist nicht gerade rosig, Kitty hat festgestellt, daß ich stottere, Berti findet, daß mein Busen hängt (was nicht stimmt!), und Fred hat wieder einmal erkannt, wie isoliert wir leben und daß auf diese Weise eine künstlerische Arbeit nicht gedeihen kann. Ich werde jeden Tag fetter, die Tabletten gegen den Heuschnupfen machen mich noch müder und fauler, als ich eh schon bin (…) Und überhaupt… Was soll ich Euch schreiben, daß es Fisch und hinterher Erdbeeren zum Nachtmahl gibt (…) Leider hindert mich meine Trägheit, etwas zu unternehmen, etwas zu verändern! Jetzt geh ich doch wieder in den Keller, Bilder in die Trockenpresse legen. Laßt Euch von meiner Stimmung nicht anstecken …

Es ist Ende Juni, 1964, Frühsommer. Gleich wird sie tatsächlich im Keller verschwinden und Ausschnitte der Welt für Stunden nur in Schwarz-Weiß betrachten. Sie blickt aus dem Küchenfenster. Himmel blau. Gras grün. Noch ein paar Schritte durch den Garten. Noch ein paar lange Atemzüge auf der rot-weiß gestreiften Liege zwischen Pflaumenbaum und dem hohen Stacheldrahtzaun und die Regentropfen der Nacht auf den Blättern beobachten, die einer nach dem anderen zu Boden fallen, über vermeintliche Kleinigkeiten und Millisekunden einer Bewegung lächeln und kurz das große Ganze vergessen: Die Grenzhunde, die schon wieder jaulen, und die traurigen Baumstümpfe, die nackt aus dem Boden ragen und daran erinnern, dass es in diesem Garten vor nicht allzu langer Zeit mehr als nur Pflaumen gab.

Schon verrückt, dass sie, Maxie und Fred, das einfach so mitgemacht haben. Ging halt alles so schnell im August 1961. Hatte ja keiner für möglich gehalten. Die Hälfte des Gartens fiel damals von einem Tag auf den anderen der Mauer zum Opfer. Ein Dutzend Obstbäume wurden gefällt und dann war es vorbei mit dem Schlupfloch im Zaun, ihrem Weg über die Wiesen dahinter nach Zehlendorf in West-Berlin, um dort ins Kino zu gehen oder einzukaufen. Der Traum vom Sozialismus, er hat seitdem eine klare Grenze und die endet drei Meter hinter ihrem Liegestuhl. Das sind drei große Schritte.

Der Versuch, den Gedanken, was diese Mauer bedeutet, wegzuschieben, er will auch an diesem Morgen nicht gelingen. Eine Mauer heißt gefangen sein und nicht rauskönnen, es sei denn durch Flucht. Aber Flucht ist in diesem isolierten Land, in ihrem Wohnort Kleinmachnow und in ihrem Siedlungshaus mit dem spitzen Dach und dem kleinen Garten immer ein Thema. Nicht offen. Man spricht nur flüsternd darüber, aber jede kennt eine Geschichte. Nach dem Bau fehlten plötzlich eine Menge Nachbarn, Häuser in ihrer Straße standen auf einmal leer und der Junge des stillen Nachbarn lebt nicht mehr. Mauertoter.

Manchmal hört Maxie Wander nachts Schüsse oder Schreie und in regelmäßigen Abständen kommen Grenzsoldaten vorbei, um die Schäferhunde zu füttern, die auf dem Nachbargrundstück die Grenze bewachen, und um zu kontrollieren, dass keine Leiter ungesichert rumsteht oder Löcher in den Boden gegraben wurden. All das bedrückt sie auf doppelte Weise: die Gefängnisatmosphäre in der Gartenidylle und andererseits das schlechte Gewissen. Würde sie hier überhaupt leben, wenn sie nicht rauskönnte? Sie und Fred haben einen österreichischen Pass, dürfen mit einer Genehmigung, die sie bisher immer bekommen haben, ausreisen, dürfen in ein Flugzeug steigen oder mit ihrem VW-Käfer die Grenze passieren. »Unsere Kosmopoliten« nennen die Freunde und Freundinnen sie. Darin liegt auch Neid.

Maxie und Fred haben, seit sie in der DDR leben, Zeit in Paris verbracht, fahren regelmäßig nach Wien und dürfen durch Orte laufen, die alle anderen nur aus Erzählungen kennen. Ihre älteste Wiener Schulfreundin, Anni, hat neulich gesagt: »Ich glaub, du führst zwei Leben!«. Sie hat recht. Und vielleicht sind es sogar nicht nur zwei, sondern zig verschiedene Leben, die Maxie parallel an- und ausprobiert. Sie kann sich einfach nicht entscheiden, wo sie wirklich ankommen will. Fred sagt immer: »Überall leben Menschen, und wo Menschen sind, kann auch ich sein.« Aktuell träumt Maxie von einem Leben in der französischen Hauptstadt. Kleinmachnow nennt sie ihr »herzliebes Gefängnis«, was durchaus der Realität standhält. Ihre Adresse, Wolfswerder 50, liegt im Sperrgebiet, abgeschieden und abgeschlossen. Hier fährt kein Bus. Hier kommt niemand ohne Erlaubnis durch. Schilder warnen: »Achtung Grenzgebiet – weitergehen verboten!« Wer die Wanders besuchen will, braucht einen Passierschein. Es ist eine Enklave für Privilegierte und Systemtreue und so nah am Westen und an der Macht wie kaum ein Ort sonst. Wer hier lebt, genießt eigenartige Freiheiten und tut gleichzeitig alles unter Beobachtung.

Vor zwei Jahren bekam Fred, der an diesem Junimorgen bereits in seinem Arbeitszimmer sitzt und schreibt, den Auftrag für ein Reisebuch über Paris. Er kennt Paris aus seiner Zeit auf der Flucht vor den Nationalsozialisten. Paris, Frankreich, war die letzte Station, bevor er ins Konzentrationslager kam. 1962 waren sie, Maxie und Fred, das erste Mal für Recherchen dort und im Mai haben sie noch mal einige Wochen in Paris verbracht, um Material für das Buch, das im Verlag Volk & Welt erscheinen soll, zu sammeln. Maxie ist für die Fotos zuständig. Fred verfasst den Text. Gerade schreibt er an den letzten Seiten und wahrscheinlich wird er es, wie so oft, nicht lange in seinem Arbeitszimmer aushalten, seine Schreibmaschine nehmen und seine Notizen, sich ins Auto setzen und in den Wald fahren, um dort auf einer kleinen Lichtung mit der Maschine auf den Knien weiterzuschreiben. Der Wanderer, er hält es nur schwer an einem Ort aus. Er braucht Weite, Freiheit, will kommen und gehen, wie es ihm passt. An der Haustür steht immer ein gepackter Koffer für ihn bereit und Maxie weiß nie genau, ob er zum Abendessen zurück sein wird oder nicht spontan entschieden hat, sich von den Landstraßen irgendwohin treiben zu lassen. Sie gönnt ihm diese Art zu sein, übt sich in Großzügigkeit, unterdrückt ihre Eifersucht und denkt gleichzeitig: »Es wäre alles sehr einfach, wenn ich mich nicht immer dagegen auflehnte, weniger Freiheiten als ein Mann zu haben.« Sie würde auch gern kommen und gehen, ohne Rechenschaft ablegen zu müssen. Ausbrechen. Aber das antrainierte schlechte Gewissen und das Pflichtgefühl, das Frauen seit Jahrhunderten beherrscht, versuchen sich in Widerstand.

Nun also der übliche Gang in den Keller, wo sie sich eine Dunkelkammer eingerichtet hat. Sie hat die Fenster mit schwarzem Stoff verhängt, einen alten Tisch für den Vergrößerungsapparat und die Entwicklerschalen aufgestellt. Über die Jahre hat sie gelernt, mit einer Kamera umzugehen und Fotos selbst zu entwickeln. Ihre Fotos sind einfühlsam. Fred schwärmt für ihren Blick, wirklich ernst nimmt sie das Lob nicht. Sie kann nicht stolz sein. Es fällt ihr schwer, den Dingen, die sie tut, die Bedeutung zu geben, die sie verdient hätten. Sie sieht sich selbst als Amateurin, weil alles ja nur so nebenbei passiert. Neben den Kindern, dem Alltag, dem Haushalt, den Verpflichtungen als neue DDR-Bürgerin. Man könnte das natürlich auch andersherum sehen: Sie macht Fotos für ein Buch und nebenbei alles andere. Aber dafür nimmt sich Maxie selbst nicht wichtig genug, erkennt ihre Leistungen nicht als Arbeit an. Minderwertigkeitskomplex wäre eine Beschreibung für ihren Gemütszustand. Immer wieder verzweifelt sie an der eigenen Unzulänglichkeit, an all dem, was sie nicht schafft, und sieht dabei nicht, was ihr jeden Tag gelingt.

Sie legt das Papier in die Schalen mit den Chemikalien, im Hintergrund läuft Chopin, und steht plötzlich wieder in Paris, in diesen Straßen und diesem eigenartigen Licht, das sich kaum beschreiben lässt, zwischen alten Häuserfassaden und all diesen Menschen, sitzt im Café de Flore, wo auch die Beauvoir ihren Kaffee trinkt, spaziert an der Seine entlang oder läuft durch Belleville. Tausende Fotos hat sie gemacht, zweihundert muss sie für das Buch abgeben. Momente festhalten und sie zu Fotos entwickeln, das fasziniert sie. Welches Bild bleibt, welches wird in dem Apparat durch ihr Auslösen eingefangen und wie sehr spiegelt es Realität wider? Maxie fragt sich in diesen Stunden im Keller, was die Wahrheit eines Bildes ist: »Wie soll man die Menschen richtig sehen? Dafür gibt es keine Formel. Ein symbolischer Vorgang ganz und gar. Jeder hat seine Dunkelkammer im Kopf, nur weiß er es nicht!« Und, schreibt sie: »Die wahren Bilder siehst du im Augenblick gar nicht, sie haben sich im

Vorüberrasen in deine Netzhaut eingebrannt, eine halbe Sekunde, nachts vor dem Einschlafen werden sie wiederkommen, die Phantasmen, die wahnsinnig gewordenen Bilder des wirklichen Lebens, du kriegst sie nie aufs Papier, sie existieren nur in deinem Kopf!«

Die Fotos aus Paris, die sich nicht für das Buch eignen, legt sie in einen Karton und stellt ihn an die Haustür, neben den Koffer von Fred. Wenn Freunde und Freundinnen kommen, darf sich jede eins mitnehmen und ein bisschen Westen, ein bisschen Paris in die eigenen vier Wände tragen. Es ist ein gefährliches Spiel mit den Sehnsüchten der Anderen und muss in einem abgeriegelten Staat offiziell unterbunden werden. Das weiß sie nicht. Vielleicht ahnt sie es. In zwei Jahren, 1966, wird das Paris-Buch unter dem Titel *Doppeltes Antlitz – Pariser Impressionen* erscheinen. Zeitgleich wird es eine Schau im Internationalen Ausstellungszentrum am S-Bahnhof Berlin-Friedrichstraße geben. Ihre Fotos groß aufgezogen. Eine Riesensache. Ihr Blick, nun sichtbar für alle Ostberliner und Ostberlinerinnen und, so der Plan, auch für den Rest der Republik. Die Schau soll nach Dresden und Dessau weiterziehen, aber dazu wird es nicht kommen, weil die Leute, wie die Freunde und Freundinnen in Kleinmachnow, zu begierig und sehnsüchtig auf ihre Fotos schauen. Nach drei Wochen wird die Ausstellung wieder abgebaut. Zu viel Welt. Zu großer Hunger. Immerhin bleibt das Buch, findet seinen Weg in Buchhandlungen und wird den Wanders für einige Monate finanzielle Sicherheit bringen und Schulden tilgen.

Geld ist in diesen Jahren immer Thema. Geld und Kinder und wie das überhaupt alles gehen soll: Rechnungen bezahlen, eine Familie versorgen, Berufe ausüben, die keine sein wollen, weil sich Maxie und Fred doch versprochen hatten, ein Künstlerpaar zu sein, das sich nicht von Gewohnheiten und Strukturen, die müde machen, einfangen lässt. Seit einem Jahr sind sie zu viert. Kitty hat einen kleinen Bruder bekommen. Robert. Rufname »Berti«. Fünf Jahre alt. Pflegekind aus Teltow.

In Teltow, wo Maxie kurzzeitig in einem Betrieb als Sekretärin gearbeitet hat, gibt es ein Diakonissenkrankenhaus. In einem Flügel des alten Gebäudes sind Waisen und Kinder aus schwierigen Familien untergebracht, die nach neuen Eltern suchen. Einer von ihnen heißt Robert H. Seine Mutter ist in den Westen abgehauen, hatte versprochen, ihn nachzuholen, aber das ist nie geschehen. Die Betreuerinnen, mit denen sich Maxie über die Situation der Kinder austauschte, beschrieben den Jungen als langsam und psychisch angeschlagen. Er machte sich in die Hose und schrie nachts. Trauma in einem Kinderkörper, der schmerzlich seine Mutter vermisste. Maxie tat der Junge mit den schielenden Augen leid, also nahm sie ihn mit nach Kleinmachnow. Fred fragte sie nicht. Er war auf Reisen. Als er zurückkam, hatte er einen Sohn. Maxie sagte zu ihm: Kitty soll nicht allein aufwachsen, und das war sicher ein Grund für die Aufnahme des Kindes. Ein anderer war vermutlich das schlechte Gewissen der privilegierten Österreicherin. Robert ist für Maxie Verbindung und Bekenntnis zu diesem Land. Ein Haus, eine Arbeit, das sind Dinge, die austauschbar sind. Ein Kind bindet sie für immer an die DDR und Maxie, die Optimistin und Träumerin, will unbedingt, dass das Leben hier gelingt, trotz der inneren und äußeren Rangeleien, trotz der Mauer im Garten. In ihrer Zettelei, jenen zigtausend Notizen und Heften, findet sich dieser Satz: »Hier habe ich Schwierigkeiten, mit den Menschen fertigzuwerden, mit den Problemen, mit mir selbst. Und deshalb muss ich bleiben. Denn ich bin nicht besser als die anderen, und wenn ich sie nicht lieben kann, dann liegt das an mir.«

Das klingt rührend und naiv zugleich und etwas wahnsinnig und genauso gefährlich, wie Ostdeutschen Pariser Impressionen vor die Nase zu setzen. Entsprechend schwierig ist schließlich auch das Zusammenleben mit dem traumatisierten Kind, das unglaublich viel Kraft und vor allem Geduld erfordert. Eine Eigenschaft, die Maxie nicht im Übermaß besitzt. Maxie misst den Jungen ständig an Kitty. Vergleicht ihn mit der geliebten Tochter, die den Maßstab setzt, wie ein Kind sein sollte und sein könnte. Kitty, mittlerweile sechs Jahre alt, liest und schreibt und dichtet und tanzt und ist in scheinbar allem toll. Berti hingegen ist trotzig, verschreckt und braucht für alles länger. Maxie ist ungeduldig mit ihm und kann den DDR-Jungen nicht so lieben wie ihre eigene Tochter. Wenn er nicht tut, was sie sagt oder sie mit seiner Langsamkeit in den Wahnsinn treibt, schlägt sie ihn und schreit ihn an, genauso, wie es ihr Vater früher bei ihr getan hat. Nach ihren Ausbrüchen schämt sie sich und entschuldigt sich tausendmal, aber was geschehen ist, lässt sich nicht zurückdrehen. Krisengebiet im Sperrgebiet.

Berti wehrt sich auf seine Art. Maxie und Fred sind für ein paar Stunden aus dem Haus gegangen, spazieren. Als sie zurückkommen, hat Berti ein Loch in die Wand gebohrt und Geschirr im Garten vergraben. Der Kinderpsychologe erklärt ihnen, Bertis Verhalten sei ein Zeichen von Protest. Maxie nickt und denkt bei sich: »Ach, wirklich?« Rational versteht sie sehr wohl, was dieses Kind umtreibt und was es durchmacht, aber sie kann nicht aus ihrer Haut, schafft es nicht, aus ihren ererbten Verhaltensmustern auszubrechen. Niemand kann sie so provozieren wie Berti. Er regt sie schon auf, wenn er schüchtern im Türrahmen steht und nicht weiß, wohin mit sich. Seine Schüchternheit findet sie unerträglich. Mit Kitty kann sie großzügig sein und verständnisvoll. Bei ihm holt sie den Teppichklopfer. Am Ende dieses Jahrzehnts wird sie einmal in ihr Tagebuch schreiben: »Ich unterdrücke Berti, weil ich selbst unterdrückt bin, weil ich mich ständig, jahrelang unterdrücken musste.«

Ihr Umfeld, Fred, die Eltern und die Freundinnen sehen, hören, merken, dass etwas nicht stimmt und Maxie an die Grenzen ihrer Beherrschung stößt. Sie fragen, ob es wirklich eine gute Entscheidung war, ein Kind aufzunehmen, und ob sie sich nicht zu viel vorgenommen hat. Dem Kind geht es nicht gut und Maxies Wut ist unkontrollierbar, aber sie will und wird nicht aufgeben. Sie kann nicht. Sie muss sich beweisen, dass sie ihn genauso lieben kann wie Kitty, auch, wenn das meint, jeden Tag aufs Neue zu scheitern und jeden Tag ein Versprechen auf Besserung abzulegen.

Christa Wolf ist eine jener Freundinnen, die beobachten und sich sorgen. Sie wohnt mit ihrer Familie mittlerweile auch in Kleinmachnow. Allerdings in einer anderen Nachbarschaft für Bessergestellte und Besserverdienerinnen. Im Sozialismus sollen Klassenunterschiede aufgehoben und überwunden werden, aber Gleichheit ist auch hier ein unerreichbares, lächerlich verträumtes Ideal. Um das zu verstehen, muss man nur durch die Straßen von Enklaven wie Kleinmachnow laufen. Die Wolfs leben in der Fontanestraße 20 in einer Villa des ehemaligen Architekten Hermann Henselmann, Intellektuellen- statt Arbeitermilieu, Prunk statt Bescheidenheit. Maxie kommt ab und zu mit den Kindern vorbei. Raus aus dem Sperrgebiet ist leichter als rein.

Christa verzichtet jedoch auf gut gemeinte Ratschläge. Sie lässt Maxie sein, im Guten wie im Schlechten, ermuntert eher und hört zu, wenn die Freundin ihr Inneres nach außen kehrt, über die Schuldgefühle spricht und diese unbändige Wut. Was Christa tut: fragen, ob sie Hilfe braucht, ob alle Rechnungen bezahlt sind. Christa ist praktisch. Maxie schätzt diese Gesten.

In der DDR leben heißt für sie auch, sich nie allein fühlen. Freundinnen und Nachbarinnen laden ein oder klopfen an ihre Tür, nur um zu fragen, ob alles okay ist, ob es allen gut geht, ob man unterstützen kann. Umgekehrt erwartet man natürlich das Gleiche von ihr. Gute DDR-Bürgerinnen engagieren sich. Eine gute DDR-Bürgerin, das will Maxie Wander sein.

Sie ist im »Wohnbezirkausschuß der Nationalen Front« und nimmt ihre Aufgabe als Repräsentantin der Nachbarschaft sehr ernst. Die Leiter des Ausschusses würden sagen, zu ernst. Maxie hat sich bereits mehrfach unbeliebt gemacht, weil sie immer wieder unbequeme Fragen stellt, Antworten einfordert und Dinge verbessern will. Sie regt sich zum Beispiel immer wieder darüber auf, warum es im HO, dem Lebensmittelladen im Zentrum von Kleinmachnow, am Platz der Opfer des Faschismus, am Samstagmittag oft kein Brot und keine Milch mehr gibt und man sonntags bei den Nachbarn fragen muss, ob sie aushelfen können. Ständig muss man sich für Lebensmittel anstellen, und wenn man zu spät kommt, geht man leer aus. Sie versteht das einfach nicht. Wie kann es sein, dass Waren, die jeder braucht, wochenlang nicht zu bekommen sind? Waren wie Reis und Haferflocken und Öl und Babymilch. In den Sitzungen heißt es dann, das liege an den Lagerhallen, die zu klein seien, sie reichten immer nur für ein Produkt. Lager größer bauen wäre eine Lösung, eine andere, die lieber gewählt wird, ist diese: Ist doch nicht alles schlecht im Sozialismus. Konzentrieren wir uns auf die positiven Aspekte. Maxie lächelt dann müde, sagt ihr berühmtes, ironisches »Ach, wirklich« und denkt: »Die halten die Menschen für blöd.«

Ähnliche Erfahrungen wird sie im Herbst machen, wenn Kitty eingeschult wird und die Lehrenden Maxie bitten, sich als Elternteil einzubringen. Auch hier ist der Ärger vorprogrammiert. Maxie wird sich immer wieder über das Schulsystem ärgern, das nur auf Drill und Dressur aus ist und alles Schöpferische und jede Eigeninitiative unterdrückt. Diesen Ärger wird sie auf Elternabenden kundtun. Während die anderen Eltern wegschauen oder den Mund halten, wird sie aufstehen, weil sie nicht so werden will, wie die anderen Leute und wie das System sie gern hätten: »Man braucht sein Hirn nicht anzustrengen, wenn es nur eine Parteilinie gibt, die noch dazu von oben verkündet wird. Eine wunderbare Chance für alle Mittelmäßigen, für die Denkfaulen, die Schmeichler, die Unfähigen. Man braucht ja nur ja zu sagen!« Sie wird sich in Rage reden, stottern und den Lehrenden Strenge und maximale Engstirnigkeit vorwerfen. Nicht alle Kinder sind gleich. Auf Kinder muss man individuell eingehen, kann nicht alle in ein Kollektiv drücken. Vielleicht regt sie sich auch deshalb so auf, weil ihr genau das zu Hause selbst nicht gelingt. Und trotzdem: Wieso sollen Kinder alle das gleiche Haus im gleichen Maßstab zeichnen und Aufsätze über Revanchismus schreiben – das kann doch nicht wahr sein? Als Kitty einmal nach Hause kommt und verkündet, dass ihr verboten wurde, Westfernsehen zu schauen, wird Maxie sagen: »Wir entscheiden das selbst. Wir wissen selbst, was gut und was schlecht ist.« Westfernsehen schauen heißt auch sich informieren, wissen, was da drüben läuft. Aber natürlich ist völlig klar, dass die Wanders nicht einfach tun und lassen können, was sie wollen. Das geht bei Christa Wolf nicht, das geht bei Brigitte Reimann nicht und natürlich steht die Stasi auch bei ihnen auf dem Plan. Überwacht wird jeder, dem die Staatssicherheit misstraut oder bei dem sie sich – weil Freigeist und kritischer Verstand – nicht sicher sein kann, dass die Regeln einwandfrei befolgt werden. Also trifft es auch Maxie und ihren Mann Fred. Und wie bei Reimann und bei Wolf, fängt die Verbindung zum MfS mit dem Versuch an, sie zu Mitarbeitern zu machen. Akten des MfS besagen, dass sich Maxie und Fred Wander bereits ab 1960 zur »aktiven konspirativen Zusammenarbeit verpflichtet hätten«. Vor allem für die Auslandspionage, also das Ministerium für Nationale Sicherheit, waren sie – als Reisende – interessant. Man wollte die beiden nutzen, um Informationen im Westen zu sammeln und Personen auszuspionieren. Was sie tatsächlich getan haben, ist nicht mehr nachzuvollziehen, aber beide sollen »eine ausgezeichnete Einsatzbereitschaft« gezeigt haben und sehr zuverlässig gewesen sein, sagten die Behörden in ihren Berichten. Im Vergleich zu Wolf scheint die Überwachung, die einsetzte, als klarwurde, dass die Wanders nicht wie geplant liefern und konsequent mitmachen, aber harmloser, weniger aggressiv gewesen zu sein. Sicher auch deshalb, weil sie eben keine echten DDR-Bürgerinnen waren und irgendwie immer zwischen den Welten tanzten.

Dieses Ungreifbare spiegelt sich auch in Maxies Berufsweg wider. Maxie beginnt viel. Bricht aber genauso viel ab. Ist eigentlich immer auf dem Sprung. Sie bindet sich vielleicht auch deshalb nie an einen festen Job, weil sie nicht zurückbleiben will, bereit sein will, wenn es Fred wieder in die Welt zieht. Jederzeit gehen können, für ihn, aber auch für sich selbst. Dazu passt keine feste Anstellung. Ihre ersten Jobs in der DDR sind Posten in Büros als Sekretärin in einem Geräte-und-Regler-Werk in Teltow und als Redakteurin einer Jugendzeitschrift. Sie schreibt Reportagen, die kritisch sind und ziemlich gut, aber ebenfalls Ärger mit sich bringen. Für die Redaktionen, die der Kontrolle der Partei unterlagen, ist ihr Blick zu klar und beschönigt zu wenig. Trotzdem überlegt sie in diesem Frühsommer 1964 immer wieder, ob sie arbeiten sollte, jenseits der Dunkelkammer im Keller. Drei Möglichkeiten des Seins kommen aktuell für sie in Frage. Erstens: Sie macht ihre Ausbildung an der Rundfunkschule fertig, die sie vor ein paar Jahren begonnen, aber abgebrochen hat. Der Nachteil: Rundfunkbeamtin will sie nicht werden. Die Beamten, die sie kennt, sind stumpf. Die Welt geht spurlos an ihnen vorüber. Die wahren Probleme des Aufbaus der DDR kann man als Büromensch vielleicht gar nicht sehen. Zweitens: Sie könnte einfach zu Hause bleiben, Fotos entwickeln, lesen und ein bisschen schreiben. Lesen und Schreiben macht sie froh. »Darum bin ich hier«, schreibt sie. Ihr größtes Glück sind Bücher. Allein im Bett liegen oder im Garten, in ein Buch vergraben. Gerade liest sie die Briefe von Rosa Luxemburg aus dem Gefängnis. Die dritte Option wäre, wieder als Sekretärin in einem Betrieb in der Nähe zu arbeiten. Aber so richtig gefällt und passt ihr keine Option. Bin ich einfach nur faul, fragt sie sich. Sie ist 31 Jahre alt. Was hat sie erreicht? Diese Frage schwebt immer über allem. Ihr Vater findet, sie sollte sich einfach ihren Pflichten unterordnen, und wenn die Kinder erst mal aus dem Haus sind, kann sie sich doch Höherem zuwenden. Sie antwortet darauf: »Kennst du eine Frau, die bis 42 Hausfrau ist und sich plötzlich ›Höherem‹ zuwendet? (…) Ich bin felsenfest davon überzeugt, daß eine Frau, wenn sie viele Jahre lang Hausfrau war und ihre Pflichten klaglos erfüllte, nach einiger Zeit nicht das geringste Bedürfnis mehr nach ›Höherem‹ verspürt, wie du das nennst.« Gleichzeitig ist eine Wahrheit aber auch: Für ein Büro, einen Betrieb oder eine Redeaktion ist sie nicht anpassungsfähig genug, verliert die Lust, das Interesse oder die Chefs verstehen ihren Blick, ihre Art, zu arbeiten oder zu schreiben, einfach nicht. Vor Kurzem hat sie Skizzen aus Paris an eine Redaktion geschickt. Die Redaktion antwortete: »Hübsch, aber das verstehen unsere Leser nicht.« Sie glaubt, das liegt daran: »Diese Redakteure haben zu viele marxistische Lehrbücher gebüffelt und sind davon so hirnverbrannt, daß sie glauben, man müsse dem Leser sorgfältig vorgekaute, ausgetüftelte Geschichten liefern, die sie nicht die falschen Dinge denken lassen, mit fertigen Antworten auf alle Lebensfragen. Scheiße. Drum sind unsere Zeitungen auch so stinklangweilig!« Im Sommer 1964 wird sie kurz bei der *Märkischen Volksstimme* anfangen. Sie brauchen eine Berichterstatterin fürs Gericht. Fred redet ihr zu. Bei Verhandlungen kann man Menschen beobachten und lernen. Er will ihr helfen und sie die ersten Tage begleiten. Nach einer Woche hängt ihr der Job schon zum Hals raus.

Maxie Wander will eine Berufung, das schon, aber nicht zu viele Stunden arbeiten, nicht zu langweilig darf es ein, nicht zu kompliziert, nicht zu nieder, nicht zu weit weg. Irgendetwas stimmt immer nicht. Anfangen, wieder aufhören. Da sein. Plötzlich verschwinden. Irgendwie herrscht bei den Wanders immer Chaos. Aber das macht auch den Reiz dieser Familie aus. Sie, die Anderen, die Fremden, die Außenseiter und Weltverschlinger.

Fast täglich kommen Leute bei Ihnen vorbei, Leute mit unkonventionellen Lebensvorstellungen und Plänen. Junge Studierende und Kunstschaffende. Ihr Haus steht, hat man die Kontrollen des Sperrgebiets passiert, allen offen. Abends wird zusammen an dem großen Tisch gesessen und gegessen und stundenlang geredet. Das ist in anderen Haushalten nicht üblich. Bei den Wanders bleibt das schmutzige Geschirr stehen. Bei den Wanders wird nicht hektisch abgeräumt, sobald die Teller leer sind. Bei den Wanders haben alle Zeit und ein offenes Ohr. Frauen kommen, um sich Rat zu holen, in Liebesdingen und bei Männerproblemen. Bei den Wanders kann man über alles reden, da urteilt und verurteilt niemand, da kann man einfach seinen Gedanken freien Lauf lassen. Vor allem mit Maxie, die keine Hemmungen hat, wenn es darum geht, Gedanken oder Gefühle auszusprechen. Ihr ist wenig peinlich. Wer offen spricht, dem hört sie offen zu. Nickt. Lächelt.

Schenkt Aufmerksamkeit. Flirtet. Egal, ob mit Männern oder Frauen.

Sie und Fred lieben es, Köpfe zu verdrehen, lieben das Knistern und die Eroberung. Finden es aufregend, wenn sie glauben, bei der anderen oder dem anderen würde gerade etwas nebenbeilaufen. Sie sind die Vorreiter offener Beziehungen, wie sie danach immer wieder erprobt werden, und dieses Wagnis funktioniert natürlich nicht ohne Streit und Auseinandersetzungen. In letzter Zeit streiten sie sich oft. Fred und sie. Aber sie fände es auch langweilig, wenn es anders wäre. Fred findet, sie sind sich einfach in vielem zu ähnlich, würden gleich fühlen und gleich denken, deshalb würden sie streiten. Aber manchmal explodiert die Stimmung, und es wird so lang geschrien, bis jemand anfängt, laut zu lachen. Manchmal, schreibt sie, »gehen wir danach lachend miteinander ins Bett. Sogar während des Tages, ganz egal. Hauptsache, man wird nicht gestört. Das ist überhaupt die beste Lösung!«

Bei der gleichberechtigten Verteilung der Familienbetreuung und der Aufgaben im Haushalt hilft Sex leider nicht. Fred wünscht sich, dass Maxie zu Hause bleibt, Bücher liest und Schriftstellerin wird. Aber wer kümmert sich um Haus und Garten und die Kinder, wenn sie und er an ihren Schreibmaschinen sitzen? Maxie hat Angst, eine unerträgliche, launenhafte Alte zu werden, und will auch nicht kleinlich sein, kein klares Reglement schaffen und dann darauf achten, dass es penibel eingehalten wird. Sie wollen sich nicht vorhalten, wer mehr und wer weniger macht, auch wenn klar ist, wer die Care-Arbeit übernimmt. Der kreative Künstlerhaushalt hat seinen Preis und eine kommt immer zu kurz. Meistens ist es Maxie. Immerhin wird sie im September 1964 endlich auch ein eigenes Arbeitszimmer im Haus bekommen. Oben unter dem

Dach richtet sie sich ihr eigenes kleines Reich ein, einen Raum mit Aussicht. Eine »weiße Mansarde mit einer Bücherwand, einem weißen Vorhang aus Tüll und einer roten Couch, einem Teetisch und einem grauen Teppich.« Sie wird sich wie ein Kind darüber freuen, nun in diese kleine Kammer verschwinden zu können, um richtige Geschichten zu schreiben. Was sie nie wahrnimmt: Sie schreibt ihre Memoiren in Echtzeit. Die sogenannten richtigen Geschichten werden schon die ganze Zeit von ihr festgehalten, in den vielen Briefen, die sie täglich verfasst, auf Papierbögen, die überall im Haus liegen, in Tagebüchern und Notizheften. Ihr Werk, das ist diese scheinbar chaotische Zettelwirtschaft des Alltags. Sie müsste sich das nur mal eingestehen. Sie, die nie etwas Besseres sein will, sich aus irgendeinem Grund beweisen muss, dass sie wie alle anderen ist. Sie, das Arbeiterkind, das sich als Durchschnitt im positiven Sinn versteht, verzweifelt an ihren eigenen Sehnsüchten und diskreditiert sich gleichzeitig permanent selbst. Sie will gut sein und alles richtig machen, aber das kreative Potenzial, das da in ihr wohnt, will mehr und da reicht vielleicht selbst die Utopie des Sozialismus nicht aus. Doch heute, an diesem Vormittag im Juni, wird es tatsächlich einmal anders sein als sonst. Kurz vor dem Mittagessen klettert Fred zu ihr in den Keller und sagt: »Ich habe mir für nächste Woche ein Zimmer im Schriftstellerheim in Petzow bestellt. Ich bleibe. Du fährst hin.« Freiheit in Maßen. Sie strahlt ihn an und denkt, danach halte ich es sicher wieder ein Jahr aus.

Brigitte

Hoyerswerda

Liebe Brigitte Reimann,
erinnern Sie sich noch an das Jahr 1964? Wir unterhalten uns ja schon eine ganze Weile über Ihr Leben, also ich unterhalte mich in Gedanken ständig mit Ihnen, aber dieses Jahr war besonders, ist mir aus irgendeinem Grund näher als die anderen, weshalb mir ein Brief an Sie als das einzig richtige Format erscheint, um dieses Jahr von heute aus in den Blick zu nehmen. Sie selbst haben in diesem Jahr unzählige Briefe verfasst, ohne die ich gar nicht erfahren hätte, wie es Ihnen in diesen Monaten erging, und ich weiß, es ist verrückt, einer Toten zu schreiben, andererseits finde ich es nur anständig, Sie einmal persönlich anzusprechen, wenn ich durch Ihre Biografie laufe und mich durch Ihre Gefühlswelten grabe.

Während ich Ihnen diese Zeilen schreibe, geht draußen die Sonne unter. Es ist Frühling. Ich sitze in einer Wohnung in Istanbul mit Blick auf den Bosporus und auf Asien, die Ihnen sicher auch gefallen hätte. Schon allein wegen der schönen alten Marmortreppe am Hauseingang, deren Kerben davon erzählen, wie viele Menschen schon über die Stufen geschritten, gesprungen, gerutscht sein müssen.

Der Gedanke, einen Brief zu verfassen, stimmt mich fröhlich. Wir schreiben nämlich keine Briefe mehr. Als ich in den vergangenen Wochen in Ihren Briefen las, von denen glücklicherweise so viele erhalten geblieben sind, scherzte ich mit meinen Freundinnen, was eigentlich irgendwann von uns übrig bleiben würde. Die Antwort war schnell gefunden: Emojis.

Die kennen Sie nicht und das müssen Sie auch nicht. Es sind kleine Figuren, die wir uns über unsere Telefone, die wie kleine Computer funktionieren, hin- und herschicken, um unseren Gefühlen Ausdruck zu verleihen. Bizarr, oder? Warum schreiben wir keine vollständigen Sätze mehr? Sie wären wahrscheinlich empört, wenn Sie sehen könnten, wie unsere Kommunikation heutzutage abläuft. Ich kann Ihren Aufschrei förmlich hören.

Ich kenne Ihre Stimme, vergangenen Sommer habe ich sie auf einem Tonband in Hoyerswerda gehört. Sie haben aus *Franziska Linkerhand* vorgelesen und ein kluger Zeitgenosse hat Sie dabei aufgenommen. Ich muss zugeben, Ihre Stimme hat mich überrascht. Ich hatte mir eine andere vorgestellt, eine mit verführerischen Tönen, feiner und leiser. Das Klischee der aparten Schriftstellerin, Sie wissen schon. Aber Ihre Stimme war tief und burschikos und man hörte sofort, dass Sie aus Sachsen-Anhalt kamen. Sie zogen wie meine Tante aus Magdeburg das »O« bei Wörtern wie »Morgen« in die Länge, schoben ein m in »Abends« und verschluckten den Rest, so dass daraus »Ambs« wurde, und »Ds« sprachen Sie wie »Ts« aus und »Bs« klangen eher wie »Ps«. Ich mag den Dialekt sehr. Er erinnert mich an zu Hause, an die ostdeutschen Frauen, die mich großgezogen haben.

Auf dem Plattenspieler, den ich mir neulich gekauft habe, dreht sich gerade »Death Letter Blues« von Jimmy Yancey. Den Song mochten Sie doch so gern. Er ist herrlich traurig und ich sehe es genau wie Sie: »Wenn ich schöne Musik höre, möchte ich immer etwas Schönes und Gutes schreiben.« Überhaupt: Ihr Musikgeschmack war wunderbar. Ich habe mir ein Dutzend Platten besorgt, die Sie damals gehört haben: Chopin, Louis Armstrong, Mary Williams, Sarah Vaughan, Benny Goodman, Josephine Baker. In der Musik waren Sie den Imperialisten näher als den Sozialistinnen. Aber ich schweife ab und will Ihnen lieber zum Jahr 1964 schreiben, Fragen dazu stellen, auch wenn Sie vielleicht schon eine Menge vergessen haben. Das wäre nach fast 60 Jahren nur verständlich. Wenn Sie an die Zeit zurückdenken, werden Sie traurig oder legt sich ein mildes Lächeln auf Ihre Lippen? Können Sie den Schmerz, mit dem das Jahr begann, noch spüren?

Wenn ich Sie in Ihren Briefen richtig verstanden habe, waren Sie in den ersten Monaten damit beschäftigt, sich von Siegfried Pitschmann zu trennen und gleichzeitig der Liebe zu Jon – dem Neuen – eine echte Chance zu geben, nachdem Sie drei Jahre lang eine komplizierte Dreiecksbeziehung geführt hatten. Sie waren traurig und glücklich verliebt. Dass beide Zustände parallel existieren, ist ungewöhnlich, aber gewöhnlich war in Ihrem Leben nichts, das habe ich längst begriffen, auch wenn es scheinbar immer wieder Momente gab, in denen Sie sich so etwas wie Normalität gewünscht hätten. Es gibt da diesen schönen Satz, den Sie im Februar 1964 notierten: »Manchmal, selten, sehne ich mich nach Sicherheit, nach der gestärkten Hemdenbrust, an die sich mein Kopf betten kann, nach einem friedlichen Glück mit Kind und Waschmaschine und wohlsituiertem Mann. Schauderhaft, was? Glauben Sie, daß andere Frauen auch solche Odaliskensehnsüchte haben?«

Um Ihre Frage, auch wenn sie nicht an mich gerichtet war, knapp sechzig Jahr später zu beantworten: Ja. Ich glaube sogar, dass es 1964 sehr viele Frauen in Deutschland gab, die sich genau das wünschten, was Sie da beschrieben, weil es den erlernten Mustern entsprach. Ich kann Ihre heimliche Sehnsucht jedenfalls bis zu einem gewissen Grad verstehen, auch wenn das Schaudern überwiegt. Was mir an Ihrem Satz gefällt, ist die Uneinigkeit und das Schwanken, das aus ihm spricht. Der Widerspruch. Man redet sich als Frau, die so denkt wie Sie, gelegentlich ein, dass das Leben leichter wäre, wenn man sich an eine starke Brust und in ein so konventionelles Dasein werfen könnte. Aber die Wahrheit ist, dass man das auf Dauer gar nicht aushielte und es eben nicht einfacher oder friedlicher werden würde, sondern viel schwerer. Schwerer, weil es bedeuten würde, einen Teil von sich selbst aufzugeben und jeden Abend – metaphorisch gesprochen – hungrig ins Bett zu gehen. Sich zufriedengeben heißt leise werden, leise leben, leise sein, die Temperatur regulieren müssen. Hätten Sie dann noch schreiben können?

Vielleicht war das auch das Problem mit Siegfried Pitschmann und Ihnen. Sie konnten nicht brav und still neben ihm sitzen bleiben. Er, das haben Sie selbst gesagt, brauchte eine Frau, die ihn bewundert, zu ihm aufsieht und sein Echo ist. Das waren Sie nicht. Sie waren keine Muse, Sie waren eine eigenwillige Kunstschaffende wie er und brauchten ehrlicherweise auch jemand anderen an Ihrer Seite. Keinen, der Ihnen ständig vorwarf, nicht schreiben zu können, weil es neben Ihnen nicht genug Luft zum Atmen gab. Fanden Sie das lächerlich? Wie oft haben Sie im Alltag den Kopf gesenkt, damit er sich größer fühlen konnte? Und wann begann sich die Einsicht in Ihrem Kopf einzunisten, dass Sie einen Mann mit einer starken Persönlichkeit wollten, »eine Art Boxpartner, eine(n), der mich in Atem hält und selbst andauernd neue Ideen hat, sich für alles interessiert und seine Nase überall reinsteckt«? Kam diese Erkenntnis tatsächlich erst 1964, als Sie diese Zeilen aufschrieben, oder hatte es nur gedauert, bis Sie sich das wirklich eingestehen konnten? An Menschen, die man liebt, hält man lange fest und verschließt die Augen, auch wenn man längst ahnt, dass es enden wird. Es hieß immer, dass Pitschmann die große Liebe war, aber ich frage mich, ob Sie das heute auch noch so sehen würden. Wer war der Mann Ihres Lebens? Kann es sein, dass es diese Figur gar nicht gab? Nicht, weil Sie keinen der Männer liebten, mit denen Sie zusammen waren, sondern weil Sie sich dann doch am meisten selbst geliebt haben? Ihr eigenes Leben war Ihnen wichtiger, als den Mann fürs Leben zu finden. Kann das sein? Und war die Beziehung, die Sie mit sich selbst führten, am Ende nicht die, die am bedeutungsvollsten war?

Wenn ich über das Frühjahr 1964 nachdenke, stehen diese Fragen im Raum. Das Frühjahr war hart. Es warf Sie zurück. Sie erlebten Einsamkeit und erkämpften sich die Schönheit des Alleinseins. Ich habe gelesen, dass Sie im März 1964 mit Pitschmann telefonierten. Er teilte Ihnen mit, dass er nicht nach Hause kommen würde, dass er den Sommer woanders verbringen würde. Die Trennung, jetzt wurde sie ernst, obwohl Sie immer und immer wieder darüber gesprochen hatten, dass der Weg als Paar in eine Sackgasse geraten war. Aber nicht zu wissen, wo er hingehen und wie er seine Tage verbringen würde, machte Sie trotzdem traurig. Als Sie den Hörer auflegten, setzten Sie sich an den Schreibtisch und tranken eine Flasche Wodka. Warum eigentlich immer Wodka? Eiskalt?

Die folgenden Wochen benutzten Sie das Wort »gelähmt« oder »lähmend«, um Ihren Zustand zu beschreiben. Es ging Ihnen miserabel. Sie übergaben sich, lagen stundenlang auf dem Sofa und konnten nichts anderes tun, als an die Wände zu starren, zu trinken und zu heulen. An Arbeit war nicht zu denken, dabei wollten Sie endlich Ihr neues Buch weiter vorantreiben, *Franziska Linkerhand*, das Sie im November 1963 begonnen hatten. Sie bekamen Husten und Fieber, Ihr Herz fing an zu klappern. Das Klappern zwang Sie, übers Sterben nachzudenken. Manchmal, schrieben Sie, machte Ihnen der Tod Angst, manchmal beruhigte er Sie. Sie waren 30 Jahre alt, im Juli würden Sie Ihren 31. Geburtstag feiern. Viel zu jung, um übers Sterben nachzudenken. Es ist ein Klischee, aber ich glaube, dass Sie ahnten, dass Sie kein langes Leben haben würden, dass die Zeit kostbar und kurz sein würde. Ihr Leben, wie das der Malerin Paula Modersohn-Becker ein gutes halbes Jahrhundert zuvor, »ein kurzes, intensives Fest«.

Die Einsamkeit, die Sie plötzlich kennenlernten, allein in Ihrer Wohnung in Hoyerswerda, in die Sie als Paar gezogen waren, war so neu, dass Sie anfingen mit sich selbst zu reden. Sie führten Streitgespräche mit allen möglichen Freunden und Bekannten, um der Stille zu entkommen. Sie mussten das Alleinsein erst lernen und hatten das Gefühl, verrückt zu werden. Gleichzeitig entdeckten Sie – ganz langsam – die Freuden, allein in einer Wohnung zu leben, fanden Rituale, die nur Ihnen gehörten. Sie frühstückten zum Beispiel neuerdings im Bett, lasen dabei Zeitung, rauchten eine Zigarette – dann begann der Tag. Kleinigkeiten, die Sie froh machten und Ihnen dabei halfen, zu sich zu finden. Als Frau allein zu leben, Raum zum Schreiben und Denken zu haben und niemanden umsorgen zu müssen, ist ein Privileg, das nur wenigen vorbehalten ist, das man sich mühsam erkämpfen muss und wofür man bis heute schräg angeschaut wird. Als Frau den eigenen Leidenschaften und Sehnsüchten zu folgen und keine Rücksicht auf andere zu nehmen, gilt immer noch als ungezogen. Was ich interessant finde: Sie berichteten davon, dass Sie damals nicht die Einzige in Ihrem Umfeld waren, die sich trennte. Es gab mehrere Paare, die auseinandergingen, weil die Frau in der Beziehung sich nicht mehr unterordnen wollte. Glauben Sie, das war auch eine Errungenschaft des Sozialismus? Half der Sozialismus Frauen dabei, sich zu emanzipieren? Mich haben diese Zahlen immer beeindruckt: Am Ende der DDR, also 1989, als aus den zwei deutschen Staaten tatsächlich wieder ein Land werden sollte, waren 91 Prozent der DDR-Frauen erwerbstätig (mehrheitlich in Vollzeit), ein Viertel hatte einen Hochschulabschluss und fast drei Viertel einen Facharbeiterinnenabschluss. In Westdeutschland lag die Erwerbsquote von Frauen dagegen nur bei 50 Prozent und meinte vor allem Arbeit in Teilzeit. Die Scheidungsrate in der DDR war ebenfalls fast doppelt so hoch wie in der Bundesrepublik. Scheidung meint Scheitern, schenkt aber auch Freiheit, oder? Partnerwechsel waren in der DDR selbstverständlicher, genau wie alleinerziehend zu sein. Vielleicht lag das auch daran, dass man sich weniger an die romantische Vorstellung einer »Liebe fürs Leben« klammerte.

Als ich vergangenen Sommer einige Tage in Hoyerswerda verbrachte und Ihr altes Wohnhaus besuchte, dachte ich: Die Bäume, die jetzt vor Ihren drei Fenstern stehen und fast so groß sind wie die vierstöckigen Häuser, gab es damals noch nicht. Sie hätten sich Bäume gewünscht und haben mehrmals vergeblich für ein bisschen mehr Grün in dieser Betonwelt gekämpft. Damals waren die Wege noch aus Sand und es gab nichts zu sehen außer Reihen von Plattenbauten. 1964 fing diese monotone Landschaft, dieser moderne Baukasten an Sie zu deprimieren, und der ewige Krach zerrte an Ihren Nerven wie nie zuvor. Der Krach ist verschwunden. Glauben Sie mir, heute ist es in der Neustadt von Hoyerswerda ganz still. Die Kinder, die damals durch die schmalen Wege tobten, sind groß geworden und weggezogen, in der Hoffnung, woanders den Aufstieg zu schaffen. Ihre Eltern, die damals im Schichtsystem arbeiteten und mit den Doppelstockbussen ins Werk »Schwarze Pumpe« fuhren, sind im Ruhestand. Ihre Gesichter und Körper erzählen von den Entbehrungen, die Arbeit unter Tage mit sich bringt. Und wenn man vor Ort ist, begreift man sofort, warum Sie immer davon sprachen, dass die ideale Stadt leider auch in Hoyerswerda ein ferner Traum blieb. Kein Verantwortlicher hat sich zu Ihrer Zeit darüber Gedanken gemacht, dass Menschen nicht nur ein Dach über dem Kopf brauchen und Arbeit, sondern auch leben müssen und Orte brauchen, die einen Ausgleich zu der Strenge des Alltags bieten. Man spürt das bis heute und ich musste bei jedem Schritt durch die Liselotte-Hermann-Straße an Ihre Frage denken, die Sie so oft gehört und sich selbst gestellt haben: »Was hat man eigentlich vom Leben?« Das Schreiben hat Sie davor gerettet, dass Ihnen die Decke auf den Kopf fiel und die Sehnsucht unerträglich wurde. Viele andere sind seelisch und menschlich verkümmert, wie Pflanzen, denen man Licht entzieht und Wasser. Wollen Sie wissen, was mit der Stadt passiert ist? In dem einst 7000-Einwohner-Ort wohnten in den achtziger Jahren, die Sie nicht mehr miterlebt haben, über 70 000 Menschen. Ein Großteil arbeitete für die »Schwarze Pumpe«. Dann fiel die Mauer. Der Bergbau und das Kohlekraftwerk brachen zusammen. Die Menschen wanderten ab. Heute hat die Stadt über sechzig Prozent seiner Bevölkerung eingebüßt.

Sie haben das gewissermaßen kommen sehen und in Ihrem legendären Artikel »Kann man in Hoyerswerda küssen?« schon damals benannt, woran es ganz grundsätzlich fehlte. Moderne Architektur, fanden Sie, hat keinen Wert, wenn sie – so kitschig das klingen mag – keinen Raum für Liebe lässt, für Versteckspiele, Heimlichkeiten und Ausbruch.

Dass Ihnen Hoyerswerda damals zum Halse raushing, ist mehr als verständlich. Der Liebeskummer und die Tristesse bei jedem Blick aus dem Fenster – das war nur mit Schreiben auszuhalten, so wie Sie es am 6. April 1964 selbst formulieren: »Manche Leute reisen, um etwas zu vergessen, und wahrscheinlich ist das Schreiben auch so eine Art Reise in eine fremde und zugleich vertraute – selbstgeschaffene – Welt.«

Das echte Reisen kam in Ihrem Leben stets zu kurz. Die Mauer hielt Sie davon ab. Eine Mauer, die Sie verteidigt haben, ich weiß, aber es muss trotzdem Momente gegeben haben, in denen Sie sich eingesperrt fühlten. Wenn Sie überall hätten hinreisen können, welches Land hätten Sie zuerst besucht? Wären Sie neugierig auf New York gewesen? Oder Istanbul? Verärgere ich Sie gerade? Es könnte durchaus sein, dass Sie jetzt protestieren. Entgegenhalten, dass Sie ja in Moskau und in Sibirien waren. Vor allem die Reise nach Sibirien im Juli 1964 haben Sie sicher nicht vergessen. Gefühle kommen und gehen, aber solche Reisen bleiben unvergesslich und die Reise nach Sibirien hat Sie sicher auch aus dem Frühjahr-Blues gerettet. Auf einmal saßen Sie wieder in einem Flugzeug, flogen um die halbe Welt und landeten in einer Landschaft, deren Schönheit Sie nie wieder losließ. 13 Tage lang reisten Sie als Mitglied einer Delegation des Zentralrats der FDJ durch das Riesenland, durch die kasachische Steppe, nach Nowosibirsk, nach Bratsk, lernten Hunderte von Menschen kennen und besuchten zig neue Städte und Fabriken. Auf den Fotos, die auf der Reise entstanden, lachen Sie oft und sehen sehr froh aus, dabei muss die Reise unglaublich anstrengend gewesen sein. Das Privileg zu reisen gab es nicht umsonst. Sie waren nicht nur Vertreterin der Jugendkommission, Sie mussten währenddessen auch schreiben, alles Gesehene festhalten. Die Zeitschrift *Forum* hatte Ihnen den Auftrag erteilt, eine Reportage über die Reise zu schreiben, und erwartete Großes. War Druck für Sie ein Antrieb? Und wissen Sie noch, wer Nadja war?

Beim Lesen Ihrer Aufzeichnungen strahlt sie besonders hell. Nadja, die russische Dolmetscherin, dünn, jung, blond. Für Sie war es das erste Mal seit Schulzeiten, dass Sie wieder eine wirklich innige Beziehung zu einer Frau aufbauten. Eine Beziehung, bei der man sich ohne Ankündigung und einfach so zwischendurch umarmt, Hand in Hand läuft, sich sprechende Blicke zuwirft, albern sein darf und über alles reden kann.

Sie schrieben darüber, dass Sie mit Nadja »über Sozialismus und Liebe und italienische Schuhe und Matisse« sprachen, »aber nicht ein einziges Mal darüber, daß wir zwei verschiedenen Nationen zugehören«. Fühlten Sie sich dieser Nadja näher als Christa Wolf? Gefiel Ihnen an Nadja, dass es eine Beziehung war, die eher auf Augenhöhe funktionierte, anders als mit Wolf, die auf Sie mütterlich wirkte?

Neben Nadja verliebten Sie sich vor allem in Kasachstan, in den Himmel und die Ruhe und in den sowjetischen Oberingenieur Alexej Martschuk, der Sie und Ihre Gruppe anführte. Martschuk war für Sie der Inbegriff des »neuen Menschen«. In einem Brief an Ihre Eltern schrieben Sie: »Wer jemals am Sieg des Kommunismus gezweifelt hat, der muß hierher fahren. Ihr Lieben, Ihr werdet es noch erleben, glaubt mir: Die Sowjetunion wird das reichste Land der Erde. Was hier an Reserven steckt, das ist unvorstellbar. Und wie klug und mutig und fröhlich die Menschen sind! Ich bin völlig erschöpft und ganz durchgedreht vor Glück und Begeisterung.«

So schön sich diese Euphorie liest und so gern man sich von ihr entzünden ließe: Ihre Vorhersage ist nicht wahr geworden. Die Sowjetunion ist zusammengebrochen. Und gerade tobt ein Krieg, bei dem Russland mit brutalsten Mitteln versucht, längst verlorenes und längst souveränes Gebiet zurückzuerobern. Ihr neuer Mensch ist alt und grausam geworden und mit kommunistischen Idealen haben die sowjetischen Glaubenssätze längst nichts mehr zu tun. Die Lage der Welt, die Lage des Ostens ist so anders, als Sie es sich vorgestellt haben. Sie waren nie jemand, der viel scherzte, aber die Reportage, die Sie über die Tage verfassten, hat Humor, was dafür spricht, dass Sie sich frei gefühlt haben müssen. Freiheit war für Ihre Generation eine komplizierte Geschichte. Freiheit musste hinter die sozialistische Sache treten und das war ein teurer Preis.

Als Sie aus Sibirien zurückkamen, warteten wieder Kohlenstaub und eintönige Kiefernwälder auf Sie und Monate am Schreibtisch. Ihre Sibirien-Reportage erschien über Wochen als Fortsetzungsgeschichte im *Forum* und am Ende erschien sie als kleines Büchlein im Verlag Neues Leben. Da war das Jahr 1964 fast vorbei und neben das Schreiben drängten sich wieder die Liebesfragen. Am 14.10.64 wurden Sie und Siegfried Pitschmann offiziell geschieden. Es gab ein letztes Gespräch, das mit einem Hemingway-Satz schloss: »Wär' schön gewesen!« Wäre schön gewesen, wenn es geklappt hätte. Beeindruckend, dass Sie beide dann doch so großzügig miteinander sein konnten, einander ziehen ließen, ohne den Groll und die Wut und die Enttäuschung siegen zu lassen.

Nach der Scheidung nahmen Sie Ihr ganzes Erspartes und kauften sich neue Möbel für die Wohnung in Hoyerswerda. Sie legten Teppich aus und stellten Möbel von Hellerau in Ihr Wohnzimmer, die an Bauhaus-Entwürfe erinnerten und extrem schick waren. Das Konto war danach leer, aber über Geld haben Sie sich nie Sorgen gemacht. Geld kam oder es kam eben nicht. An dem Hellerau-Schreibtisch, das hat mir Ihr alter Freund Martin Schmidt erzählt, saßen Sie jedoch fast nie. Sie saßen lieber auf dem Teppich, umgeben von aufgeschlagenen Büchern, Manuskriptseiten und vollgeschriebenen Notizbüchern. Sie waren eine tolle Mischung aus bürgerlich und Hippie avant la lettre und die Wohnung wurde zu einem Ort, in dem Sie ungestört Jazz hören, Marihuana rauchen, Wodka trinken und tanzen konnten und die nur Ihnen gehörte, keinem Mann und niemandem sonst. Das blieb auch so, als Sie am 7. November 1964 Ihren Jon heirateten. Die Heirat, zum dritten Mal, habe ich lange nicht verstanden. Die Ehe als Institution kann Ihnen doch nicht ernsthaft wichtig gewesen sein. Aber als ich in das Jahr 1964 eintauchte, wurde deutlich, dass die Ehe für

Sie auch ein Kompromiss mit der Gesellschaft war. Ein Pakt. Vor allem die Heirat mit Jon, jenem Hans Kerschek, schützte Sie vor weiterem Klatsch und Unannehmlichkeiten. Sie heirateten, um das Geraune zum Schweigen zu bringen, das Sie als »intellektuelle Nutte« beschimpfte, und was bedeutete im Vergleich dazu schon ein Blatt Papier? Alles und nichts würden Sie wahrscheinlich sagen. Ein konventionelles Eheleben führten Sie danach trotzdem nicht. Sie hatten Ihre Lektion gelernt: »Der Alltagskram kann die schönste Ehe und Liebe zerschlagen.« Deshalb wohnten Sie und Jon getrennt. Er in seiner, Sie in Ihrer Wohnung in der Liselotte-Hermann-Straße. Sie aßen dort, wo der Kühlschrank voll war, und das Kribbeln im Bauch blieb, wenn man sich zufällig auf der Straße begegnete. Diesmal gab es klare Regeln für ein Leben zu zweit. Sie vereinbarten mit Jon, dass Sie sich gegenseitig sagen, wenn jemand Abstand braucht oder Zeit für sich. Sie hatten erkannt, dass Zeit für sich allein unerlässlich war, vor allem, wenn man schreibt. Allein sein mit dem eigenen Glück, aber auch mit der Traurigkeit und der schlechten Laune war notwendig und manche Stimmungen müssen nicht mit anderen geteilt werden. Für diese avantgardistische Einstellung bewundere ich Sie. Sie haben sich in einem Land, das das Kollektiv verehrte, Privatheit erobert.

Den Silvesterabend 1964 verbrachten Sie allein zu Hause, weil Jon im Schichtdienst bis spät arbeiten musste. Sie wären lieber in einer lustigen Runde gewesen, aber das Ende des Jahres passte zum Anfang. Es war ein Jahr, in dem Sie sich um sich selbst drehten. Tick, tack. Tick, tack.

Die Nacht ist da und die Straßenkatzen heulen und schreien wie kleine Kinder. Ich muss ins Bett. Dieser Brief ist viel länger geworden als geplant und wir wissen beide, dass er ein Spiel ist. Manchmal schreibt es sich leichter, wenn jemand gedanklich mit im Raum sitzt. Ein Trick gegen die Stille und die

Leere einer Seite. Wodka habe ich leider nicht hier. Aber bevor ich schlafen gehe, werde ich einen Schluck Whiskey auf Sie trinken.

Alles Gute,
Ihre Carolin Würfel

Christa

Kleinmachnow

Sommer 1965: Christa Wolf lag auf einer Liege in ihrem Garten in der Förster-Funke-Allee in Kleinmachnow; Nachmittagssonne im Gesicht. Sie las eine Geschichte von Maxie Wander. In ihrer Hand ein Dutzend Seiten, eng mit Schreibmaschine beschrieben. Es waren die ersten ihrer Art. Graugrüne Augen flogen über Zeilen.

Christa Wolf hatte die Freundin in den vergangenen Monaten immer wieder dazu ermutigt, sich an einem längeren Text zu versuchen. Wander hatte verlegen abgewehrt und den Kopf geschüttelt und das würde sie auch tun, wenn Wolf sie das nächste Mal sehen und für die Geschichte loben würde. Maxie Wander hatte Talent, aber konnte Komplimente nur schwer annehmen. Christa Wolf rührte diese Bescheidenheit. Und wie in den meisten Freundschaften, die sie mit Frauen pflegte, war sie auch für Wander so etwas wie eine mütterliche Vertrauensperson geworden. Ihr gefiel es, Freundinnen zu stärken.

Während Christa las, schnitt Gerhard die Hecke, murmelte Albernes vor sich hin, das Tinka, die im Gras saß und nach vierblättrigen Kleeblättern suchte, zum Lachen brachte. Annette, die Große, die Teenagerin, war bei einer Theaterprobe. Heile Welt. Ruhe vor dem Sturm.

In Kleinmachnow lebte es sich besser als in Halle. Kein Chemiegestank, kein toxischer Nebel, keine hustenden Kinder. Die Produktion der DDR war weit weg, die Arbeiter und Arbeiterinnen auch und das Experiment »Bitterfelder Weg« seit dem

Vorjahr für beendet erklärt. Der 1959 verabschiedete Siebenjahresplan mit dem Ziel, Westdeutschland im Pro-Kopf-Verbrauch bei den Konsumgütern und Lebensmitteln nicht nur einzuholen, sondern sogar zu überholen, war gescheitert. Die Vorgaben stellten sich als undurchführbar heraus und die ökonomische Realität sah so düster aus, dass niemand mehr schreibende Arbeiter und Schriftstellerinnen in Betrieben fördern wollte, die festhielten, was alles *nicht* erreicht und *nicht* geschafft wurde. Zu viel harte Wirklichkeit für die Funktionäre.

Christa Wolf war froh über dieses Ende. In der Abgeschiedenheit von Kleinmachnow, in der nicht ständig jemand agitierte und gängelte, fiel Schreiben leichter. Alte Villen. Vogelgezwitscher. Unendlich viel Grün. Die kleine Gemeinde südwestlich von Berlin war eine Märchenwelt. Eine Enklave der Privilegierten und Intellektuellen, die Wolf wahrscheinlich selten hinterfragte und für selbstverständlich erachtete. Ein Zuhause in Kleinmachnow stand ihr zu. Allerdings war jene Enklave auch eine, die genau zwischen den Fronten lag. Die Mauer war nur einen Steinwurf entfernt, Hubschrauber flogen regelmäßig Patrouille und erinnerten daran, dass der Himmel über Deutschland ein geteilter war. Blau war er trotzdem.

Als Christa Wolf mit ihrer Familie 1962 aus Halle in die Förster-Funke-Allee gezogen war, hatte sie sich beim Anblick der Hubschrauber und der bunten Leuchtkugeln, die nachts über der Grenze abgeschossen wurden, noch gefragt, wie es da drüben wohl mittlerweile aussah, wie es sich anfühlte, dort zu leben. 1964 war sie dann der Einladung zu einer Lesung in Frankfurt am Main gefolgt und das erste Mal in die BRD gereist. Sie hatte die Zeit genutzt, im Schwurgericht gesessen und die Auschwitz-Prozesse beobachtet, mit Studierenden über den Sinn von Revolutionen diskutiert. Sie war ins Kino gegangen, hatte *Das Schweigen* von Ingmar Bergman angesehen und an den Ostermärschen teilgenommen. Sie hatte ein anderes Land kennengelernt. Einheit, das war ihr auf dieser Reise bewusst geworden, war nicht mehr vorstellbar.

Tinka trat an die Liege und legte Klee in die Hand ihrer Mutter. Dreimal gefundenes Glück. Bitte pressen. Bitte gut aufheben. Christa lächelte – als sie so alt wie Tinka war, hatte sie auch ständig nach Glück gesucht und sich seitdem ja selbst immer wieder die Frage gestellt, ob Glück am Ende vielleicht nur im Privaten, jenseits jeden Systems zu finden war.

Hier in Kleinmachnow brauchte es eigentlich keinen Klee. Ihr Glück bestimmten dieses Mädchen und Annette und Gerhard. Glück, das hatte Wolf für sich beschlossen, war nicht mehr und nicht weniger als »die Fähigkeit, Bindungen einzugehen«. Bindungen, die auch Bestand hatten, wenn alles andere ins Stolpern geriet. Und solange sie in Kleinmachnow blieben, fiel es leicht, sich darauf zu konzentrieren.

Kühler Wind blies durch den Garten. Die dicke, etwas zu neugierige Nachbarin kam vorbei und lobte die Rosen. Höflicher Schwatz. Aha. Soso. Jaja. Ein letztes Mal den süßen Duft einatmen.

Am Abend waren Christa und Gerhard Wolf zum Essen bei Anna Seghers eingeladen. Gutes Essen, guter Wein, gute Gesellschaft. Aus einem Vorbild war über die Jahre eine Freundin geworden, auch wenn sich die Generationsunterschiede nie so richtig überwinden ließen. Anna blieb ein anderes Kaliber, Mensch aus einer anderen Zeit. Eine, zu der man hochschauen musste, auch wenn sie Quatsch erzählte.

Wie immer an solchen Abenden diskutierten sie über die aktuelle Kulturpolitik der DDR, die Seghers scheinbar blind verteidigte und die Wolf in letzter Zeit immer weniger verstand. Es war nicht zu leugnen, dass sie immer restriktiver und undurchsichtiger wurde. Unausgesprochen war klar, dass offene Debatten wie diese nur im privaten Rahmen möglich waren. Öffentliche Fragen und Diskussionen um Politik und Ästhetik galten per se als Angriff und alles, was nicht der realsozialistischen Linie entsprach, sollte zerschlagen werden. Die Schwierigkeit bestand vor allem darin, zu wissen oder zu erahnen, wo genau die Grenzen des Sag- und Schreibbaren gerade lagen, also wie weit man gehen konnte, bis man abrutschte. Auch dafür war die Abgeschiedenheit von Kleinmachnow gut. Sie schützte. Sie schaffte Distanz. Die Frage war nur, wie lange man zwischen den Fronten sitzen bleiben und austarieren konnte und ob man sich irgendwann nicht doch aufbäumen musste. Nach diesem Essen bei Seghers in vertrauter Runde schrieb Christa Wolf in ihr Tagebuch:

»In ihrem Alter *kann* man nicht mehr die Grundpfeiler einreißen, auf denen alles ruht. Sie will Klarheit, Entschiedenheit, scharfe Fronten, Recht und Unrecht, glaube ich, und kann und will nicht zugeben, dass so vieles ins Schwimmen und Rutschen geraten ist.«

Christa Wolf irritierte die Härte der Funktionäre und sie irritierte Seghers' Unerschütterlichkeit. Gleichzeitig hielt sie selbst zu diesem Zeitpunkt aber noch am Glauben fest, dass diese Härte vielleicht doch gar nicht so schlimm war, vielleicht sogar eine Stärke des Systems sein konnte. Sie blieb optimistisch und trug diesen Optimismus auch nach außen. Noch im Mai hatte Wolf beim Internationalen Schriftstellertreffen in Weimar vor der literarischen Weltgemeinschaft davon geschwärmt, was »ihr« Land alles erreicht hatte, und an dem Gedanken festgehalten, dass sie und die Partei gut nebeneinander existieren könnten, dass man sich als Subjekt nicht völlig aufgeben musste, um seine Loyalität gegenüber der SED zu bekunden. Der Gedanke verschwand jedoch, je kühler die Nächte wurden, und im Herbst, als der Streit um Reformen für den

»richtigen Weg des Sozialismus« eskalierte, musste er der Ernüchterung Platz machen.

Statt größerer Freiräume, die nach dem Tod von Stalin vor allem für Künstler, Künstlerinnen und Intellektuelle endlich hätten möglich sein können, passierte, was sich schon mit dem Bau der Mauer 1961 angedeutet hatte, aber niemand, weder Seghers noch Wolf, wahrhaben wollte. Die Grenzen – reale wie gedankliche – wurden täglich enger. Die Luft für das ICH im WIR täglich dünner. Wann ist der Punkt erreicht, da Geist und Macht sich unwiderruflich trennen? Wer hat in welchen Belangen die Macht im Land, und wer sollte sie haben? Das waren die großen Fragen, die im Herbst 1965 gestellt und beantwortet wurden und deutlich machten, dass dieser deutsche »Zukunftsstaat« einen riesigen Widerspruch in sich trug und es jenseits des kapitalistischen Klassenfeinds genügend eigene Zwänge gab.

Der Staat schwamm tatsächlich. Christa Wolf auch. Ein Umbruch in ihrem Fühlen und Denken kündigte sich an. Jetzt kam das große Aufwachen. Der Höhepunkt: das 11. Plenum des Zentralkomitees (ZK) der SED im Dezember 1965 in Berlin. Nach einem warmen Sommer und einem unbeständigen Herbst brach Eiszeit an. Brutal. Rigoros.

Ursprünglich war das Treffen als Wirtschaftsplenum angekündigt, auf dem ein neues ökonomisches System der Planung und Leitung eingeführt werden würde, aber Moskau stellte sich quer, und anstatt trotzdem über die wirtschaftliche Situation zu reden und darüber, wie es irgendwie produktiv weitergehen könnte, entschied man sich, lieber auf die Kultur auszuweichen und ihr die Schuld an den Problemen in der DDR zu geben. Kultur war ein bequemer Sündenbock und Kunstschaffende waren die idealen Konterrevolutionäre: Mit ihrer Skepsis verhinderten sie den Aufbruch des ganzen Landes, zogen die Pläne für ein besseres Leben und eine bessere Welt nach unten und darüber musste in dem großen Saal am Werderschen Markt Mitte Dezember endlich gesprochen werden.

Im Zentrum der Anschuldigungen standen vor allem ein Buch und ein Autor. *Rummelplatz* von Werner Bräunig. An beiden wurde auf dem 11. Plenum ein Exempel statuiert. Die Vorgeschichte geht so: Werner Bräunig, geboren 1934 in Chemnitz, war ein schreibender Arbeiter. Während er Anfang der fünfziger Jahre in Schneeberg bei der »Wismut« als Bergmann arbeitete, begann er Gedichte und Erzählungen zu verfassen. Später wurde er von seinem Betrieb ans Leipziger Literaturinstitut delegiert und der Mitteldeutsche Verlag in Halle publizierte seine Erzählungen. 1959 formulierte er in Vorbereitung der 1. Bitterfelder Konferenz gemeinsam mit Jan Koplowitz den Aufruf »Greif zur Feder, Kumpel« und wurde zu einem Vorzeigeschriftsteller der SED. Sein großer Plan: ein zweibändiges Romanprojekt mit dem Arbeitstitel *Der eiserne Vorhang*. Im ersten Band, *Rummelplatz*, wollte Bräunig über die Wismut AG zwischen 1949 und 1959 schreiben, jenem »Staat im Staate«, der zeitweise fast 200 000 Menschen beschäftigte und für 60 Prozent der Uranproduktion der Sowjetunion verantwortlich war. Die Sitten, die er dort selbst erlebt hatte, waren rau, die Planerfüllung Knochenarbeit. Bei der »Wismut« trafen politische und soziale Konflikte auf engstem Raum zusammen und die schilderte Bräunig ungeschönt. Es ging um Alkoholsucht, Prostitution, Krankheiten, öffentliche Tabus, die Kompliziertheit der Anfangsjahre. Der Mitteldeutsche Verlag (MDV) war begeistert: Jemand von der Basis – ein echter Proletarier mit echter Verankerung im sogenannten Milieu – erzählte, wie es wirklich war. Das war doch genau das, was sich die Regierenden gewünscht hatten.

Ein erster Vorabdruck erschien in der Zeitung *Sonntag*. Daneben ein Text, der die Arbeitsmethoden Bräunigs als vorbildlich für andere Autoren propagierte. Dann folgte die Veröffentlichung eines weiteren Ausschnitts in der Zeitschrift *Neue Deutsche Literatur* und ein Sturm der Entrüstung brach los. Aus einem Helden wurde ein Antiheld, der die Arbeiterklasse verunglimpfte und falsche, gefährliche Wahrheiten von Exzessen und unmenschlichen Zuständen verbreitete. Zu viel Wirklichkeit für die Funktionäre. Das Buch musste aus dem Verkehr und Bräunig zur Verantwortung gezogen werden. Zur Abschreckung vor allen wichtigen Kunstschaffenden.

Auf dem 11. Plenum des ZK der SED wurde also ein Scherbengericht abgehalten und Bräunig offiziell angeklagt. Sein Stück halte sich nicht an die Ethik und Moral sowie die Sitte und den guten Anstand des »sauberen DDR-Staats«. Es war das Ende seiner Karriere.

Nach den Angriffen meldeten sich fünf Schriftstellende zu Wort. Eine von ihnen war Christa Wolf. Es war ihre Stunde der Bewährung. Ihr Aufbäumen. Christa Wolf konnte die Zwänge und denunziatorischen Töne von Walter Ulbricht und seinen Anhängerinnen nicht mehr hinnehmen. Sie musste sprechen, wenn sie in diesem Land weiter als Schriftstellerin würde arbeiten wollen. Sie und die junge Generation von Schreibenden und Kunstschaffenden mussten den »Alten«, dem Zentralkomitee, dem Handel für Verlage und Buch und der gleichgeschalteten Presse etwas entgegensetzen. In vielerlei Hinsicht war es ja auch ein Generationskonflikt, der hier 1965 auf diesem Plenum ausgetragen wurde und bei dem am Ende leider alle verloren. Weil die Angst größer war. Die Angst, dass diese »DDR-Welt« scheitern könnte. Wolf hatte sich, bevor sie sprechen durfte, ein paar Stichpunkte auf einen Zettel geschrieben. Richtig vorbereiten konnte sie sich nicht. Ihre Stimme flog. Beherrschung war kaum möglich. Am Anfang tat sie, was sie oft tat, wenn sie Reden hielt. Sie teilte dem Zentralkomitee mit, wie gern sie in diesem schönen Land lebte. Das war wie eine Absicherung, die sie voranstellte, eine Waffe, die sie vor sich auf den Tisch legte, um klarzumachen: Ich möchte keinen Krieg und keine Eskalation. Ich stehe auf eurer Seite, hätte da nur ein paar Anmerkungen. Zum Beispiel, was jenen Umgang mit Werner Bräunig anging. Wolf verteidigte den jungen Autor. Margot Honecker, die ebenfalls anwesend war und zu den schlimmsten Hardlinerinnen gehörte, rief dazwischen. Ihr passte nicht, was sie da hörte. Sie fand, dass Wolf sich gegen die Regierung und Linie der Partei stellte. Wolf sprach trotzdem weiter. Sie bemängelte die Eindimensionalität der Presse und des Staatsbürgerkundeunterrichts. Sie forderte mehr Freiheit, mehr Dialog. Sie kritisierte den vorherrschenden Ökonomismus und sie sprach über das Schreiben und die Psychologie des Schreibens. Sie sagte: »Ich weiß nicht, ob das angebracht ist, hier über Psychologie zu sprechen. Aber es ist so, dass die Psychologie des Schreibens ein kompliziertes Ding ist und dass man vielleicht für eine gewisse Zeit, wenn auch nicht so gut und nicht gleich, einen Betrieb leiten kann, vielleicht sogar ein halbes Kulturministerium, aber schreiben kann man dann nicht.«

Deutliche Worte, die augenblicklich als Verrat am System aufgefasst wurden. Nachdem sie gesprochen hatte, verließ Wolf sofort den großen Saal. Zitternde Hände. Zitterndes Herz. Anna Seghers folgte ihr und überredete sie zu einem Besuch des Ostasiatischen Museums auf der Museumsinsel. Während sie liefen, dachte Christa: »Man hat mir die Hände weggeschlagen.« Sie fühlte sich wie ein Kind, das nicht widersprechen durfte und nun bestraft wurde, und wie eine Frau, die verloren hatte, obwohl sie so unbedingt auf der richtigen Seite stehen wollte.

Seghers versuchte, sie mit der Schönheit der Verzierungen am Ischtartor zu besänftigen, ihr Mut zuzusprechen. »Guck mal, damals war es verboten, überhaupt Menschen darzustellen, und solch schöne Sachen haben die gemacht. Die Menschendarstellung ist doch bei uns nicht verboten. Und das andere, glaub mir, geht alles vorbei.« Da sprach eine Expertin, die gelernt hatte, zu glauben und zu schweigen. Eine, die an dem Ideal festhielt und sich weder von Schauprozessen, einem Scherbengericht noch rigider Kulturpolitik von ihrem Sozialismus abbringen ließ. Aber Seghers' Worte halfen nichts. Für Christa Wolf ging dieser Sozialismus in eine falsche Richtung. Da gab es nichts zu beschönigen.

Die restlichen Stunden des 11. Plenums verbrachte Christa Wolf wie in Trance. Die einen warfen ihr wütende Blicke zu. Die anderen klopften ihr anerkennend auf die Schulter. Sie spürte nichts. Als Walter Ulbricht das Treffen am 18. Dezember mit folgenden Worten beendete: »Ich kann nicht zulassen, dass Skeptizismus propagiert wird, und dann in den Plan hineinschreiben, dass die Arbeitsproduktivität um 6% erhöht wird«, war Wolf sich sicher: »Wenn die Kulturpolitik so weitergeht, wird es für mich schwierig, weiter Bücher zu veröffentlichen.«

Zum zweiten Mal in ihrem Leben entpuppte sich etwas, in das sie alles investiert hatte, als falsch, nicht so grundsätzlich wie nach 1945, aber sie musste sich eingestehen, dass das, woran sie bis dahin geglaubt hatte, für das sie Opfer gebracht hatte und woran sie theoretisch immer noch glaubte, vollkommen schieflief und sich dieses System plötzlich auch oder sogar gegen sie, die treue Genossin erster Stunde, wendete. Wie macht man nach solchen Tagen weiter? Geht das überhaupt?

Christa Wolf brach zusammen. Erlitt eine Herzattacke. Fiel in die schlimmste Depression ihres Lebens. Wochenlang lag sie in der Psychiatrie der Charité, dann in Thüringen und versuchte, wieder auf die Beine zu kommen, den Kopf wieder aufzusetzen, den Weg zurück in eine Art Normalität zu finden. Sie begab sich in Therapie, zum ersten Mal. Stundenlang sprach sie mit einem Psychologen über das, was geschehen war, und konnte es am Ende trotzdem nicht verstehen. Sie übte Kritik an sich und Kritik am Staat bis zur kompletten Erschöpfung. Wofür bin ich eingestanden? Wofür kann ich jetzt noch einstehen? Desillusionierung machte sich breit, unbändige Selbstzweifel von nie da gewesenem Ausmaß und eine Phobie vor Zeitungen, die nicht wieder verschwinden würde.

Das *Neue Deutschland* hatte nach dem 11. Plenum ihre Rede abgedruckt, allerdings nur in Teilen. Die wichtigsten und kritischsten Stellen fehlten. Sie fehlten auch in den internen Protokollen. Was nirgendwo stand, war nie gesagt worden und war nie geschehen. Realität wurde frisiert und zensiert. Dieses Verhalten verstörte Wolf so sehr, dass sie danach keine Zeitung mehr aufschlagen konnte. Allein der Anblick löste Panik in ihr aus.

In der Psychiatrie in Thüringen versuchte ein Arzt vergeblich, die Phobie zu heilen, indem er ihr jeden Tag einen Stapel Zeitungen aufs Zimmer bringen ließ. Keine besonders einfühlsame Methode. Sie versteckte die Zeitungen unter einem Tuch. Zurück in Kleinmachnow, der Märchenwelt, übernahm dann Gerhard stets die Vorzensur, entschied, was zumutbar für sie war und was nicht, und gab ihr nur Dinge zu lesen, die nicht belastend waren. Das war Liebe in Krisenzeiten.

Krisen, heißt es, fördern auch die Kreativität. Wolf hatte gesprochen, also würde sie auch weiterschreiben. Langsam. Tastend. Sich selbst suchend. Sie nahm sich der Geschichte ihrer alten Schulfreundin Christa Tabbert-Gebauer an. Die Freundin war im Februar 1963 an Krebs gestorben. Viel zu jung. 35 Jahre alt. Christa erhielt ihren Nachlass an Tagebüchern, Briefen und schriftstellerischen Versuchen und fing an, die Überbleibsel dieses Frauenlebens literarisch zu verarbeiten und eine Art Biografie zu schreiben, die untersuchte, wie eine Person zu sich selbst findet, wenn sie keinen Staat hat, an den sie sich vertrauensvoll klammern kann. Der Titel: *Nachdenken über Christa T.* Und diesmal sind es die beiden Freundinnen Brigitte und Maxie, die Christa auf ihrer Suche nach den richtigen Worten, dem richtigen Ton für diese Geschichte begleiten. Wolf liest in kleinen, geschützten Kreisen vor. Sie hören zu.

Danach schickt Brigitte Reimann Christa Wolf einen Brief: »Nur Deine Stimme war noch bekannt; die Identität wäre ganz verloren gegangen, wenn Du nicht selbst gelesen hättest. Wenn es stimmt, daß sich Wesen und Haltung eines Menschen in seinem Stil widerspiegeln, dann muß sich ungeheuer viel in Deinem Wesen, Deiner Haltung geändert haben – das ist der Eindruck beim ersten Hinhören. Aber je länger man zuhört, desto mehr spürt man etwas Gezwungenes, wenigstens Gesuchtes in dieser neuen Art zu schreiben, verstehst Du? Im ›Geteilten Himmel‹ warst Du, wie mir scheint, sprachlich Anna Seghers verpflichtet, das ging bis in den Satzrhythmus, in die Bildwahl, war aber mehr als bloße Beeinflussung, eher ein Zeichen von Übereinstimmung. Deine neue Erzählweise ist, schroff gesagt, geborgt, oder salopp gesagt: sie steht Dir nicht.«

Und Maxie Wander schreibt in ihr Tagebuch: »Nun kennen wir sie so lange und kennen sie doch nicht (…). Ist sie eine Beauvoir? Ich denke, sie hat das Zeug dazu.«

Teil III

Träume platzen

Maxie

Kleinmachnow

Es gibt diesen Satz, aus der berühmten Absolventenrede »Wear Sunscreen« von Mary Schmich, der sich unweigerlich aufdrängt, wenn es um die Ereignisse im Mai 1968 geht, die das Leben von Maxie Wander für immer veränderten: »Mach dir keine Sorgen über die Zukunft, (...) die wahren Herausforderungen des Lebens überwältigen dich an einem trägen Dienstagnachmittag und sind dir wahrscheinlich nie in den Sinn gekommen.«

Bei Wander war es kein Dienstag, es war ein schwüler Montagmittag Anfang Mai, ein gewöhnlicher Tag, der leise anfangen und leise wieder enden sollte, an dem etwas geschah, das alle Vorstellungen überstieg, die sich ein Mensch, eine Frau, eine Mutter vom Leben und seinen Wendungen machen kann.

Maxie Wander saß in ihrem Garten, las in einem Buch über London und träumte sich – wieder einmal – weg aus Kleinmachnow, dem Sperr- und Grenzgebiet. In ein paar Tagen, so der Plan, würde sie in der Victoria Station stehen, die englische Hauptstadt erkunden, hoffentlich jede Menge Bilder und Geschichten für ein mögliches neues Reisebuch einfangen und das Alleinsein in der Fremde genießen.

Ihre Tochter Kitty war mit ihrer Freundin Claudia zum Spielen auf die Straße gegangen. In einer Stunde sollten die Mädchen wieder zu Hause sein, damit es Kitty rechtzeitig zur Chorprobe schaffen würde. Berti, der Adoptivsohn, war noch im Hort und Daniel, das zwei Jahre alte Baby und mittlerweile dritte Kind von Fred und Maxie, hielt Mittagsschlaf.

Friedlicher hätte dieser Montagmittag nicht sein können, und wenn Maxie Wander auf die vergangenen Tage und die vergangene Woche zurückblickte, gab es ebenfalls wenig Störendes oder Ärgerliches, außer dem Dauerzustand, dass ihr – wie sie fand – im Alltag stets zu wenig Zeit für sich selbst, das Lesen und das Festhalten von Gedanken blieb. Es war seit Jahren die gleiche Geschichte, aber vielleicht war das Nie-genug-Zeit-Haben auch einfach ein Wesenszug, Teil ihres Charakters und die Reibungsfläche, die sie brauchte, um sich lebendig zu fühlen. In einem Fernsehporträt über sie wird später einmal dieser Satz von ihr fallen: »Wenn manchmal Bedrückendes überwiegt, dann liegt das vielleicht daran, dass über Glück zu reden, kaum jemand das Bedürfnis hat. Glück lebt man. Belastendes spricht man aus, um es zu begreifen und sich davon zu befreien. Ein ganz und gar glückliches Zeitalter hätte keine Literatur.«

Vielleicht war das Hadern also auch ein notwendiger Akt, um ihrer Schreibsucht treu zu bleiben. Sie schrieb ja permanent. Vor allem ihr Briefeschreiben war eine Obsession, die sie fast stoisch verfolgte. Mehr als ein Dutzend Briefe an einem einzigen Tag zu verfassen, brauchte Zeit. Zeit, die sie sich nahm. Und vielleicht sind genau diese Briefe ihr großes, größtes Werk. Das sah und kapierte damals nur keiner, weder sie noch ihr Umfeld. Ihre Briefe waren keine gewöhnlichen, konventionellen Briefe. Sie waren Korrespondenz und Selbstgespräch und erzählte Geschichten, die es ermöglichten, Wanders Leben in der DDR nachzuvollziehen, die ihr Innenleben sichtbar machten, die klug und plastisch und originell und humorvoll und traurig und weise waren, die von ihren Fragen an die Welt berichteten und davon, was Frauenleben Mitte des 20. Jahrhunderts bedeutete. Nämlich: kämpfen, hinterfragen, eine Balance finden und im besten Fall sich selbst, zerrissen sein und voller Sehnsucht. Hätte Wander im 21. Jahrhundert gelebt, würde man sie wahrscheinlich neben Autorinnen wie Deborah Levy oder eine Rachel Cusk stellen, deren Schreiben sich ebenfalls durch jene weibliche Alltäglichkeit auszeichnet, die sich in Wanders Briefen und Tagebucheinträgen wiederfindet und die lange als banal betrachtet wurde. Tagebücher und Briefe – insbesondere von Frauen – waren damals kein anerkanntes Werk. Tagebücher und Briefe waren das Überbleibsel eines Schriftstellerinnenlebens und der Seitenrand sogenannter echter literarischer Leistungen, wie sie sich vorzugsweise im Roman manifestierten.

Einige Tage vor jenem besagten 6. Mai, hatte Wander passend zu ihrer Glückstheorie Folgendes in ihr Tagebuch geschrieben: »Wie gut es uns geht, wir sind so an die schönen, einfachen Dinge gewöhnt, daß wir sie nicht mehr sehen und soviel Fragwürdiges fordern, wünschen, erstreben«, und der Sonntag, der hinter ihr lag, hatte sie »ganz betrunken« gemacht, betrunken vor Glück. Sie hatten den neunten Geburtstag von Berti gefeiert. Es war auch der 150. Geburtstag von Karl Marx, der wie Stalin gottähnlich über der Familie Wander, der DDR und ihren Bewohnerinnen thronte. Am Morgen war die alte Pappel vor dem Haus im Wolfswerder gefällt worden. Die ganze Aktion hatte die Kinder fasziniert und entzückt. Sie hatten sich zwischen den Zweigen und Blättern versteckt und Maxie gebeten, das Treiben mit ihrer neuen Kamera festzuhalten. Maxie hatte gelacht und sich gleichzeitig Sorgen um Daniel gemacht, der mit seinen älteren Geschwistern in dem Wirrwarr herumstolperte. Sie ermahnte Kitty mehrfach, ein Auge auf ihn zu haben, damit er sich nicht verletzte. Zum Glück war niemandem etwas zugestoßen, nur die Steinplatten vorm Haus waren vom Aufprall der Baumteile gesprungen, aber irgendwer würde sie sicher reparieren. Irgendwann.

Maxie hatte gelernt, in diesen Dingen geduldig zu sein. 1972 wird sie in Bezug auf den Sozialismus festhalten: »Hier ist ein Argument, das mir gut gefällt, ich habe es irgendwo gelesen, aufgeschnappt, kann es nur sinngemäß wiedergeben: Der Sozialismus ist eine unendlich langgezogene Front, die sich durch alle Länder, über alle Kontinente zieht. Naturgemäß gibt es an dieser Front Siege und Niederlagen, es gibt Offensiven und Stellungen, die einfach gehalten werden müssen, so sich unsere Abteilungen eingraben. Sie bauen Befestigungen und Kasematten, und darin versauern manche, weil die Zeit vergeht und nichts geschieht. Dort nisten sich auch Ratten ein und Mattigkeit und Aberglauben. Die besten Menschen werden immer dort zu finden sein, wo der Kampf zu bestehen ist und die Opfer nicht belohnt werden.«

Das meinte im Alltag auch: Auf Termine für Lieferungen oder geplante Arbeitseinsätze konnte man sich in dem sozialistischen Land nie wirklich verlassen. So war es auch mit dem Graben für die Kanalisation auf der Straße vor ihrem Haus. Die Baustelle stand seit einigen Tagen wegen des Regens still, es war unklar, wann die Straßenarbeiter wieder auftauchen und die Grube schließen oder wenigstens absichern würden. Wanders Verhältnis zu diesen Strukturen in der DDR war mittlerweile wie ihr Verhältnis zum Schreiben. Es war geprägt von endlosem Abwarten und der ewigen Jagd nach einem Ideal. Wenn …, dann … Wenn alles anders wäre, könnte es gelingen mit dem Schreiben, mit dem Sozialismus. Dann könnten Träume wahr werden.

Am Sonntagabend, als alle Geburtstagsgäste gegangen waren, hatten sich Kitty und sie mit einer Stehlampe auf die Terrasse gesetzt und gemeinsam gelesen. Die erste warme Nacht. Kitty hatte gebannt die letzten Seiten von Miguel de Cervantes' *Don Quijote* verschlungen und – bis aufs Mark gerührt von dem Text – verkündet, dass sie nun keine Kinderbücher mehr lesen würde. Mit Don Quijote, der auf dem Totenbett plötzlich erkennt, dass Ritterbücher Unsinn sind, und beklagt, dass ihm diese Einsicht so spät gekommen sei, ließ Kitty an diesem Abend die Phase der kindlichen Unschuld hinter sich.

Gedankenversunken war Kitty ins Bett gegangen und hatte ihre Mutter darum gebeten, das Lesen auf der Terrasse zu einem regelmäßigen Ritual zu machen. Maxie hatte ihr das braune Haar geküsst und zugeschaut, wie der kleine Kopf unter der Bettdecke verschwand. Sie hatte einen letzten Brief an ihren Freund Ernst geschrieben, darin die Zeile: »An solchen gesegneten Abenden kann man sogar in Preußen glücklich sein.« Danach hatte sie das Licht im Haus gelöscht und sich ins leere Ehebett gelegt. Fred war noch auf Reisen in Wien gewesen, in zwei oder drei Tagen sollte er wieder zu Hause sein und dann würde er ebenfalls für eine Weile allein in ihrem Bett liegen, während sie durch London spazierte. In dieser Nacht träumte Maxie von einer apokalyptischen Naturkatastrophe. Die einzigen Überlebenden: ihre Mutter, ihr Sohn Daniel und sie selbst.

Am frühen Morgen war Maxie von den zwei Tauben im Garten geweckt worden, die vor Liebestaumel wahnwitzig laut gurrten. Schön und nervig zugleich. Sie hatte den Kindern Frühstück zubereitet, sie verabschiedet, abgewaschen, aufgeräumt, den obligatorischen Brief an die Eltern in Wien geschrieben, war mit Daniel einkaufen gefahren und hatte Mittagessen gekocht. Dann war Kitty nach Hause gekommen und tatsächlich mit ihrer Freundin Claudia nach draußen gegangen. Viel zu warm angezogen, mit Bertis Lederhose und dem dicken Wollpullover. Maxie hatte beiläufig den Kopf geschüttelt und ihnen genauso beiläufig hinterhergerufen, nicht an der ungesicherten Baustelle zu spielen. Dann herrschte Stille.

Stille im Haus. Stille im Garten. Stille auf der Straße.

Maxie lief in Gedanken durch London, auf ihrem Stuhl im Garten sitzend, das Reisebuch in der Hand. Zeit und Raum wie ein Gummiband, das sich großzügig dehnen ließ. Sekunden wurden zu Minuten und Wander fragte sich, ob sie für die Reise nach London wohl genügend Spannkraft haben würde. Träumen war immer leichter als Leben. Dann riss das Band. Claudia, Kittys Freundin stand plötzlich neben ihr, bleich im Gesicht, nach Worten ringend: »Kitty ist ganz mit Erde bedeckt, sie kann nicht raus!« Kitty war in die zwei Meter tiefe Grube gefallen und verschüttet worden. Maxie rannte. Kitty war bewusstlos. Gesicht blau. Nase und Mund aufgerissen. Die Erde nass. Maxie sprang hinunter zu Kitty und versuchte vergeblich, sie mit ihren Händen zu befreien. Sie schrie um Hilfe. Zwei Männer kamen und schaufelten ihr Mädchen frei. Ein Krankenwagen brachte Kitty erst ins Krankenhaus nach Kleinmachnow, dann wurde sie in das besser ausgestattete Bezirkskrankenhaus gebracht. Lungenquetschung. Innere Verletzungen. Kitty musste sofort operiert werden. Als sie am Abend aus dem OP-Saal geschoben wurde, hieß es, Maxie solle nach Hause fahren und sich ausruhen. Sie würde die Kraft in den nächsten Wochen brauchen, aber sie könne den Teddy dalassen und das Nachthemd. Die Atmung müsse sich über Nacht stabilisieren, aber es würde schon werden. Später konnte Maxie nicht mehr nachvollziehen, wieso sie nicht im Krankenhaus geblieben war.

Zurück in Kleinmachnow, versuchte sie zu schlafen. Am nächsten Morgen rief sie als Erstes im Krankenhaus an. Alles in Ordnung, sagte die Krankenschwester am anderen Ende der Leitung. Es reiche, wenn Maxie am Mittag komme. Maxie weckte die Jungs, versuchte, den Tag wie jeden anderen zu beginnen, versuchte, Ruhe zu bewahren, dann klingelte das Telefon. »Kommen Sie schnell!« Nur wie? Maxie rannte zum Haus von

Christa und Gerhard Wolf. Ihr VW-Käfer war ja mit Fred unterwegs, irgendwo auf einer Landstraße zwischen Österreich und Deutschland. Es wurde die längste Fahrt in Wanders Leben. Als sie im Krankenhaus ankamen, war Kitty tot. Gestorben, am 7. Mai um 7:40 im Potsdamer Krankenhaus an inneren Verletzungen und schwerem Schock. Ein weißes Laken über dem kleinen Körper.

Stille in dem kalten Raum des Krankenhauses. Stille in Wanders Kopf. Stille, tobende, lähmende, absurde Stille. Das Wunderkind war zu einer anderen Reise aufgebrochen, unmöglich, es festzuhalten, und noch unmöglicher, es gehen zu lassen.

Fred kam ahnungslos zurück nach Hause, zu einer verstummten Frau und vollendeten Tatsachen. Aus einer fünfköpfigen Familie war über Nacht die Lieblingstochter verschwunden. Leben ohne Kitty, das war undenkbar. Kitty war doch das Herz der Bande, die einzig Gesunde, wie Maxie zu sagen pflegte. Wie sollten sie bloß weiterleben? Weiterarbeiten, wozu? Schreiben, warum und für wen? Er verstummte wie sie und verschwand mit ihr für Monate im dichten Nebel unbändiger Trauer. Berti, der Adoptivsohn, musste vorübergehend zurück ins Heim. Maxie hielt ihn nicht mehr aus. Die alte Zeit, sie galt nicht mehr. Es gab jetzt ein Davor und ein Danach in Maxies Zeitrechnung: vor dem Unfall. Nach dem Unfall.

Die Freunde sagten, sie müsse einfach langsam weitermachen. Wieder lernen, einen Schritt vor den anderen zu setzen, aber das ging nicht. Eine Ärztin gab ihr Librium-Tabletten gegen die Angstzustände und Panikattacken, aber gegen den Verlust eines Kindes half kein Medikament. Maxie konnte immer nur an Kitty denken und mit den Gedanken an das Kind, das nie wieder zurückkehren würde, kamen auch die Vorwürfe, schwer und unbarmherzig. Sie gab sich die Schuld am Tod der Tochter. Sie hatte im Garten gesessen, gelesen und geträumt, statt auf sie aufzupassen, und hätte doch wissen müssen, dass das neugierige Kind zur Grube laufen und dort spielen würde. Das Träumen war zum Albtraum geworden und die Wirklichkeit hatte die Fiktion brutal erschlagen. Schluss mit den Hirngespinsten. Was war sie bloß für eine Frau, für eine Mutter? Die Freundinnen schüttelten den Kopf über die Härte, die Wander gegenüber sich selbst walten ließ, und waren gleichzeitig genauso hilflos wie sie. Aufs Sterben und Trauern, auf Verluste geliebter Menschen bereitet sich ja niemand vor. Wander suchte verzweifelt nach einer Gesprächspartnerin, aber niemand schien sie zu verstehen, niemand konnte fühlen wie sie, konnte Trost spenden oder Rat geben. Die große Essayistin Joan Didion, die das Schicksal, die eigene Tochter beerdigen zu müssen, auch erleben musste, beschreibt den Zustand so: »Trauer hat keine Distanz. Trauer kommt in Wellen, Anfällen, plötzlichen Befürchtungen, die die Knie schwächen und die Augen blenden und die Alltäglichkeit des Lebens auslöschen.«

Christa Wolf bewährte sich als Freundin, kam, sooft sie konnte, brachte Essen, legte Scheine auf die Kommode im Flur, weil an Geldverdienen weder er noch sie denken konnten. Maxie schätzte Christa für diese Gesten, für diese Hilfe, über den Schmerz halfen sie nicht hinweg. Wie auch? Der Raum der Trauer ist furchtbar einsam und schließt alle anderen und alles andere aus. Utopien und ihre großen Versprechen werden zu hilflosen Konstrukten und unnützen Ideen, wenn an einem Montagmittag ein Kind in eine Grube fällt.

Ein wenig Trost fand Maxie Wander in den Monaten nach Kittys Tod dann doch bei einer ihrer großen politischen Heldinnen, bei Rosa Luxemburg und deren Briefen und Tagebüchern aus dem Gefängnis. In einem schrieb die Kommunistin 1917: »So ist eben das Leben, seit jeher, alles gehört dazu: Leid und Trennung und Sehnsucht. Man muss es immer mit allem nehmen und alles schön und gut finden. Ich tue es wenigstens so.« Und Zeit ist in der Tat ein Gummiband und das einzige Heilmittel. Im August schreibt Wander zum ersten Mal selbst wieder richtig Tagebuch. Das weiße Papier »lockt sie wieder« und dann, ganz langsam gibt es wieder Funken von Hoffnung. Momente, die schön sind. »Ich will wieder schreiben. Ich habe es oft erfahren, daß nur während der Arbeit Klarheit beginnt, daß das Feuer, das man entbehrt und aus Trägheit nicht mehr sucht, ähnlich wieder aufflammt ... Ich will schreiben, schreibend an die Dinge herankommen und über die Dinge kommen. (...)«

Dinge, das sind der Tod und die Schuld und das Ereignis an sich Anfang Mai. Andere Themen finden in diesem Jahr 1968 kaum Platz. Das Einzige, was sie umtreibt, jenseits der Gedanken an die geliebte Tochter, sind die Ereignisse in Prag. Was da geschieht, dringt jetzt wieder zu ihr durch. Um die Reformbewegungen in der Tschechoslowakischen Sozialistischen Republik (ČSSR) zu stoppen, die als »Prager Frühling« das Land 1968 prägen, marschieren Truppen des Warschauer Pakts im August in die Tschechoslowakei ein. Die Proteste gegen diesen Einmarsch werden niedergeschlagen, Menschen sterben und mit ihnen der Glaube an einen demokratischeren, freien Sozialismus. Die Tschechoslowakei ist nicht die DDR, aber nah genug, um die Utopie, der Leute wie Maxie bisher gefolgt sind, ernsthaft in Frage zu stellen. Für sie, wie viele andere Kommunistinnen und Linke auf der ganzen Welt, ist der Einmarsch russischer Panzer eine Katastrophe. Reformen ersticken, Menschen erschießen, ist das Kommunismus und Sozialismus? Zu Wanders Trauer stellt sich ein Gefühl der Fremdheit ein. Maxie geht innerlich auf Distanz zum *roten* Leben und hört auf, KP-Mitgliedsbeiträge zu zahlen. Fred auch. Maxies Mutter zahlt heimlich für beide weiter. Sie wird in ihrem hohen Alter ihre Glaubensrichtung nicht mehr ändern. Sie ist da wie Anna Seghers. Den Kurs am Ende ändern würde ja das ganze eigene Dasein in Frage stellen. Maxie kann das noch. Sie ist jung genug, um sich einen neuen Landeplatz zu suchen, aber wo sollte der mit all der Tragik im Gepäck sein? In einem Brief an ihre verehrte Cousine Rosl Großmann-Breuer schreibt sie: »Die einzigen Menschen, die mich – wenigstens in manchen Stunden – lebendig und jung sein lassen, sind ein paar Mädchen und Burschen aus unserem Bekanntenkreis, die öfter zu uns kommen. Ihre unbeirrbare Suche nach einem Weg, nach einer anderen menschlicheren Art, miteinander zu leben, berührt mich tief. Auch ich such noch immer Utopia, das ferne, versunkene Land.«

Im September geht Maxie mit Daniel, dem kleinen Sohn, im Park von Sanssouci spazieren, Tauben fliegen, Blätter fallen und entlocken ihr ein »Die Welt ist schön«. Es kann nie wieder so werden wie einst. Augenblicke der Schönheit gibt es trotzdem. Im September ziehen die Wanders außerdem um, in ein neues großes Haus, raus aus dem Sperrgebiet. Endlich. Die neue Adresse: Ernst-Thälmann-Straße, Nummer 22. Sie haben nun auch eine Villa wie die Wolfs, mit viel Platz und genügend Zimmern, einer Terrasse, einem großen Garten mit alten Bäumen und blühenden Büschen. Jahrelang hatten sie bei den zuständigen Behörden um ein größeres Haus gebettelt. Nach Kittys Tod ging es plötzlich ganz schnell. Maxie glaubt, mit dem Haus entledigt sich die Bezirksleitung des schlechten Gewissens, die Grube nicht abgesichert zu haben. Ein grotesker Akt der Wiedergutmachung oder Kompensation für das Leid der Wanders. Maxie bekommt ihr eigenes Arbeitszimmer im ersten Stock. Und die Regale im Wohnzimmer bekleben sie mit ihren Paris-Fotos. Kitty hat von so einem Haus immer geträumt und mit diesem Umzug muss Maxie eine Entscheidung treffen: sich der Trauer hingeben oder wieder lebensfähig werden. Weitermachen, das Leben – wie Rosa Luxemburg mit all seinen Höhen und Tiefen nicht nur nehmen, sondern schätzen, weil es eben nur dieses eine gibt. Aber Wander ist Wander und nicht Luxemburg. Die Trauer wird stiller, kehrt sich mehr nach innen als nach außen, überkommt sie in der Nacht, wenn sie von Kitty träumt, das Kind im Traum küsst, riecht, streichelt, aber das endlose Zweifeln und Hadern mit dem Leben und dem Alltag, vor allem in der DDR, bleibt. Maxie hat plötzlich Sehnsucht nach Wien. Sie sagt es niemandem außer ihrem kleinen Bruder und Cousine Rosl, weil sie weiß, dass sich die Wiener Verwandtschaft sowieso die ganze Zeit fragt, was sie eigentlich in der DDR machen, und sie keine Hoffnung schüren will. Aber die DDR wird in diesen Tagen tatsächlich zum ersten Mal für sie zum falschen Ort. Die DDR ist jetzt der Ort der Katastrophe. Aus dem Versprechen von einst ist großes Unglück geworden und das laut auszusprechen tut weh.

Was sie innerlich zerfrisst: die Wut über diese Ungerechtigkeit, die verdammte Grube, die niemand sicherte, die verdammten Ärzte, ach, einfach alles. Und das Opfer dieser Wut bleibt auch der Gleiche. Berti, der Adoptivsohn, darf wieder zu den Wanders ziehen, nachdem er im Kinderheim abgewartet und Postkarten an die Familie geschickt hat, aber mit ihm kehren auch die Ausbrüche zurück, die immer schlimmer werden. Maxie Wander soll ihn zur Strafe in den Keller zum Kohleschaufeln geschickt und unter kalte Duschen gezerrt haben. Sie soll geschrien und getobt haben, noch heftiger als früher. Fred wird später sagen, da fing die Krankheit an. Da fing der Tumor an, sich einzunisten. Da begann ihr eigenes langsames Sterben, während es ihm selbst endlich gelang, sich von seinen grausamen Begegnungen mit dem Tod zu befreien. Fred, der nach Kittys Tod ewig nicht schreiben kann, fängt irgendwann an, das Buch über den Holocaust, die Konzentrationslager zu tippen, das bei der Ankunft im Schriftstellerheim in Petzow alle von ihm erwartet hatten. Für das Buch wird er 1972 den Heinrich-Mann-Preis der Akademie der Künste bekommen, wie die gemeinsame Freundin Christa Wolf. Die Wolfs werden danach ein kleines Fest ausrichten. Das Preisgeld sind 20 000 Ost-Mark, die bar überreicht werden und in Maxies Handtasche wandern. Mitten in der Feier wird ihr plötzlich auffallen, dass die Tasche fehlt. Sie taucht dann im Kindergarten an Daniels Kleiderhaken auf, unangetastet, und Christa Wolf wird sagen: Ihr könnt einfach nicht mit Geld umgehen. Was sie dabei vergisst: In Utopia, dem fernen, versunkenen Land, das Wander sucht, braucht es weder Geld noch Preise.

Brigitte

Neubrandenburg

Noch einmal von vorn anfangen, eine Wohnung einrichten, neu zu sich kommen. Ein Zuhause in fremden Räumen finden und in einem fremden Körper. Nach acht Jahren hat Brigitte Reimann Hoyerswerda den Rücken gekehrt, ist in die Gartenstraße 6 ins mecklenburgische Neubrandenburg gezogen, ins Erdgeschoss eines hübschen Einfamilienhauses mit Terrasse und einem Stück Garten. Es ist eine andere Welt und sie ist jetzt auch eine andere Frau. Eine Amazone an guten Tagen, ein »halbierter Mensch« an schlechten. Die schlechten beginnen mit dem entsetzten Blick in den Spiegel: »Das bin ich nicht, das kann nicht gerade mir zugestoßen sein. Es ist aber …«

Gegen die schlechten Tage hilft nur die Arbeit an ihrer *Franziska Linkerhand*, jenem Roman über eine junge Frau, die als Architektin in einem Projektierungsbüro einer Provinzstadt anfängt, von der Routinearbeit erschlagen wird und mit ihrem Idealismus gegen den Starrsinn und die Bequemlichkeit ihrer Kollegen ankämpft. In dieser Stadt, die Reimanns geliebtem und verhasstem Hoyerswerda sehr ähnelt, geht es nur um schnellen Wohnungsbau und Franziska, die Heldin des Buches, fragt sich immer wieder – mal laut, mal leise –, wo bitte schön die Träume sind, die Visionen und Ideen, deren Umsetzung für diese neue Stadt einst versprochen wurden. Brigitte Reimann arbeitet seit fünf Jahren an dem Text und ringt mit ihm wie mit keinem anderen zuvor. Wie soll die Geschichte bloß ausgehen? Wie wird sie ihre Franziska aus dieser Szenerie entlassen? Manchmal will sie einfach hinschmeißen, das Manuskript in der Schublade verschwinden lassen und etwas Anderes anfangen. Zumal das kulturpolitische Klima es sowieso immer unwahrscheinlicher macht, dass es das Buch je an der Zensur vorbei schaffen wird und erscheinen darf. Das hat sie aus nächster Nähe bei Christa Wolf und ihrer *Christa T.* beobachten können. Skandalös, was da passiert ist. Aber nun ist sie schon so weit, hat mehr als 450 Seiten und über zehn Kapitel, und was man anfängt, das bringt man eben auch zu Ende. Ihr Arbeitsethos verbietet das Scheitern. Das hat sie mit ihrer Franziska Linkerhand gemein, die in vielem ihr Alter Ego ist.

Die ersten Tage in der neuen Wohnung in Neubrandenburg war an Schreiben noch nicht zu denken. Die Achsel und der rechte Arm taten bei jeder Bewegung fürchterlich weh, außerdem war es bitterkalt, weil es noch keine Heizung gab, aber mittlerweile hat sie es warm und konnte sich in dem kleinen Erker einen Arbeitsplatz einrichten. Sie hat zusammengetragen, was sie zum Schreiben braucht: »Tonbandgerät und die Bänder dazu, Plattenspieler und die Schallplatten, den Schreibmaschinentisch, mein ›Archiv‹ (all das Zeug über Architektur und Städtebau) und meine Lieblings- oder Lehrbücher, die Bibel, ein paar Bücher von Freud, *Gantenbein*, Baldwin, Braines *Weg nach oben*, Sartre …«

Sie muss dieses Buch beenden. Ihr Freund, der Architekt Prof. Dr. Hermann Henselmann, hat neulich am Telefon im Scherz gesagt: »Wenn du dein Buch geschafft hast, kannst du ja ruhig sterben.« Er hat recht, aber sie weiß auch, wenn das Buch wirklich ein Ende findet, wird sie ein neues schreiben wollen und keine Lust zum Sterben haben.

Mit der Diagnose hatte sie schon lange gerechnet. Bereits 1962 hatte sie sich einer Generaldurchsicht unterzogen, weil sie das Gefühl hatte, etwas Gefährliches würde in ihrem Körper vor sich gehen, aber damals hatte man nichts gefunden. Die Jahre waren im Eiltempo vorangeschritten, und als das Urteil vor einigen Monaten schließlich doch kam, war es wie bei diesem schweren Orkan, den sie mal in Hoyerswerda miterlebt hatte, der die Dächer der Häuser abgedeckt und unmittelbar Todesangst ausgelöst hatte.

Eigentlich hatte sie schon im September in die kleine Erdgeschosswohnung ziehen wollen. Die Kisten in Hoyerswerda waren gepackt, der Transporter bestellt, aber dann hatte ihr Professor Gummel aus der Klinik in Berlin-Buch, der sich wie niemand sonst in der DDR mit Geschwulstkrankheiten auskannte, an jenem Dienstag, dem 10. September 1968, mitgeteilt, dass ihre Gewebeproben aus dem Labor zurückgekommen waren und das eingetreten war, was sie lange erwartet, aber immer weit von sich gewiesen hatte: Krebs. Wenn sie eine Überlebenschance haben wollte, musste man ihr sofort die rechte Brust abnehmen und alles Verdächtige wegschneiden.

Die Operation war gut verlaufen und Professor Gummel hatte ihr Anfang Oktober versichert, dass sie nun gesund war, aber ob das wirklich stimmte, wusste sie nicht. Der Krebs hatte viel Zeit gehabt, sich auszubreiten. Den ersten Knoten in ihrer Brust hatte sie ja bereits Anfang des Jahres ertastet. Sie war in Panik ausgebrochen, aber die Ärzte in Hoyerswerda hatten sie beruhigt. Ein Knoten ist nicht gleich Krebs. Ein Knoten kann auch gutartig sein. Fäden in der Brust verkapseln sich manchmal. Man hatte gewartet, getrödelt, gehofft. Im Sommer war der Knoten endlich entfernt worden, aber bei der Operation hatte man festgestellt, dass es nicht nur einen Knoten gab, sondern mehrere, und das war doch ungewöhnlich. Man hatte das Gewebe ins Labor geschickt, um es zu untersuchen. Wochen waren vergangen. Aus August war September geworden, bis die böse Vorahnung Realität wurde und der Umzug nach Neubrandenburg verschoben werden musste. Immerhin hatten ihre Freunde – allen voran jener Professor Henselmann – alles in Bewegung gesetzt, damit sie aus Hoyerswerda in die auf Krebs spezialisierte Klinik nach Berlin-Buch zu Professor Gummel überwiesen wurde, der die Dringlichkeit der Lage erkannt und sofort reagiert hatte. Glück im Unglück. Am Ende waren es die Freunde mit Beziehungen und nicht die Ärzte in Hoyerswerda, die ihr das Leben retteten oder wenigstens verlängerten.

Ihre erste Reaktion auf die Diagnose ist – seltsam anrührend – neben Todesangst auch Scham: Was würden die Leute denken? Würden sich alle von ihr abwenden, weil sie auf einmal eine kranke Frau war? Kranke Menschen passten doch nicht ins Bild optimistischer Sozialisten. Würden die Kollegen und Kolleginnen, die Funktionäre, der Verlag, ihr Lektor und ihre Unterstützer sie fallenlassen? Würde sie die Wohnung in Neubrandenburg verlieren, wenn sie nicht rechtzeitig einzog? An Christa Wolf schrieb sie aus Berlin-Buch: »Sag niemandem, was mit mir los ist; ich weiß nicht warum, aber ich empfinde Krankheit immer wie einen Makel.« Sie wünschte für den Aufenthalt in Berlin-Buch ein paar Krimis, »gute Bücher sind meistens traurig. Dann lieber James Bond oder so was.« Und: »Drück mir die Daumen. Ich habe Angst. Ich möchte so gern ein Held sein, aber dazu reicht's noch nicht.«

Reimann unterschätzte ihr Umfeld. Niemand ließ sie fallen. Niemand ließ sie im Stich. Im Stich hatten sie nur die Ärzte in Hoyerswerda gelassen, die verschlampt hatten, frühzeitig einzugreifen. Alle anderen taten, was ihnen möglich war: Der Schriftstellerverband gab ihr ein neues Stipendium, der Verlag übte sich in aufmunternden Worten, Geduld und Verständnis und die Funktionäre in Neubrandenburg versicherten ihr, dass sie auf sie warten würden. Die neue Wohnung blieb frei und allerlei Leute, Freundinnen und Bekannte schickten Blumen und riefen an und fragten, wie sie helfen könnten. Diese kollektive Solidarität rührte sie und der Gedanken an all diese freundschaftlichen Gesten half in diesen Tagen auch ein bisschen gegen die Dunkelheit. Nicht die des Herbstes und des Winters hier in Neubrandenburg, dieser Stadt, die sie sich noch erobern muss, sondern die Dunkelheit, die sich in ihr seit der Entlassung aus dem Krankenhaus einquartiert hat.

Die Nachwirkungen des Krebses, der nach der Operation und Amputation offiziell als besiegt galt, überwältigen sie. Damit hat sie nicht gerechnet. Der Spuk, er sollte doch vorbei sein. Aber der Spuk ist hinterhältig. Die Narben verheilen, wenn auch nur langsam, aber nachts, im Schlaf, in ihren Träumen, suchen sie die schlimmsten Bilder und Ängste heim und lassen sich auch mit Schlaftabletten nicht verjagen. Sie hemmen und lähmen sie und nehmen ihr die Freude am Plänemachen. Wozu das Ganze und wie lange hat sie überhaupt noch? Wäre Jon, der geliebte Ehemann (Nummer 3), bloß bei ihr, aber er muss arbeiten, muss noch einige Monate in Boxberg, in der Nähe von Hoyerswerda bleiben, bis er nachkommen kann. Warum, fragt sie sich in diesen kalten Monaten, fehlt eigentlich immer etwas zum Glück, mal Liebe, mal Gesundheit, mal einfach nur schönes Wetter?

Andererseits, um die dunklen Gedanken wegzuschieben, ist es in Neubrandenburg viel hübscher als gedacht. Vor dem Umzug war sie sich sicher, dass sich irgendwann schlimmes Heimweh nach Hoyerswerda einstellen würde. Doch das Heimweh kommt einfach nicht. Sie vermisst ein paar Freunde und Freudinnen, mehr nicht. In Neubrandenburg, in ihrer Gartenstraße, ist es endlich still. Keine lärmenden Nachbarn, keine nervigen Radios, kein Geschrei. Und wenn sie aus dem Fenster schaut, sieht sie Bäume und Gras und Büsche und hört Vögel. Überhaupt ist die Stadt genau das, was Hoyerswerda hätte sein können. Neubrandenburg ist kein missglücktes Experiment, hier ist es gelungen, Tradition und Moderne miteinander in Einklang zu bringen, den alten Stadtkern und seine Backsteingotik mit einem neuen Plattenbauviertel zu verbinden und die Menschen hier, die wohnen nicht bloß, die leben und können genießen, flanieren, nichts tun.

Wenn der kleine Erker als Arbeitsplatz zu eng wird und sich kein kluger Satz zu Hause finden lässt, geht Reimann am liebsten ins »Galeriecafé«, ein Café im übermodernen Kulturhochhaus direkt im Zentrum der Stadt. Wenn sie dort sitzt und schreibt, fühlt sie sich wie Sartre oder Beauvoir, die in Paris ja auch immer in Cafés arbeiten. Oder sie geht an dem herrlichen Stadtwall spazieren, um ihre Gedanken zu ordnen, und manchmal verlässt sie das Haus auch einfach, um sich für ein paar Stunden ablenken zu lassen.

Die Menschen in Neubrandenburg sind freundlich und hilfsbereit. »Man hat es hier nicht eilig, die Leute lassen sich noch Zeit für Gespräche und wirken nicht so abgehetzt wie in Hoy oder gar in Berlin, wo man alle zwei Minuten auf die Uhr blickt. Eben ein kleines Sibirien …« Vor allem Essen und Trinken wird hier großgeschrieben und sie kann bei ihren Streifzügen gar nicht fassen, wie groß die Auswahl an Geschäften und Lebensmitteln ist. Hoyerswerda war im Vergleich dazu eine kulinarische Wüste. Obst gab es nie. Kohl immer.

Vielleicht lag es aber nicht allein an der Gegend und den Menschen, dass ihr das Alltagsleben in Neubrandenburg mehr Spaß machte. Sie war jetzt eine andere Frau. Nicht nur die Krankheit, auch Hoyerswerda hatte Spuren hinterlassen. In Hoyerswerda hatte sie acht Jahre lang versucht mitzugestalten, hatte sich immer wieder mit den Mächtigen der Stadt angelegt und öffentlich Kritik an den menschenunwürdigen Lebensbedingungen geübt. Wohnungen für 65000 Arbeiter, aber kein Kino, kein Kaufhaus, ja nicht einmal ein Jugendklubhaus. In Hoyerswerda sah sie sich als Teil einer Bewegung, als Teil einer Zukunftsvision, die von neuen Menschen wie ihr getragen und vorangetrieben werden sollte. In Hoyerswerda beschrieb sie ihr Verhältnis zur SED, der regierenden Partei, noch so:

Mir scheint, daß mein Verhältnis zur Partei zuweilen das eines Jugendlichen zu einem strengen Vater ist, gegen den man in ständiger Auflehnung lebt, der alles besser weiß – am ärgerlichsten ist, daß er meist recht hat, aber man möchte doch, bitte schön, seine Erfahrungen selbst machen –, man spielt ihm Streiche, um hinter seinem Rücken die Zunge rauszustrecken, und dabei wartet man die ganze Zeit darauf, daß er einem für die gelungene Arbeit einen freundlichen Klaps auf den Hinterkopf gibt und sagt: Das hast du gut gemacht …

Doch der Kampf um Anerkennung, Partizipation und Mitspracherecht hat sie müde gemacht. In diesem System Veränderung anzuschieben, war wie gegen eine Mauer rennen. Klar, man konnte es immer wieder versuchen und irgendwann, wenn man den Kopf nur oft genug dagegengeschlagen hatte, bekam die Mauer vielleicht einen kleinen Riss und dieser Riss würde, wenn genügend andere sich ebenfalls die Köpfe blutig schlugen, vielleicht größer werden und irgendwann die Mauer zum Einstürzen bringen, aber so viel Geduld und Zeit hatte Reimann nicht. Und die Diffamierungen ihrer Person, die ihr ständiges Auflehnen mit sich brachte, waren vor allem in den letzten Jahren in »Hoy« so unerträglich geworden, dass sie sich zurückziehen und gehen musste. Sie war keine Politikerin. Sie war zuallererst Schriftstellerin, und wenn man in diesem Land weiter schreiben können wollte, musste man sich – wie es ja auch schon Christa Wolf getan hatte – ins Private flüchten und sich damit zufriedengeben, dass sich Träume nicht im Großen, aber vielleicht im Kleinen erfüllen ließen. Das Ideal, von der DDR-Führung geachtet und gehört zu werden, mussten Utopistinnen wie Reimann und Wolf wohl oder übel ziehen lassen und so wurde in Neubrandenburg für Brigitte zum ersten Mal das private Leben wichtiger als das politische. Sie preschte nicht mehr nach vorn. Sie richtete sich ein, in einem kleinen Raum und versuchte, dankbar für die Dinge zu sein, die gut waren. Das Mecklenburger Essen, die lustigen Handwerker, die Nachbarn, die mit einem Schnaps vorbeikamen und ihr Skat beibrachten.

Dass sich ihr Verhältnis zur Macht grundlegend verändert hatte, war nicht nur ihrer Zeit in Hoyerswerda geschuldet. Die Ereignisse in Prag 1968, der Prager Frühling und der Einmarsch der sowjetischen Truppen im August hatten ihr ebenfalls die Augen geöffnet. Prag war für sie genau wie für Christa Wolf und Maxie Wander ein Wendepunkt.

Reimann hatte so sehr gehofft, dass der Prager Frühling endlich auch eine positive Veränderung in der DDR in Gang setzen würde. Dass dieser Prozess und alle Reformbemühungen brachial zerschlagen wurden und die DDR sich hinter die sowjetische Brutalität stellte, entsetzte sie. Wem war sie da all die Jahre gefolgt? Wem oder was hatte sie sich da einst verschrieben, im wahrsten Sinn des Wortes? In Neubrandenburg liest sie noch einmal ihre alten Bücher und findet fast alles, was sie bisher geschrieben hat, schrecklich: »Ich war ein gutgläubiger Narr. Seit der CSSR-Affäre hat sich mein Verhältnis zu diesem Land, zu seiner Regierung sehr geändert. Verzweiflung, manchmal Anfälle von Haß.«

Aber Menschen wie Reimann, die in unterdrückenden, autokratischen Ländern leben, lernen, sich einzurichten. Lernen, das sogenannte richtige Leben im falschen zu suchen. Lernen, trotzdem einen Schritt vor den anderen zu setzen.

Im Frühjahr 1969 blüht ihr Garten. Im Winter hat sie aus manchen Nächten nie wieder aufwachen wollen und hat mehrfach erwogen, alle Schlaftabletten auf einmal zu nehmen. Im Frühjahr kommt die Lebenslust zurück. Im Frühjahr hat sie sich in Neubrandenburg eingelebt, neue Freundschaften etabliert und entdeckt das Nachtleben der Stadt. Da gibt es zum Beispiel Jürgen Schulz, den jungen Journalisten, der fürs Radio arbeitet, sich wie ein Hippie kleidet und fast zehn Jahre jünger als sie ist. Sie ziehen zusammen um die Häuser, gehen in der Nachtbar mit dem roten Schummerlicht tanzen, trinken Unmengen Wodka, »sumpfen«, knutschen ein bisschen. Die Leute sagen, er mag eigentlich Männer, aber das ist ihr egal. Er macht sie froh. »Manchmal küsst er mich auf den Hals oder streift nur so mit den Lippen mir übers Gesicht – das können, so können das erwachsene Männer nicht.« In der Euphorie des Erwachens schneidet sie sich die langen Haare ab, wie ihre Buchheldin Franziska Linkerhand. Sie schreibt in ihr Tagebuch: »Manchmal tue ich Dinge, weil die Leute in meinem Buch sie getan haben – oder lasse ich sie etwas tun, was ich (vorläufig) nicht wage?«

Sie stillt mit diesen Abenteuern natürlich auch die Sehnsucht nach Jon. Der Ehemann ist immer noch nicht bei ihr, hat den Umzug nach Neubrandenburg immer noch nicht geschafft. Das hat verschiedene Gründe: Zum einen liebt er seinen neuen Job als Programmierer in Boxberg und möchte die Weiterbildung abschließen, zum anderen hat er noch keine Wohnung gefunden. Das Wohnungsamt vertröstet sie seit Monaten. Brigitte hat schon zigmal ins Telefon gebrüllt, genützt hat es nichts und in der Gartenstraße gemeinsam leben ist keine Option. Die Wohnung ist zu klein und so funktioniert ihre Beziehung nun mal nicht. Sie sind ein Paar, das getrennt leben will, doch je länger Jon in Neubrandenburg fehlt, desto größer wird leider auch die Distanz zwischen ihnen. Selbstverständlich kommt er an den Wochenenden ab und zu vorbei. Sie verbringen ein paar Tage zusammen, versuchen, die verlorene Zeit aufzuholen und die Liebe nicht kalt werden zu lassen. Richtig gelingen will das nicht. Sie leben jetzt in unterschiedlichen Welten, in denen der oder die jeweils andere keinen festen Platz hat. Er kennt ihre neuen Freunde nicht. Sie weiß nicht, mit wem er sich in Boxberg umgibt. Gemeinsame Erlebnisse, die Erinnerungen schaffen, gibt es kaum noch und die Gefahr einer Trennung steht längst im Raum. Hoyerswerda und das Paar, das sie dort einmal waren, schafft den Ortswechsel nicht.

Ihren 36. Geburtstag feiert Brigitte Reimann allein ohne Jon. Feiert ist gut, sie liegt heulend im Bett. Er ist am Tag vor ihrem Geburtstag abgereist, musste wieder zurück zur Arbeit. Er hat ihr unzählige Geschenke dagelassen, aber keine warmen Worte. In den Stunden vor seiner Abfahrt hat er geschwiegen. Er hat seine Sprache verloren. Er redet nicht mehr mit ihr. Er ist wie ein fremder Gast in ihrem Haus. Was nützen ihr Geschenke, wenn sie das Herz in seiner Brust nicht mehr schlagen hört?

Im August geht die Ehe endgültig kaputt. Er sagt, er versteht sie nicht mehr. Sie schreit vor Schmerz. Leben ohne ihn ist undenkbar. Schreiben ohne ihn noch unrealistischer. Wie soll sie dieses Buch beenden, wenn er jetzt geht? Sie erzählt in dem Buch doch auch ihre Liebesgeschichte. Ohne ihn gäbe es die Figur Benjamin Trojanowicz nicht, ohne ihn hätte Franziska Linkerhand nie gelernt, was Liebe ist. Wie soll Reimann über diesen Benjamin schreiben, wenn er sie verlässt? Realität und

Fiktion sind doch Geschwister, brauchen einander. Oder hat sie sich all die Jahre geirrt, ist blind gewesen dafür, dass es eigentlich andersrum war: Hat sie die literarische Figur geliebt, aber den echten Menschen nicht gesehen?

Jon, der sich nun von ihr trennen will, ist nicht mehr der Mann, der Benjamin Trojanowicz ähnelt und der sie damals in Hoyerswerda aus ihrer Ehe mit Siegfried Pitschmann gerissen hat. Notizen an ihr Ich: »Ich habe einen Abenteurer geheiratet und finde einen Mann wieder, der sich nach Häuslichkeit, Kindern, einer fröhlichen, nicht anstrengenden Frau sehnt. Wie ist das möglich? Habe ich wirklich nur meine Vorstellung von ihm geliebt?«

Jon wiederum sagt, dass er sie mittlerweile für verrückt hält. Dass er sich trennen muss, weil er nicht die Kraft besitzt, die es braucht, um mit ihr zusammen zu sein. Sie kennt das schon. Pitschmann hat es irgendwann ja auch nicht mehr neben ihr ausgehalten. Aber das ist nur ein Teil der Wahrheit.

Um sich abzulenken, fährt Brigitte im August ein paar Tage zu Christa Wolf nach Kleinmachnow und ist fasziniert von der Harmonie, Liebe, Balance und Gelassenheit, die im Hause Wolf zwischen Christa, Gerd und den beiden Töchtern herrscht. Die Wolf, ihr gelingt einfach alles, denkt Reimann. Sie scheitert sicher nie an dem eigenen Unvermögen. Stimmt natürlich nicht. Die Lebensentwürfe der beiden Frauen lassen sich nicht vergleichen. Zu beiden gehört Mut. Beide bedeuten Verzicht oder Abwesenheit von etwas anderem, was hätte sein können.

Am Ende dieses fürchterlichen Sommers gesteht Jon Brigitte, dass er eine Affäre mit seiner Sekretärin angefangen hat und dass sie schwanger ist. Brigitte ist am Boden zerstört. Die Schlaftabletten und der Schnaps werden wieder aus dem Schrank geholt. Manchmal ist sie schon nachmittags besoffen. Am 11. September 1969 findet ein letztes Gespräch mit Jon per Telefon statt. So ist das mit »modernen Katastrophen«, schreibt Reimann. Sie passieren neuerdings an einem Apparat.

Christa besucht sie in Neubrandenburg, kommt, um zu trösten. Reimann erzählt ihr alles. Christa kann gut zuhören und stellt kluge Fragen, die Reimann davor bewahren, in Tränen auszubrechen. Sie ist überrascht von Christas Mitgefühl und Verständnis. Christa, die so besonnen und kühl wirkt, versteht den Hunger ihrer Freundin nach Leidenschaft und hat längst begriffen, dass Reimann nur diese heftige, dramatische Art von Liebe kann. Man kann das bekloppt und altmodisch finden, aber eigentlich, so Wolf, sei das doch auch toll und all dieser Schmerz und all diese Erfahrungen werden Reimann beim Schreiben helfen. Wer viel fühlt, schreibt gut. Das erinnert Reimann an diese Unterhaltung, die sie mal mit Jon hatte.

Sie sagte: »Der Schriftsteller ist stärker als die traurige Frau.«

Er antwortete: »Ja, bei dir siegt immer der Schriftsteller.«

Auf ihrem Plattenspieler dreht sich in jenen Tagen und Monaten immer wieder ein Lied. Es heißt »Save the last dance for me« und ist von den Beatles und Tony Sheridan.

Christa

Kleinmachnow

Annette, die älteste Tochter von Christa Wolf, beobachtete Ende der sechziger Jahre Folgendes: Selbst wenn ihre Mutter laut lachte und ein fröhliches Gesicht auflegte, waren ihre Augen immer traurig.

Das, was ihr, der Bürgerin und Schriftstellerin, und ihm, dem einst geliebten Staat, im Laufe des Jahrzehnts geschehen war, ließ sich nicht mehr verdrängen. Weder aus ihrem Blick noch aus ihrem Schreiben:

1968 wurde – nach langem Kampf – ihr drittes Buch veröffentlicht, *Nachdenken über Christa T.*, in dem sie das Leben ihrer alten Schulfreundin Christa Tabbert verarbeitet. Es war ein Buch der Widersprüche. Ein Buch über das Ringen zwischen Selbstverwirklichung und Selbstaufgabe zugunsten einer sozialistischen Gesellschaft. Ein Buch, in dem Traum und Wirklichkeit kollidierten. Vor allem aber ein Buch, in dem sich die angestaute Enttäuschung und Traurigkeit Bahn brach, sich in jeder Zeile manifestierte. Der Bruch, der sich vollzogen hatte, hier trat er zutage, schwarz auf weiß, für alle sichtbar:

»Da sie an der Welt nicht zweifeln konnte, blieb ihr nur der Zweifel an sich. Die Furcht, das könnte ihre Welt ein für allemal nicht sein. Die Unvermeidlichkeit des Bestehenden hat ihr angst gemacht. Da hat sie sich auf Zeichen, fast wortloses Klagen verlegt: Ein Kind. Später leben. Ach, tüchtig sein. Festhalten. Durchkommen …«

Durchkommen. Punkt. Punkt. Punkt. Durchkommen. Irgendwie. Eine vage Hoffnung ohne Buchstaben. Das klang nicht aussichtsreich, weder für die Hauptfigur Christa T. noch für die Autorin Christa W. Und unbeschadet gelang das Durchkommen keiner der beiden. Die eine starb, viel zu jung an Krebs. Die andere, die Schreibende, erlitt erneut einen Zusammenbruch. Nichts wollte mehr stimmen. Der Staat kämpfte gegen Wolf. Wolf kämpfte gegen ihn und gleichzeitig gegen sich selbst. Die Frage war, wer kriegte sie als Erstes klein?

Die Figur Christa T. wurde zu einem Sinnbild für Frauenleben in einem Land, das viel versprochen und nur wenig eingehalten hatte. Ein Land, das neuerdings lieber auf Hände schlug, statt Hände zu halten. Christa T. war die alte Schulfreundin, aber das waren auch Christa Wolf und ihre Freundinnen, Brigitte Reimann und Maxie Wander – Christa T. waren sie alle, die in diesem Raum DDR standen und sich fragten, wofür sie arbeiteten, schrieben, stritten, liebten, zweifelten und ob der Preis vielleicht schon zu hoch war, um weiter am Glauben festzuhalten, dass sie sich nicht geirrt hatten, dass sie nicht den falschen Weg gegangen waren. In *Nachdenken über Christa T.* gibt es diesen Satz: *»Wir waren so sicher, daß unter dem Zeugnis für unsere Lebensprüfung einst ›bestanden‹ stehen würde.«* Aber sicher war eben nichts mehr. Und was hieß schon »bestanden«? Bestanden vor wem und für wen? Das Einzige, was noch Halt gab, war das Schreiben an sich, weil man sich auf eine Veröffentlichung mittlerweile ebenfalls nicht mehr verlassen konnte.

Im März 1967 hatte Christa Wolf ihr Manuskript an den Mitteldeutschen Verlag übergeben. In ihr Tagebuch notierte sie: »Warum schreibt man? Heftiger Wunsch, alles noch einmal umzustürzen.« Sie ahnte oder wusste, dass dieses Buch es schwer haben würde, dass sich Menschen gegen sie und ihre

Christa T. stellen würden. Sie hatte sich auf gefährliches Terrain gewagt.

Wie immer gab der Verlag zunächst zwei Gutachten in Auftrag. Die übliche Prozedur, um Druckgenehmigungen vom Kulturministerium beziehungsweise von der Hauptverwaltung Verlage und Buch (HVB) zu erhalten. Die HVB war verantwortlich für die Vergabe von Lizenzen, die Druckgenehmigung für Manuskripte und die Papiervergabe, die in der DDR kontingentiert war. Sie entschied über Auflagenhöhe und die Vermarktungsstrategie eines Werks. Ohne die Genehmigung der HVB und ohne positive Gutachten erschien nichts. Gutachten waren die erste Instanz der Zensur und wurden von Personen verfasst, die die Interessen der Kulturfunktionäre eisern vertraten und die kulturpolitischen Richtlinien blind anerkannten.

In Wolfs Fall sprachen sich beide Gutachter gegen *Nachdenken über Christa T.* aus. Das Gutachten eines Lektors endete mit den Worten: »Obwohl die Autorin wahrscheinlich nach dem Scheitern ihres dritten Werkes kaum wieder produktiv sein wird, können wir das Manuskript nicht akzeptieren.«

Es war in der Tat zu gefährlich. Zu tragisch, zu emotional, zu individualistisch. Nichts saß hier auf Linie. Man konnte doch einer Frau, einer DDR-Bürgerin, nicht beim langsamen Sterben zusehen, vor allem nicht dann, wenn diese Frau ihr Leben lang damit gehadert hatte, sich einzugliedern, ihre Bestimmung und ihren Platz in der Gesellschaft zu finden. »Die Zukunft, die Schönheit und die Vollkommenheit, die sparen wir uns auf, eine Belohnung eines Tages, für unermüdlichen Fleiß«, schrieb Christa Wolf im Buch, aber für ihren Verlag fing die Zukunft immer noch hier und jetzt an und ostdeutsche Heldinnen sollten triumphieren, nicht elend scheitern.

Nach den Gutachten wurde geredet. Viel geredet. So machte man das in der DDR. Man redete, bis keine Worte mehr übrig waren. Es fanden Gespräche mit Wolfs Verleger Heinz Sachs – einem feigen, hörigen Genossen – und dem hauseigenen Zensor Eberhard Günter statt. Beide wollten, dass Christa Wolf das Manuskript änderte, und schlugen ihr vor, vielleicht sogar eine ganz andere Geschichte zu schreiben. Ablenkung, Neuausrichtung, nur bitte irgendwas Anderes. Aber zwei Jahre Arbeit für nichts? Zwei Jahre Arbeit für die Schublade? Christa Wolf blieb standhaft, argumentierte für das Buch. Hielt fest. Es sei keine Geschichte des Scheiterns und keine Kritik am System. Eher eine Geschichte, die an das Leben und den Lebenswillen appellierte und immer wieder laut die Frage stellte: »Wann, wenn nicht jetzt?« Eine Frage, die sich *gegen* das Warten und *für* das Machen aussprach und damit dem Credo des Sozialismus entsprach. Wolf war nicht umsonst jahrzehntelang durch die Schule des Systems gegangen. Sie wusste, wie man schönredete.

Monatelang ging das hin und her. Doch es blieb dabei, auf der Seite des Mitteldeutschen Verlages wollte niemand für *Christa T.* Verantwortung übernehmen. Man schob das Manuskript von einer Stelle zur nächsten. Vom Verleger zum Lektor, zum Zensor, zu einem anderen Mitarbeiter, in ein anderes Büro, in eine andere Ablage. Warteschleife reihte sich an Warteschleife. Was alle wussten, aber keiner laut sagte: Wolf war in den vergangenen Jahren durch ihre Äußerungen bei Sitzungen und offiziellen Zusammenkünften – ganz besonders auf dem 11. Parteitag des ZK 1965 – negativ aufgefallen und gehörte seitdem zu jenen, die man als »schwankend« bezeichnen musste und denen man sogenannte »abweichlerische Tendenzen« unterstellte. Wer auch immer dieses Buch in die Hände Lesender legen würde, musste sich darüber im Klaren sein, damit die eigene Position zu gefährden. Und das wollte niemand. Die Angst hatte sich eingenistet. Alle trachteten zuallererst danach, sich vor dem Beschuss der Partei, die – das hatte sie ja bereits mehrfach bewiesen – willkürlich um sich schlagen konnte, in Sicherheit zu bringen. Meinungen wurden so formuliert, dass sie unangreifbar blieben. Einschätzungen immer so vorgebracht, dass sie auch auf der nächsthöheren Ebene Bestand haben würden. Das Kollektiv, die Gemeinschaft, stand zwar in der DDR über allem, das meinte aber keineswegs, dass dieses Kollektiv auch die Einzelne schützte oder sich vor sie stellte. Es bedeutete, dass jeder versuchte, sich selbst zu retten, vor der SED, dem Monster im Schrank.

In diese bleiernen Monate des Wartens und Taktierens, in denen es so aussah, als würde ihre Erzählung nie das Licht der Welt erblicken, fiel auch eine Begegnung mit der Schriftstellerin Anna Seghers. Eine Veranstaltung in der Berliner Akademie der Künste. In der Pause sprachen sie über ihre Arbeit, tauschten sich darüber aus, was in ihren Köpfen und Schreibmaschinen steckte. Wolf war zurückhaltend, auf der Hut. Seghers war in heiklen Situationen kein sicherer Landeplatz, das hatte sie mittlerweile verstanden. Seghers bat Wolf, ihr endlich das Manuskript zu *Christa T.* zu geben. Sie wollte es lesen. Wolf hatte so lang daran gearbeitet. Seghers war neugierig. Wolf winkte ab. Die Geschichte sei bereits abgelehnt worden. Seghers soll laut Wolfs Tagebüchern daraufhin gesagt haben: »Wie schade, dass du sie mir nicht früher gezeigt hast. Vielleicht ist mit ein, zwei Sätzen etwas zu machen, sodass sie doch noch erscheinen kann.« Ein klassischer Satz einer alten Kommunistin. Wolf musste lachen. Ein, zwei Sätze. Mehr nicht. Ja, sicher. Und Seghers, irritiert von Wolfs Reaktion, schob nach: »Na ja, hör mal, man kann doch alles darstellen, wenn man es kann.« Man konnte alles darstellen, wenn man damit die Beweisführung erbrachte, dass die Partei am Ende immer recht hat. Aber genau zu diesem Schluss kam Christa Wolf nicht mehr. Gleichzeitig, auch wenn Wolf das nicht gefiel, hatte Seghers durchaus recht. Oft genügte es tatsächlich, wenn man wenigstens anstandshalber ein paar Überarbeitungen machte, ein paar Formulierungen weicher zeichnete. Hier und da etwas strich oder ergänzte. So lief nun mal das Machtspiel. Gehen oder bleiben? Wolf blieb. Klar. Trotz allem.

Im Herbst 1967 zwang sie sich dazu, das Ende des Buches abzumildern, machte es weniger traurig, schrieb ein bisschen mehr Hoffnung hinein. Der Preis für dieses »Bleiben« waren schlaflose Nächte, Herzschmerzen und hoher Blutdruck. Zensur tat weh. Tat noch mehr weh, wenn man sie selbst durchführte, wenn man sich ins eigene Fleisch schnitt. Der Körper rebellierte. Im Januar 1968 reichte sie das Manuskript erneut ein und fuhr anschließend für fünf Wochen ins Waldkrankenhaus nach Mahlow zur Kur. Der revoltierende Körper musste wieder zur Räson gebracht werden. Sie ging stundenlang im Wald spazieren. Schlief. Las Bücher über Schizophrenie. Irgendwer war über das Spektrum des Trag- und Vertretbaren hinausgeschossen. Die Frage, die alte, immer wiederkehrende, war nur: Wer? Sie oder die Anderen?

Zurück in Kleinmachnow, ging der Kampf weiter. Diesmal zu ihren Gunsten. Machtspiele aushalten hieß manchmal auch lange genug durchhalten, andere Wege finden, selbst Druck aufbauen. In Zeitungen der DDR und der BRD erschienen Vorabdrucke ihres abgelehnten Manuskripts. Das hatte sie – Wolf, die Füchsin – arrangiert und das ging auch ohne Druckgenehmigung. Es war ein genialer Schachzug, denn je mehr Öffentlichkeit und Aufmerksamkeit das Buch bekam, desto schwieriger wurde es, das Buch weiter zurückzuhalten. Vor allem die

DDR-Zeitung *Sonntag* machte groß mit Passagen aus Wolfs Erzählung auf und brachte in der gleichen Ausgabe einen Auszug aus Brigitte Reimanns noch unfertigem Roman *Franziska Linkerhand*, der ebenfalls die Geschichte einer jungen Frau erzählt, die allen Widerständen zum Trotz versucht, ihren Weg zu finden. Hier war sie, die Gegenwartsliteratur der DDR, aber wo blieben die fertigen Bücher?

Der Mitteldeutsche Verlag und die staatlichen Instanzen kamen in Erklärungsnot. *Nachdenken über Christa T.* – fertig in einer Schublade, irgendwo im Verlagsgebäude in Halle liegend – musste endlich in den Druck, wenn man kein Politikum riskieren wollte, was bei Wolf als bekannter Bestsellerautorin praktisch unumgänglich war. Der Verleger Heinz Sachs musste endlich seine Komfortzone des vorauseilenden Gehorsams verlassen und entschied sich nun für die Strategie Überredungskunst.

Er gab zwei neue Gutachten in Auftrag, die diesmal geschickt *für* das Buch und *gegen* mögliche Einwände argumentierten und sich einstimmig für eine Druckgenehmigung aussprachen. Auch das ging schlagartig. Am 1. März 1968 rief er Wolf an und verkündete stolz, dass das Manuskript jetzt für hervorragend befunden wurde und 10 000 Exemplare – in Etappen wegen Papiermangel – genehmigt wurden. Wenig, aber immerhin. Über die absurde Willkür des Prozesses sprach er nicht. Ein erster Schwung landete in den Buchläden und war sofort ausverkauft. Der nächste sollte im Herbst erfolgen.

Diesen Kampf mit dem rigorosen System hatte Christa Wolf für sich entschieden, doch hatte die Kehrtwende ihres Verlags ihren Zweifel eher bekräftigt, er fraß weiter an ihr. Zumal ihre älteste Tochter Annette mit ihren sechzehn Jahren ebenfalls anfing kritische Fragen zu stellen. Mit ihren Mitschülerinnen gestaltete sie eine Wandzeitung zur Abstimmung über die neue Verfassung der DDR, die am 9. April 1968 in Kraft treten und das Machtmonopol der SED endgültig verankern sollte. Sie beschäftigten sich in ihrer Arbeit auch mit dem fehlenden Artikel über Meinungsfreiheit. Wo war der? Wieso gab es den nicht, obwohl Walter Ulbricht gesagt hatte: »Unsere Verfassung wird die demokratischste Verfassung sein, die es jemals in Deutschland gegeben hat.« Die Stasi wurde eingeschaltet. Die Eltern Wolf vorgeladen. Annette bekam einen Verweis vor dem Fahnenappell. Eine exemplarische Abschreckungsgeste für mögliche Nachahmerinnen. Christa Wolf versteckte danach zum ersten Mal ihre Tagebücher.

Immerhin versprach der Blick ins Nachbarland so etwas wie Hoffnung. Die Bürgerinnen und Bürger der Tschechoslowakei und die neue Spitze der kommunistischen Partei (KPČ) begehrten gegen die politische Linie und die Repressalien der Sowjetunion auf, die im Ostblock alle Entscheidungen traf. Sie wünschten sich einen »Sozialismus mit menschlichem Antlitz«, mehr Freiheit, mehr Meinungs- und Informationsrechte, das Recht zu reisen, ein neues Demokratisierungs- und Liberalisierungsprogramm. Schritte, die Wolf mit ihren Freundinnen Wander und Reimann teilte. Vielleicht konnte sich der Sozialismus doch noch anders entwickeln? Vielleicht war er jetzt endlich möglich, der lang ersehnte Generationswechsel? Es blieb ein zarter Traum von kurzer Dauer.

Am Morgen des 21. August rief Gerhard Wolf Christa an und sagte zu ihr: »Hör mal Nachrichten. Die Russen sind in Prag!« Christa, die nie weinte, heulte den ganzen Tag. Später äußerte sie: »Eigentlich begann da die Hoffnungslosigkeit!« Es begann auch: die Abkehr von der offiziellen Linie.

Der Schriftstellerverband gab sofort eine allgemeine Erklärung ab, die dem Einmarsch, der als aktive Friedenspolitik deklariert wurde, zustimmte. Solidarität war Ehrensache. Vorstand und Mitglieder*innen sollten ihre Unterschriften daruntersetzen. Wolf unterschrieb nicht. Genauso wenig wie Anna Seghers und Brigitte Reimann, die das Ganze ohnehin für großen Schwachsinn hielt und längst aufgehört hatte, mit dem Machtapparat zu schmusen. Eine Invasion ging den Frauen zu weit. »Schwerter zu Pflugscharen« war das Ziel und das Versprechen der DDR. Völkerfrieden. Abrüstung. Nie wieder Krieg. Die Ereignisse in Prag waren das Gegenteil.

Wolf wurde ins ZK bestellt und musste sich für das Fehlen ihrer Unterschrift und Solidaritätsbekundung erklären. Sie soll gesagt haben: »So viel Eigenverantwortung muss ich haben können, um das selbst zu entscheiden.« Die Konsequenz: Der weitere Druck ihres Buches wurde erneut unterbrochen. »Die Gutachten über Christa Wolfs Buch, die zur Erteilung der Lizenzen führten, sind zu überprüfen.« Wer nicht gehorchte, durfte auch nicht gelesen werden.

Das Jahr endete, wie es begonnen hatte. Und es blieb nicht beim tragischen Tod von Kitty Wander, der sie alle so erschüttert und der Freundin den Boden unter den Füßen weggezogen hatte. Im Herbst 1968 starb ihre Mutter Herta Ihlenfeld und Christas Vater zog bei ihnen in Kleinmachnow ein. Brigitte Reimann, die andere Freundin, wurde mit Brustkrebs diagnostiziert und operiert. Tage wie Blei reihten sich aneinander. Nein, die Reimann durfte nicht auch noch sterben. Christa versicherte sich und Brigitte, dass die Heilungschancen hoch seien. Brustkrebs war nicht Leukämie. Brigitte Reimann nicht Christa Tabbert. Wann hörte das alles endlich auf?

In ihren Briefen aus jenem Damals hört man die Verzweiflung. Wolf schrieb viel empfindsamer als sonst, war weicher, offener. Sie schrieb über Nächte voller Angst. Nächte, in denen sie kein Auge zumachte. Alles war zum Kotzen. Migräne ein ständiger Begleiter. Das Haus zu voll und zu laut, die Traurigkeit vorherrschend. Zum Trost las Christa Wolf Franz Kafka, den sie als junge Frau nie gemocht hatte (zu abstrakt), und verstand auf einmal, wie er sich gefühlt haben muss: »Ach, mein Gott kann ein Mensch verletzlich sein. So ohne Haut leben müssen, und nicht nur für Wochen, sondern immer, sogar in steigendem Maße! (...) Ich hab's vorher nicht gekannt, es ist fatal.«

Der Jahreswechsel brachte kein Ende der Krise. Der Druck auf Wolf, er blieb. Eigentlich irre, wie sie das alles aushielt.

Auf dem 10. Plenum des ZK Ende April 1969 wurde erneut gegen *Nachdenken über Christa T.* polemisiert und im Mai kam tatsächlich der Verleger Heinz Sachs zu den Wolfs nach Kleinmachnow, um sich bei seiner Autorin darüber auszuheulen, dass er nun gezwungen war, eine öffentliche Selbstkritik abzulegen und sich von dem Buch zu distanzieren. Im Grunde hätte sie ihn rausschmeißen müssen, tat sie aber nicht, sondern sah ihm dabei zu, wie er sich in ihrem Haus mit Schnaps betrank. Sie blieb cool, wäre eine Lesart. Die Angst wuchs, eine andere.

Als kurz danach in der westdeutschen Wochenzeitung *DIE ZEIT* eine Rezension von Marcel Reich-Ranicki erschien, wurde sie endgültig in die Enge getrieben. Reich-Ranicki schrieb: »Christa T. stirbt an Leukämie, aber sie leidet an der DDR.« Die Funktionäre tobten. Ihnen war egal, dass das nicht Wolfs Worte waren. Es bestätigte nur den Eindruck, den sie von Anfang an von diesem Buch hatten. Das Buch war ein Angriff auf das Leben in der Deutschen Demokratischen Republik.

Einen Tag nach Erscheinen der Rezension rief der Sekretär

des Schriftstellerverbandes Wolf an. Sie sollte von ihrer Vorstandsposition zurücktreten. Wolf lehnte ab. Was nun? Der restliche Vorstand des Verbands lud sie zu einer persönlichen Aussprache ein. Die gute, artige Zusammenarbeit würde nur weitergehen, wenn Wolf ebenfalls eine öffentliche Stellungnahme verfassen und Reich-Ranickis Lesart klar dementieren würde. Sie weigerte sich. Zensur, eine Schere im Kopf, tat weh, aber Verrat an sich selbst noch mehr. So weit würde sie niemals gehen.

Der Höhepunkt dieser Affäre war schließlich ein Besuch bei Otto Gotsche, dem Sekretär von Walter Ulbricht. Über eine Stunde sollen die beiden über das verdammte Buch geredet haben. Wolf hatte sich erhofft, mit ihm ein offenes, klärendes Gespräch führen zu können, ihn davon zu überzeugen, dass das alles doch gar nicht so wild war. Sie wusste, er mochte sie. Eigentlich. Ihr Ziel: mehr Immunität. Am Ende verabschiedeten sie sich unversöhnt. Gotsche sah es wie der Verband: Sie musste sich öffentlich von dem Buch und den »falschen« Interpretationen distanzieren. Sonst kam man nicht wieder zusammen. Als Wolf sein Büro verlassen wollte, fiel sie in Ohnmacht. Es war das zweite Mal in ihrem Leben. Das erste Mal war sie umgefallen, nachdem sie 1945 das tote Baby vom Lastwagen eines Geflüchteten-Trecks gehoben hatte. Zwanzig Jahre später ließ sie die brutale Kulturpolitik der DDR in sich zusammensacken, holte sie ein, neben all den anderen Belastungen, die sie in den vergangenen Monaten hatte bewältigen müssen.

Der Tod und die Tragik, die am Ende ihres Buches *Nachdenken über Christa T.* standen, waren mittlerweile in ihr eigenes Leben gekrochen, hatten sich aus der Fiktion in die Realität gefressen. Die Krankheit zum Tode, der große Streitpunkt ihrer Geschichte, war nicht nur etwas, das man gedanklich erprobte und gedanklich ablehnte, es war Teil des Raumes DDR geworden. Das Sterben von Menschen, das Sterben von Glaubenssätzen, das Sterben von Träumen, hier nahm es seinen Lauf. Nicht leise, nicht im Privaten. Das Sterben war sichtbar, geschah unter den Argusaugen des Regimes. Privat war in diesem Land nichts mehr. Insbesondere nicht dann, wenn unter Zeugnissen wie dem von Christa Wolf stand: »nicht bestanden«. Das hieß: einfangen. Sofort.

Am 12. Februar 1969 wurde von der Bezirksverwaltung Potsdam des Staatssicherheitsdienstes ein operativer Vorgang (OV) mit dem Decknamen »Doppelzüngler« angelegt. Ein Vorgang speziell für Christa und Gerhard Wolf. Die Begründung für diesen Beschluss lautete: »Die im OV zu bearbeitenden Personen aus dem kulturellen Bereich des Bezirkes Potsdam versuchen mit konspirativen Mitteln, eine Liberalisierung des Kulturschaffens zu erreichen und gegen die Kulturpolitik von Partei und Regierung der DDR tätig zu werden ... Zielstellung des OV ist der Nachweis der staatsfeindlichen Tätigkeit und die Verhinderung jeglichen Wirksamwerdens dieser Personen. Die angefallenen Personen wurden teilweise mehrfach auf parteilicher und staatlicher Ebene bzw. strafrechtlich zur Verantwortung gezogen, ohne daß sie ihre feindlichen Positionen aufgegeben hätten.«

Ab da wurde jeder Schritt beobachtet. Jedes Telefonat abgehört. Jeder Kontakt, jede Reise, jeder Besuch festgehalten. Unauffällige Herren vor dem Haus in Kleinmachnow abgestellt. Fotos gemacht. Ein Grundriss der Wohnung, eine Skizze des Arbeitszimmers angefertigt. Der Platz von Christa Wolfs Schreibmaschine eingezeichnet. Man wollte alles wissen. Was sie reden, essen, trinken, wann sie schlafen. Allein bis 1980 werden 142 Aktenordner mit Informationen gefüllt.

Und was machte Christa Wolf? Sie lachte in den Hörer, wenn das Telefon anfing zu knacken, versteckte Texte, die ihr heilig waren, an sicheren Orten und versuchte, bei sich zu bleiben, die Schere im Kopf und die Überwachung des Körpers nicht gewinnen zu lassen. Wie immer war das Einzige, was half, schreiben. Also schrieb sie. Vorerst kein neues Buch, sondern ein neues Essay mit dem Titel *Lesen und Schreiben*.

Es ist ein Nachdenken über Sprache und Geschichten und Wahrheit und die Figur »des Autors«. Eine poetische Konfession, ein Aufbäumen und ein Sehnsuchtsstück, in dem sie sich – nach all dem, was in diesem Jahrzehnt geschehen ist – mit voller Überzeugung an dem Glauben festhält, dass es Prosa und Menschen wie sie braucht, weil die Gegenwart erst dann bedeutsam wird, wenn jemand sie beschreibt. Ein Sehnsuchtsstück, das wieder Auswege gewährt und Wolf sicher auch davor bewahrt hat, verrückt zu werden. Sie blickte mit diesen Seiten noch einmal kritisch zurück und hoffnungsvoll nach vorn und lief ab, was Prosa im Guten wie im Schlechten leisten kann. Egal, wo und unter welchen Umständen.

Der erste Satz: »Das Bedürfnis, auf eine neue Art zu schreiben, folgt, wenn auch mit Abstand, einer neuen Art, in der Welt zu sein.«

Sie rekapituliert noch einmal die erste Hälfte dieses Wahnsinnsjahrhunderts, das »phantastischer als jedes Phantasieprodukt« war, und erinnert sich an all die Grausamkeiten, die sich niemand hätte ausdenken können, und all die »falschen« Erzählungen, mit denen sie aufgewachsen ist. Eigentlich, befindet sie, hätte sie als kluges Kind niemandem zuhören sollen. Prosa war damals ja nicht nur Fantasieprodukt, sondern auch Propagandamittel. Sie analysiert ihre Generation, die am Ende des Krieges all die aufgenommenen Geschichten wieder mühsam aus dem Organismus heraustreiben musste, und fragt sich, was dieser Prozess in Menschen auslöst. Wie er sich bei ihr niedergeschlagen hat. Vielleicht sind sie und ihre Zeitgenossen deshalb so besonders schwankend oder besonders gefangen. Hin- und hergerissen, immer ein bisschen Spielball. Sie schreibt: »Einmal müsste sie geschrieben werden, die sonderbare, sprunghafte Lesegeschichte meiner Generation; vielleicht gäbe sie einen Anhaltspunkt für Unausgeglichenheiten und Unsicherheiten, die nicht leicht zu erklären sind.« Es kann, so Wolf, ja nicht normal gewesen sein, dass sie all das mitgemacht haben. Irgendetwas Ungewöhnliches, Schicksalhaftes, vielleicht sogar Mystisches muss in diesen Jahren, in dieser Altersgruppe geschehen sein. Es ist ein interessantes, wenn auch eigenartig entlastendes Gedankenspiel.

Gleichzeitig, und das ist entscheidender als der Rückblick, unterstreicht sie in dem Text, dass Prosa und Sprache nicht nur etwas sind, das man in diesem Fall abstreifen muss, sondern im Gegenteil etwas, das man neu entdecken und erfinden kann, das wieder frei macht, das Räume für alle denkbar möglichen Erkundungen öffnet. Und hier kehrt sie – die alte Glaubensdame – dann doch wieder zum Traum von einst zurück, den ihr der Sozialismus versprochen hatte: Selbstverwirklichung.

Eine der wichtigsten Voraussetzungen für das Entstehen von Literatur ist aber Sehnsucht nach Selbstverwirklichung: daher der Zwang des Aufschreibens, als vielleicht einzige Möglichkeit des Autors, sich nicht zu verfehlen.

Und ans Ende des Essays stellt sie diese persönliche Definition von Prosa: »Sie ist revolutionär und realistisch; sie verführt und ermutigt zum Unmöglichen.«

Gedruckt wurde der Text erst Jahre später. Er war auf seine Art ja genauso ungehörig wie ihre *Christa T.* und das »unmögliche« Mittel gegen die traurigen Augen und die Enge der DDR in diesen Jahren wäre wahrscheinlich das Gehen und nicht das Schreiben und Bleiben gewesen. Es wäre nur verständlich gewesen, wenn sie entschieden hätte: genug gelitten. Aber das Land verlassen und in der BRD leben war für sie keine Alternative. Nie. Sie hatte sich von ihrer Partei emanzipiert, aber vom Sozialismus – als Idee, als Utopie – und von sich darin, die blühen sollte, wollte sie sich noch nicht lossagen, so wenig wie von den Freundschaften und Beziehungen, die hier entstanden waren und ihr immer wieder Hoffnung gaben, dass man gemeinsam vielleicht, ja, vielleicht doch eine bessere Welt schaffen könnte.

In einem Brief an Brigitte kurz vor ihrem Geburtstag 1969 schrieb sie: »Was hat man gemacht, mit vierzig? Meine Güte, da gibt's kein Beschönigen. Irgendwie wird und wird unsere Generation nicht fertig, findest du nicht. Na klar, man gibt ihr einiges zu schlucken, aber wer fragt später danach? Wer fragt später nach uns? Vermessener Gedanke.«

Eine Antwort ist: Sie hat dafür gekämpft, ihr *Nachdenken über Christa T.*, das allerschönste ihrer Bücher, in die Welt zu tragen. Sie hat dafür gesorgt, dass es zwangsläufig in die Hände ihrer Zeitgenossinnen kam. Das es verschlungen wurde, entgegen allen Widerständen. Bis 1989 wurden schließlich mehr als 250 000 Exemplare verkauft und das Buch wird zu einem der erfolgreichsten Bücher der DDR. Willkür. Oder: die Macht von Geschichten.

Brigitte

Neubrandenburg

»Im nächsten Heft werde ich vom Glück erzählen« steht auf der letzten Seite des Manuskripts von *Franziska Linkerhand.* Brigitte Reimann hat diesen Roman nicht zu Ende schreiben können.

Sie starb am 20. Februar 1973 an Knochenkrebs und Metastasen im Rückenwirbel. Sie war 39 Jahre alt, genau wie ihr geliebter Chopin. In diesem Alter zu sterben sei eine Gemeinheit, ließ Reimann ihre Romanheldin Franziska Linkerhand einmal sagen, ohne zu ahnen, dass sie, ihre Erfinderin, das gleiche Schicksal ereilen würde. Ein Tod mit 39 ist mehr als eine Gemeinheit, aber in der Fiktion lässt es sich leichtfüßiger übers Sterben reden. Der Tod ist ein Konstrukt aus drei Buchstaben. Franziska Linkerhand, die Hauptfigur in Brigitte Reimanns letztem Roman, den sie so unbedingt noch beenden wollte, kann sich also getrost darüber echauffieren. In der Wirklichkeit, festgehalten in einem der vielen Tagebücher von Reimann, klingt die Tragik des zu jung Sterbens so:

... trage einen Mädchenkörper mit mir herum und spüre bei jedem Schritt, wie dieser Körper von innen her zerfällt, wie der Tod geräuschlos und unaufhaltsam in den Wirbeln frißt, und während ich grüße und lächele, möchte ich brüllen vor Verzweiflung, diesen gesunden Menschen zuschreien, wie ungerecht es ist, wie entsetzlich ungerecht.

Diese Beschreibung erinnert an die mexikanische Künstlerin Frida Kahlo und ihr Bild »The Broken Column« aus dem Jahr 1944. Es ist eines ihrer berühmtesten Gemälde und zeigt sie auf einem Stuhl sitzend. Ihr Oberkörper wird von einem Korsett aus Metall gehalten. Unter der Haut bröckelt die Wirbelsäule, die Kahlo für dieses Bild freigelegt hat. Kahlo malte den Schmerz, den ihr das Leben nach einem verheerenden Unfall auf den Straßen von Mexiko-Stadt als junge Frau eingeschrieben hatte. Und während sie malte, ahnte sie vielleicht schon, dass die Uhr anfing zu ticken. 1954, zehn Jahre nach »The Broken Column«, starb sie an den Folgen dieses inneren Zerfalls.

Brigitte Reimann tat in ihrem letzten Lebensjahr etwas Ähnliches. Sie schrieb den Schmerz in ihrem Tagebuch auf, das posthum als große Literatur gefeiert wurde. Die beiden Frauen hätten sich sicher verstanden. Kommunistin und Sozialistin, Malerin und Schriftstellerin. Lebensanarchistinnen, die wie irre liebten und wie irre litten. Sie hätten die Nächte durch geredet, unzählige Zigaretten geraucht und zig Schnäpse getrunken. Kahlo: Tequila. Reimann: Wodka. Hätten. Der Irrealis ist hier ausschlaggebend: Was hätte sich alles entwickeln können, wenn diese Mauer nicht gewesen wäre und die Sehnsucht nach fremden Ländern nicht nur Sehnsucht geblieben, sondern gestillt worden wäre. Reimann sah bis zu ihrem Tod nur die unmittelbare Nachbarschaft und suchte vergeblich nach einem Ort für dieses rastlose Herz, das in ihr schlug. Sie hatte sich in Burg ausprobiert und in Hoyerswerda und zuletzt in Neubrandenburg. Halten konnte sie keine dieser Städte. »Kein Ort. Nirgends« wäre der passende Titel für diese Misere, die sie auch mit ihrer Freundin Christa Wolf verband, die unter diesem Titel 1979 ein Buch veröffentlichen wird. »Kein Ort. Nirgends«, das ist sicher auch ein Schriftstellerinnensyndrom. Eines jedenfalls, das Schreibenden gern unterstellt oder zugeschrieben wird. Diese Mischung aus innerer Rastlosigkeit und dem Beobachten vom Rand aus, dem Zuschauen aus zweiter Reihe. Und wahrscheinlich hätte sich ein Ort, der ihr Herz halten kann, ohnehin nie finden lassen, weil Ankommen für Temperamente wie Reimann nicht vorgesehen ist. Mauer hin oder her, Enge da, Ferne dort. Ankommen im Sinne von Stillstand, das geht nicht im Leben von Reimann, das geht – wenn überhaupt – nur in der Fiktion, also im Schreiben.

Es stimmt schon, was Christa Wolf mal über Reimann sagte: Sie brannte von beiden Seiten. Es stimmt aber auch wieder nicht, weil dieses Brennen bei Reimann in seinem Ursprung kein selbstzerstörerischer Akt war. Reimann – die große Träumerin und noch größere Utopistin – rechnete nicht damit, dass Feuer von beiden Seiten ein schnelleres Abbrennen bedeuten würde. Sie interessierte der Prozess, der Feuer entfacht, und die enorme Hitze, die intensive Erfahrungen mit sich brachte und für die Reimann ausschließlich lebte.

Es ist nicht ganz klar, wann Brigitte Reimann begriff, dass ihr Leben wirklich zu Ende ging. Kurz vor dem Jahreswechsel 1971/72 schrieb sie an ihre Freundin Christa Wolf: »Dieses Gefühl, etwas Unabwendbarem ausgeliefert zu sein, nur noch eine bemessene Zeit zu haben... Zwei Jahre? Fünf Jahre? Jedenfalls befristete Zeit, und dieses Bewusstsein einer Frist ist das Schlimmste.«

Das Neujahr verschlief sie. Zu müde. Der erste wache Moment kam Mitte Januar. Sie nutzte diesen Moment und verfasste einen langen Brief an ihre Eltern in Burg, in dem sie sich um Kopf und Kragen schrieb und in dem sie das tat, was man wahrscheinlich tut, wenn sich eine dunkle Vorahnung eingenistet hat, der man entkommen will. Sie erzählte vom Alltag in der nicht mehr ganz so neuen Heimat Neubrandenburg und den üblichen Alltagssorgen. Dass sie Pullover und Strumpfhosen bräuchte und neue Schuhe, die es aber entweder nicht gab oder für die das Geld fehlte. Wie immer. Sie erzählte von den vielen Zigaretten (Karo), die sie wieder rauchte, und vom Kaffee, den sie so gern trank, den sie aber – weil ebenfalls zu teuer – kürzlich gegen Tee eingetauscht hatte. Von einer Garage, die sie bald mieten könne, die aber erst noch gebaut werden müsse, und ob das wirklich passiere, wisse man in diesem Land ja nie. Neue Möbel seien auch dringend nötig, um all die Dinge, die sich in der kleinen Zweizimmerwohnung angesammelt hatten, endlich ordentlich zu verstauen. Überhaupt, stellte Reimann fest, sei die Wohnung im Erdgeschoss der alten Villa in der Gartenstraße viel zu klein für zwei. Was möglicherweise auch damit zusammenhing, dass die Nähe fehlte, damit es sich zu zweit in zwei Zimmern aushalten ließ.

Am 14. Mai 1971 hatte Reimann Rudolf Burgartz, einen jungen Arzt, geheiratet. Ehemann Nummer vier. Sie nannte ihn nur »den Dicken«. Seit der Hochzeit im vergangenen Jahr war aus dieser Liebe, die so anders als alle anderen sein sollte, weil ein dicker Mann überhaupt nicht ihrem Muster entsprach, *business as usual* geworden. Von der berauschenden Verliebtheit, die sie einmal so heftig gespürt hatte, als sie auf seinem Motorrad durch die mecklenburgische Landschaft gerauscht waren, war nur wenig übrig geblieben und über diesen Umstand schrieb sie nun auch in jenem Brief an ihre Eltern, denen sie in Liebesdingen nie irgendetwas verheimlicht hatte. Das größte Problem: Der Dicke trank zu viel und hasste es, mit einer Schreibmaschine verheiratet zu sein. Er wollte die Frau Brigitte Reimann, nicht die Schriftstellerin. Schriftsteller waren in seinen Augen Spinner. Ihre Manuskripte las er nie. Er hatte Angst vor diesem Terrain, das nur ihr gehörte. Wenn sie in ihre fiktive Welt abtauchte, fiel er regelmäßig in die Flasche. Er betrank sich hemmungslos und fing dann irgendwann an zu wüten – er provozierte sie so lange, bis auch sie schrie und so zornig wurde, dass sie ein paarmal vor lauter Wut hyperventilierte und in Ohnmacht fiel. Froh und zufrieden war er – laut ihr – nur dann, wenn sie uneingeschränkt für ihn da war, also aufräumte, kochte, mit ihm abends vor dem Fernseher saß und seine Medizinerfreunde bespaßte. Oder: Wenn sie litt, ihn brauchte, keinen Schritt gehen konnte, vor Schmerzen wimmerte und er sich um sie wie ein Kind kümmern musste, wenn sie ihm ausgeliefert und angewiesen auf seine Fähigkeiten als Arzt war, angewiesen auf die Morphiumspritzen in seinem Koffer, auf die sie sich irgendwann so freute, dass beiden klar war, dass hier eine Abhängigkeit bestand. Auch diese Ehe war, wie die drei anderen Ehen, die sie bereits hinter sich hatte, keine Beziehung auf Augenhöhe, weder für sie noch für ihn.

Sie berichtete den Eltern in jenem Januar 1972 auch von der Angst, die ihr an manchen Tagen im Nacken saß und sie am Schreiben hinderte. Es war die Angst vor dem Versagen und die Angst vor dem eigenen Körper und davor, was er als Nächstes tun würde. Ihre Augen waren inzwischen so schlecht, dass Lesen nur kurz möglich war, bevor ein grauer Schleier die Sicht störte. Und das schöne lange Haar ging ihr von der Chemotherapie aus. Sie müsse sich eine Perücke zulegen, schrieb sie. Das klingt elend und schonungslos. Trotzdem tat sie gegenüber ihren Eltern am Ende dieses Briefes so, als würde alles wieder gut werden, als wären diese unerträglichen Schmerzen und dieser von Medikamenten vernebelte Kopf und ausgemergelte Körper nur eine Phase, die wieder vorbeigehen würde. Sterbende Kinder wollen ihre Eltern schützen und vielleicht, ganz vielleicht, hätte tatsächlich alles gut werden können. Ihre Ärzte hatten sie ja bereits im Sommer 1971 totgesagt und sie hatte so vehement widersprochen, dass der Körper wirklich für einige Monate Ruhe gab. Der Körper dieser Frau hatte so viel durchgestanden und Reimann war es immer wieder gelungen, den Ballast, den er ihr aufbürdete, zu ertragen und manchmal abzuschütteln. Sie hatte Kinderlähmung überstanden, zwei Fehlgeburten, Fäuste von Männern, drei Scheidungen, das Experiment Hoyerswerda, Brustkrebs mit 35. Nun also die Wirbel. Mein Gott! Es gab Bestrahlungen und Medikamente. Ein weiteres Mal dem Tod entkommen, wieso nicht? Ihrem Kindheitshelden, dem persischen Architekten aus Christopher Marlowes *Tamerlan der Große*, waren in letzter Sekunde doch auch Flügel gewachsen. Sie war und blieb eine Utopistin.

Das letzte Jahr verbrachte sie die meiste Zeit liegend. Zu Hause in Neubrandenburg, auf einer Liege in ihrem Erker, neben dem Schreibtisch oder im Krankenhaus, in einem Einzelzimmer mit Blick auf alte Lindenbäume. »Die Liegende« heißt auch eine modernistische Skulptur von Brigitte Reimann, die nach ihrem Tod zu ihrem Gedenken im Lausitzer Park in Hoyerswerda aufgestellt wurde. Jahrzehnte später, im Frühjahr 2021, rutschten dort Kinder über ihren langen Zopf aus Metall. Das hätte ihr gefallen. Muttersein war eine der wenigen Erfahrungen, die sie nicht gemacht hatte und in diesem letzten Lebensjahr rückblickend ein kleines bisschen bereute, auch wenn Schreiben ihr immer wichtiger, nein, am allerwichtigsten gewesen war.

Das letzte Schreibglück brachte der Frühling. Da ging es ihr kurz besser und der Dicke ließ sie für einige Wochen in Ruhe. Er musste auf Fortbildung an die Küste. Allein sein. Endlich. Es waren produktive Wochen ohne schwache Männer, die wollen und brauchen. Und es waren Wochen, in denen sie das letzte

Mal das Aufblühen der Natur nach trübsinnigem Winter miterlebte. Frühling. Alles neu. Aufstehen. Weitermachen. Beim Anblick des Grüns und der blühenden Bäume bekam sie noch mal Lust auf Leben. Sie wollte sich in der Sonne räkeln – es war viel zu heiß für März –, den Garten bestellen und den Blumen beim Wachsen zusehen. Wollte alles in sich aufnehmen. Für ein paar Augenblicke am Tag ließ sie sich von diesem Naturspektakel verführen, den Rest des Tages beherrschte sie sich und zog die Vorhänge zu, um sich nicht ablenken zu lassen. Schreiben war das Allerwichtigste.

Ihr Lektor wollte endlich Seiten. Am besten alle. Zigmal war die Veröffentlichung von *Franziska Linkerhand* schon verschoben worden. Er drängte. Sie drängte auch und schuftete bis zur Erschöpfung, schaffte ihr Tagespensum, rauchte 40 Karos, vergaß zu essen. Acht Jahre hatte sie schon mit diesem Projekt verbracht. Diesem Roman über die Wirklichkeit in DDR-Städten wie Hoyerswerda, die lieber junge sozialistische Frauen brechen, als sich idealistische Verkrustung einzugestehen. Diese Geschichte zerrte genauso an ihr wie ihr kranker Körper und der verdammte Krebs, der erst ihre Brust verschlungen hatte und nun auch ihren Rücken auffressen wollte. Es war die reinste Selbstzerstörung, das wusste sie. Sie wusste aber auch, dass es gerade eine freundliche kulturpolitische Strähne gab, die sie für die Veröffentlichung des systemkritischen Buches ausnutzen musste. Seit Erich Honecker Walter Ulbricht als Staatsratsvorsitzenden und ersten Sekretär des ZK der SED abgelöst hatte, konnte man eine gewisse Liberalisierung der Kulturpolitik beobachten, die mehr Freiheit versprach. Reimann hoffte, dass Honeckers Rede auf der 4. Tagung des ZK der SED im Dezember 1971 vielleicht wirklich eine neue Zeit einläuten würde. Er hatte gesagt: »Wenn man von den festen Positionen des Sozialismus ausgeht, kann es (…) auf dem Gebiet von Kunst und Literatur keine Tabus geben. Das betrifft sowohl die Frage der inhaltlichen Gestaltung als auch des Stils – kurz gesagt: die Fragen dessen, was man die künstlerische Meisterschaft nennt.«

Tauwetter draußen. Schreibfrühling drinnen. Sätze bauten wieder Zukunft und schlossen alte Geschichten langsam ab. Und mitten in der Arbeit am Roman meldet sich, nach Jahrzehnten der Stille, die alte Schul- und Brieffreundin Veralore wieder. Ein Highlight in diesem März 1972. Reimann schrieb sofort zurück. Einen Etappenbrief, verfasst an mehreren Tagen, im Grunde ein Abschiedsbrief, die Bilanz eines Lebens:

Zwanzig Jahre, du lieber Gott! Der Blick zurück – ich glaube. Es wird nicht leicht werden. Eine Lebensgeschichte, die sich vor drei Jahren noch gut und erfreulich angehört hätte; heute ist es eine Geschichte, über der stehen müßte: »Es war einmal« – (…) es war einmal eine Schriftstellerin, die zu früh und zu viel Erfolg hatte, manchmal hungerte und manchmal wahnsinnig viel Geld verdiente, einen Haufen Orden bekam und so ziemlich alle Literaturpreise, die hierzulande verliehen werden, an eine Große Sache glaubte und an einer Großen Sache zweifelte, (…) die mal ganz unten und mal ganz oben war, mit berühmten Malern und Literaten verkehrte und als Hilfsschlosser in der Brigade im Braunkohlenkombinat arbeitete – kurzum: es war einmal, und es war gut so.

Es war also noch einmal dieser Frühling, in dem Reimann noch einmal wie besessen schrieb, am großen Roman und an ihre erste geliebte Freundin. In dem sie es genoss, dass der Dicke nicht da war.

In dem sie wieder las, in dem der Fernseher für Wochen schwarz blieb, weil das Leben genug flimmerte. Vielleicht spazierte sie sogar noch mal zur blauen Stunde durch ihre Gartenstraße, sang laut ihr Lieblingslied »I can't give you anything but love« und fühlte sich frei, im allerschlichtesten und allerschönsten Sinn.

Zu später Stunde, das ist sicher, kam oft ihr Freund (Kumpel) Jürgen Schulz, der junge Radiojournalist, vorbei und schlug sich mit ihr die Nächte um die Ohren, trank, tanzte, hörte mit ihr all die Platten, die viel zu lang verstoßen worden waren. Blues (»den der Dicke traurig findet«), Bach, Beethoven (»die ihn langweilen«), aber auch Jazz von Nina Simone und Billie Holiday und Frank Sinatra und ihrer heiß verehrten Sarah Vaughan, mit deren Musik sich – o ja – die ganze Welt vergessen ließ. Wenn der junge Journalist bei ihr war, konnte er sein Glück gar nicht fassen und blieb meistens so lang, dass er direkt zu seiner Frühschicht um fünf Uhr beim Radio auftauchte. Die Verehrung für die Figur Reimann hörte 1972 nicht auf. Der Kreis wurde nur kleiner. Ob sie das sah?

Der Dicke kam zurück. Und im Mai musste sie wieder auf die Krebsstation im Klinikum Berlin-Buch. Christa besuchte sie regelmäßig, sprach mit ihr über das Buch und versorgte sie mütterlich mit Hühnerbeinen und kaltem Hund, mit Cognac und Büchern. Christa hatte ein Talent dafür, immer dann zu erscheinen, wenn Brigitte ganz unten war, und verstand es, ihr Mut zuzusprechen. Es half für den Moment.

Der Juni verschwamm.

Im Juli kam sie wieder nach Buch. Christa brachte ihr das kürzlich erschienene Tagebuch von Max Frisch, in dem der Schweizer Kollege über das Altern nachdachte. Wolf erzählte ihr, dass sie bald Großmutter werde.

Reimann wurde 39 Jahre alt. Der letzte Geburtstag. Im August das letzte Fest. Eine laue Sommernacht, die endlich einlöste, wovon alle das ganze Jahr geträumt hatten. Warme Luft, weicher Wind, Sterne überall. Bis dahin hatte es fast nur geregnet. Zwanzig Gäste saßen und standen neben Windlichtern im Garten, Brigitte wie immer im Mittelpunkt. Gegen Mitternacht konnte sie nicht mehr sitzen. Ihr Ehemann trug sie ins Haus und legte sie auf ihr Sofa. Zerbrechlich und durchsichtig wie eine Märchenfigur soll sie ausgesehen haben. Ihre Freunde hatten Angst, dass selbst die Wolldecke, die der Dicke über sie legte, ihr wehtun könnte. Und sie? Sie wollte natürlich kein Mitleid. Sie wollte Platten hören, Cognac trinken, noch eine oder noch zehn Zigaretten rauchen. Sie wollte was Wildes hören, was Kräftiges. »Nein, ich bin nicht müde«, rief sie und die Gäste hockten sich brav auf die Dielen, ihr zu Füßen. Sie, die Prinzessin, die langsam verschwand, hielt das letzte Mal Hof.

Am 2. September, nur wenige Tage nach dem Fest, notiert Christa Wolf nach einem Besuch bei Brigitte, die wieder im Krankenhaus lag: »Brigitte R. sterbend, in ihrem Bett mit Perücke und falschem Busen, 5 Karo rauchend, die ich ihr anzünde, eine Scheibe Ananas, die ich ihr füttere.« Reimann lallte die ersten Minuten, dann festigte sich ihre Stimme und sie sprachen wieder über das Buch. *Franziska Linkerhand*. Es fehle noch die Überarbeitung des vorletzten Kapitels und ein kurzes trauriges Kapitel von 15 Seiten am Schluss.

Christa fragte: »Inwiefern traurig?« Und Brigitte antwortete: »Na, weil mein Mädchen da ihren Liebsten verloren hat und nun angeschlagen, mit Wunden bedeckt, in ihre Stadt zurückgeht.«

Das fiktive Mädchen Franziska Linkerhand oder besser: die fiktive junge Architektin, die voller Tatendrang nach Hoyerswerda kam und nun desillusioniert und mit gebrochenem Herzen in ihre Heimat zurückkehren sollte, war ein großes Eingeständnis Reimanns und eine Abrechnung mit dieser verdammten DDR, die sie selbst, als Bürgerin dieses Landes, nie so deutlich formuliert hatte.

Schreiben war stets das Allerwichtigste. Schreiben erlaubte Brigitte Reimann zu sagen, was sie wirklich dachte. In *Franziska Linkerhand* gibt es diesen Satz: »Weißt du, was ich heute darüber denke? Wir mussten uns selbst immer wieder bestätigen, dass wir richtig gewählt hatten, dass wir übergelaufen waren in die schönste aller Welten – sie musste vollkommen sein, wir durften uns nicht geirrt haben.«

Den Irrtum konnte sie wohl auch vor sich selbst nicht zugeben.

Als Christa Wolf die Freundin im Oktober besucht, sprechen sie über Gott. Gott taucht wieder auf, wie damals im Krankenhaus in Burg, als Reimann vierzehnjährig mit Kinderlähmung auf der Isolierstation gelegen und gebetet hatte, um nachts schlafen und loslassen zu können. Wieder zu Hause, fragte sich Wolf, ob sie gegenüber der Freundin wohl genug Gefühl gezeigt hatte und ob nicht doch noch ein Funken Hoffnung bestand. So unkonventionell und ungewöhnlich ihr Leben bis dahin gewesen war, so überraschend konnte doch auch ihre Genesung sein. Sie hatte ihren Körper so oft mit Willenskraft ausgetrickst. Vielleicht würde ihr das immer und immer wieder gelingen.

Doch ab Herbst lag Reimann eigentlich durchgehend auf der Krebsstation. Besuchstage waren Mittwoch und Sonntag. Mittwochs kamen so oft wie möglich die Eltern, weil wochentags die Verkehrsverbindungen aus Burg günstiger waren. Mittwochs kam auch der junge Journalist Jürgen Schulz und sah die verehrte Schriftstellerin im Bett sitzen, mit verrutschter

Perücke und verschmiertem roten Lippenstift wie eine traurige Clownin.

Und irgendwann in diesen späten Tagen und Nächten dieses Jahres, fingen die sonderbaren Träume an. Reimann wandelte zwischen Dies- und Jenseits, sah ein Reh an ihrem Sterbelager und träumte sich zurück in ihre Mädchenjahre. Sie hörte Kinder im Obergeschoss des Krankenhauses toben, obwohl es weder ein Obergeschoss noch Kinder in Buch gab, und war fest davon überzeugt, dass die Jungs einer bulgarischen Familie ihr heimlich schmutzige Gedichte zusteckten. Von der leidenschaftlichen Frau, die Bücher liebte und Männer und Pampelmusen und Hühnerschlegel und Kefir und Dillbutter mit Schwarzbrot und Sex und lautes Sein, war nur noch ein Flackern übrig.

Am 20. Februar 1973, eine halbe Stunde vor Mitternacht, schlief sie, die ewig Hungrige, dann einfach ein. Eine Gemeinheit.

Maxie

Überall und nirgendwo

Die eine Freundin stirbt, noch nicht vierzig Jahre alt, die andere, Maxie Wander, zieht mit Blick auf das sich ankündigende vierzigste Lebensjahr Bilanz. Am 13. Januar 1972 entwirft Maxie Wander in ihrem Tagebuch dieses Selbstporträt:

Meine Situation
Eine neununddreißigjährige Wienerin (bin ich die wirklich noch, bin ich nicht schon eine Deutsche geworden?), die ihre große Liebe gefunden und geheiratet hat, einen schwer vorbelasteten, sechzehn Jahre älteren, gut aussehenden, liebesfähigen, schwermütigen, feinfühlenden, zu Depressionen neigenden jüdischen Mann. Sie hat zwei Kinder geboren, eines wieder verloren, hat niemals einen Beruf gelernt, einige ausgeübt, sie hat ein Kind aus einem Heim zu sich genommen, hat ihre Heimat verlassen und sie erst danach, viel später, als Heimat begriffen. Hat das Wort Heimweh kennengelernt, das sie früher verleugnete – hat einige Male erfolglos versucht, noch ein Kind auszutragen, als Widergeburt der verlorenen Tochter. Sie hat mit einem Schlag das Altern begriffen, das andere Leute vielleicht als Prozeß erleben, der nichts Erschreckendes hat, sie mußte begreifen lernen, wie wenig sie sich vorbereiten konnte, allein vertrauend auf ihren hübschen, noch immer jugendlichen Körper.
Was nun?

Ja, was nun? Fünfzehn Jahre waren seit ihrer Ankunft in der DDR vergangen. Jenem Land, das einst der einzig richtige Ort zum Leben sein sollte. Es waren aufregende, lehrreiche und schmerzhafte Jahre gewesen. Jahre, die Maxie Wander herausforderten, sie fallen, wiederaufstehen und wachsen ließen, in deren Verlauf es aber nicht gelang, Wurzeln zu schlagen. Maxie Wander kam in den frühen siebziger Jahren wie nie zuvor bei sich selbst an. In der DDR allerdings, dem System und seinen Strukturen fühlte sie sich weiterhin fremd, obwohl sie sich so angestrengt, obwohl sie so viel für das Wahrwerden des Traums vom neuen Menschen geopfert hatte.

Der ostdeutsche Schuh, er wollte nicht passen. Zu eng, wäre die ehrlichste und einfachste Antwort. Aber man kennt das ja selbst, manchmal zwängt man sich eben auch in Schuhe, die zu klein sind, holt sich blutige Blasen an den Fersen und redet sich ein, dass es schon irgendwie geht. Immerhin besser als ständig rausschlappen. Meistens braucht es dann jemanden von außen, der sagt: Du bist doch bekloppt, dich so zu quälen.

1972, in jenem neununddreißigsten Lebensjahr, saß Maxie Wander einmal in einem Bus auf dem Weg nach Hause. Der Bus war voll, nicht alle Passagiere konnten sitzen. Plötzlich wurde der Bus von einem Offizier angehalten. Er forderte alle Leute, die standen, in barschem Ton auf, den Bus zu verlassen. Keine weitere Erklärung. Schweigend lief er den Gang auf und ab, bis Maxie die bedrückende Stille unterbrach und fragte, was das sollte. Die Antwort war ein feindseliger Blick. Danach durften die Stehenden wieder einsteigen. Es war eine Machtdemonstration und ein Akt der Einschüchterung ohne Sinn und Verstand. Maxie fragte sich später, was das bloß für Menschen waren, die diese DDR hervorbrachte und hervorbringen wollte, und kam zu folgendem Schluss: »Wir müssen uns von der utopischen Vorstellung befreien, daß die Beschäftigung mit dem Marxismus automatisch die Menschen reinigt und bessert.«

Es war ein Schluss, der jedoch keine Konsequenzen nach sich zog. Die drückenden Schuhe – so absurd unangenehm das

Laufen in ihnen auch war – wurden nicht ausgewechselt und erst recht nicht weggeworfen. Warum? Geborgte Worte von Fred Wander, der ja ebenfalls ständig haderte, aber wie sie nicht loslassen konnte: »Vielleicht jener paradoxe Zustand aus Entfremdung, politischem Druck, Angst und Harmlosigkeit, und daß dieses Land – bei allen schweren Fehlern des Systems – auch eine Art Naturschutzpark bedeutete. Eine Hoffnung für Leute, die fest an eine humanistische Idee glaubten, auch wenn deren Erfüllung noch weit entfernt lag!«

Ob ein Leben in Wien, der alten Heimat, oder dem von den Wanders heiß geliebten Frankreich rückblickend besser, glücklicher, erfüllender gewesen wäre?

In den frühen siebziger Jahren probierten sie es jedenfalls immer wieder aus, das Leben außerhalb der DDR und vor allem außerhalb Kleinmachnows. Sie waren ständig unterwegs. Mal zusammen, mal getrennt. Das Haus wurde zum »Taubenschlag«. Sie machten lange Ferien bei Freunden in der Provence, besuchten die Familie in Österreich, Fred half einen Sommer lang in einem Hotel in Wien am Empfang aus, fuhr allein nach Paris oder versteckte sich wie so oft in Petzow. Maxie unternahm im Herbst 1972 eine 16-tägige Asienreise, die sie in einer Übersprunghandlung zum Schnäppchenpreis in einem Ostberliner Reisebüro gebucht hatte. Sieben Städte in zwei Wochen. Eine sogenannte Bildungsreise, wie man im Westen gesagt hätte. Danach fragte sie sich, ob solche Reisen nicht nur den eigenen Hochmut bilden – »Ich bin dort gewesen! Aber was haben wir wirklich gesehen?« Die anschließende Schreib- und Denkpause auf Rügen gefiel ihr besser. Ostseewind, allein über den Strand spazieren, schlafen, schreiben, nicht von tausend Eindrücken erschlagen werden. Der Widerspruch, der in alldem liegt, ist ihr und Fred dabei mehr als bewusst. Aber wie gesagt, neue Schuhe kamen nicht in Frage. Für neue Schuhe fehlte auch einfach das Geld. Die finanzielle Situation der Wanders war sicher einer der entscheidenden Gründe, warum es stets bei Ausbrüchen auf Zeit blieb. Die Ost-Mark war im Ausland nichts wert, sie hatten kaum Ersparnisse, die Honorare für Aufträge kamen in unregelmäßigen Abständen, mal verdienten sie einen Haufen Geld, dann wieder keinen Pfennig. In der DDR war Leben mit wenig Geld leicht, auf der anderen Seite der Mauer undenkbar.

Wien wäre wahrscheinlich der Ort gewesen, der am ehesten für einen Neuanfang in Frage gekommen wäre, aber zurück nach Wien zu gehen, hätte für Maxie auch bedeutet, sich ernsthaft mit der Frage auseinanderzusetzen, ob sie gescheitert war. Zurückgehen, an den Ort, aus dem man kommt und den man bewusst verlassen hat, zieht das ja automatisch mit sich. Außerdem war die Idee von Wien stets leuchtender als die Stadt, durch die sie bei ihren Besuchen lief. Nach ein paar Tagen dort machte sich immer Ernüchterung breit. Zum einen waren die alten Nazis mit ihren hässlichen Fratzen, ihrem Antisemitismus und ihrer Feindlichkeit noch da. Sie beschimpften orthodoxe Jüdinnen und Juden auf der Straße. Zum anderen gab es die junge Generation, die sich Hippies nannte, aber scheinbar nichts weiter tat, als in abgelebten Häusern Rauschgift zu konsumieren, gelähmt und teilnahmslos herumzusitzen und in Fantasien abzutauchen. Warum schauten sie der Welt nicht ins Gesicht, setzten ihr etwas Echtes entgegen? Wander verstand weder sie noch die Stadt. Wien war zu Hause und war es doch nicht.

Nach diesen Reisen und Begegnungen fühlte sie sich oft alt, irgendwie auch bequem und gleichzeitig ruhelos.

Was nun? An ihre Freundin Christa Wolf schrieb sie: »Altwerden, weißt Du, ohne seine Würde zu verlieren ist schwer.«

Sie überlegte, einen Briefroman über das Leben einer Frau

um die vierzig zu schreiben, die nach Klarheit sucht. Sie fing an, dann hörte sie wieder auf, wie so oft. Sie ging wie Christa Wolf zu einem Therapeuten in Ostberlin, begab sich in Gruppentherapie und sprach im Kreise anderer Patientinnen über die Ambivalenzen, die in ihr wohnten. Im Umgang mit Menschen schwankten ihre Gefühle immer zwischen überschwänglicher Zuneigung und starker Antipathie und sie verstand nicht, wieso das so sein musste, warum sie so heftig – im Positiven wie Negativen – empfand. Sie las *Die Reise nach innen* von Romain Rolland und notierte sich daraus folgende Frage: »Zu welcher Stunde seines Lebens ist denn ein Mensch frei, sich zu erkennen oder sich zu suchen? Und wenn man sich gefunden hat, ist der Schlüssel vielleicht verloren?«

Als weder vor noch zurück, als unruhigen Stillstand könnten diese Jahre Anfang der Siebziger beschrieben werden. Als komische, verwirrende Zwischenphase, die auch die scheinbar unerschütterliche Liebe zwischen Fred und Maxie ins Wanken brachte. Sie sahen sich wenig, schrieben sich wochenlang nur Briefe, er an »Fritzilein«, sie an ihren »Jossl-Perez«, und verloren sich in einem gefährlichen Spiel aus Nähe und Distanz. Wenn er nicht aufpasste, rannte sie vielleicht weg. Wenn sie nicht mitspielte, entzog er ihr die Zärtlichkeiten. Sie schrieb: »Wir stecken zum erstenmal in einer wirklichen Krise, vor allem deshalb, weil ich keine Hoffnung mehr habe, daß Fred sich verändert. Veränderung wird immer nur von mir verlangt, das ermüdet.« Christa Wolf riet ihr: »Du ringst um Klarheit, um Wahrheit, du machst dir weniger vor als Fred, aber das kann man auch übertreiben!«

Klare Worte einer geradlinigen Freundin, aber so wie Wolf war Wander eben nicht. Aus Frust oder Lust am Spiel begann Maxie eine Affäre mit einem jungen Mann aus Prenzlauer Berg. Er war dreißig Jahre jünger als Fred. Grenzen ausloten in einem eingemauerten Land, Grenzen einer Ehe ausloten, sich spüren und lebendig fühlen, das wäre wohl die Überschrift dieser Geschichte und Maxie wäre nicht Maxie Wander gewesen, wenn sie diese Grenzüberschreitung nicht auch erbarmungslos mit Fred geteilt hätte: »Fred, Teurer, ich hab Dich betrogen!«, schrieb sie ihm schließlich im Dezember 1973 in einem Brief aus Wiepersdorf, noch so einem DDR-Schriftstellerheim wie Petzow, wohin sie sich zurückgezogen hatte. Seitensprünge hatte es schon vorher gegeben, von beiden Seiten, aber so hart hatte sie es nie ausgesprochen und so offen hatte sie auch die Verletzung nie in Kauf genommen, die sie Fred damit zufügen würde. Sie hatte genug von dieser Vaterfigur, die immer alles besser wusste, die immer sagte, wo es langgeht, die immer einen Freischein für alles hatte und in ihr immer einen Anker wusste. Aber Fred wäre eben auch nicht dieser besondere Fred Wander gewesen, wenn er sich von dieser Beichte hätte aus der Bahn werfen lassen. Er war ein kluger Ehemann und ein kluger Liebender, der begriffen hatte, dass eine lange Liebe nicht ohne Ausflüge auskommt, und antwortete ihr mit den wohl großzügigsten Zeilen, die von einem Mann je verfasst wurden:

(…) o schlag sie durch, alle Hindernisse, die Dich vor der Menschwerdung abhalten, laß Flügel Dir wachsen aus lyrischen Ergüssen und Sarkasmen, die Dir aus den Ohren wachsen, aus dem Mund, Deinem überschäumenden Mund und verlasse unsere kleinen geometrischen Felder der Tischdecken, (…) verlasse alles und schwing Dich auf zu den geistigen Höhen, nicht der Studierten meine ich, sondern jenes Geistes, der aus den Eingeweiden wächst, aus Deinem schönen, warmen Bauch, dem seidenweichen, voll schöner Gedanken und Zorn und Liebe und Erkenntnis des wahren Lebens. (…) ich kann Dir nicht böse sein. Du bist eine Dichterin und hast einen Freibrief. Ich liebe Dich wie immer. Dein Fred.

Danach fanden sie und er wieder zueinander und Maxie zog für beide einen Schlussstrich unter dieses ewige »Was wäre, wenn …«. Denn auch wenn ihr diese Rolle nie besonders gefiel, war sie es doch, die diese Familie zusammenhielt. 1974 fing sie den Wanderer und sich selbst mit einem Brief wieder ein: »Was soll das für ein ›völlig anderes Leben‹ sein, Fred, das wir wieder einmal probieren wollen? Immer nur probieren, immer nur davon reden, träumen, flüchten – wie langweilig und steril wird das allmählich. Merkst Du das nicht? Ein völlig anderes Leben mit schulpflichtigen Kindern, die an *einem Ort* leben müssen?!« Und: »Es läuft Dir nichts davon, Alter, wenn Du eine Weile auf deinem Hintern sitzen bleibst. Du mußt nicht mit der Welt mithetzen, sie tut's auch ohne Dich!«

Für sich selbst, beschloss sie, die große, alte Liebe zu Wien und die verquere, nur halb eingestandene Sehnsucht nach dieser Stadt ebenfalls endlich ziehen zu lassen. Man kann ihr nicht ewig hinterherjagen und sie hatte sich ja längst für die DDR entschieden. Die DDR hatte sich in ihre Biografie eingeschrieben, sie hatte einen ostdeutschen Sohn aufgezogen, einen weiteren zur Welt gebracht und ihre Tochter Kitty hier begraben. Und jenseits dieses unglaublichen Schicksals hatte sich die DDR – anders als Wien – viel Mühe mit ihr und ihrer Familie gegeben, hatte ihr ein Haus gegeben, Berufungen, Freundschaften. Ein bisschen langweilig war sie vielleicht, die DDR, aber vielleicht lag das auch an ihr und ihrem Wankelmut. Vielleicht würde das Leben hier intensiver, aufregender werden, wenn Maxie sich in vollem Bewusstsein entschied, wirklich mit ihr, der DDR, zu leben und sie wie einst ihren Wiener Kosmos zu lieben.

Es ist eigenartig passend, dass sie ausgerechnet 1974 zu dieser Haltung findet. 1974 wird die DDR 25 Jahre alt und 25 Jahre sind ja wirklich kein Alter, um aufzugeben. Mit 25 lernt man das eigenständige Fliegen gerade erst. Ein Vierteljahrhundert, das ist ein Vorspiel. Danach geht es gewöhnlicherweise erst richtig los. Aber tut es das auch im Fall der DDR, im Fall der drei Frauen? Eher nicht. Leider nicht. Denn gewöhnlich waren weder die diktatorische DDR noch die Leben von Wander und ihren Zeitgenossinnen Wolf und Reimann. Reimann erlebte dieses 25-jährige Jubiläum nicht mehr. Wolf hatte den Blick nach innen gerichtet, weil das Außen so schwer zu ertragen war, aber Wander, ja Wander bäumte sich in den folgenden Jahren tatsächlich noch einmal kurz auf, bündelte alle Kräfte und tat, was unbedingt noch geschehen musste: Sie veröffentlichte ein eigenes Buch unter ihrem alleinigen Namen, bevor sie das gleiche Schicksal wie Reimann traf.

Die Idee für ihr Buch *Guten Morgen, du Schöne*, das Maxie auf einen Schlag berühmt machte, kam von Fred. Klar! Mitte der Siebziger fragte er sie, ob sie nicht ein Frauenbuch zusammen machen wollten. Also ein Buch über Frauen in der DDR mit Protokollen, wie die Kollegin Sarah Kirsch es mit *Pantherfrau* gemacht hatte, nur anders. Sie fuhren gemeinsam zum Verlag »Der Morgen« und schlugen dem Verleger die Idee vor. Machen Sie das, sagte der und ab da begann für Wander endlich das, wovon sie so lange geträumt hatte. Alltag als Schriftstellerin oder besser Sammlerin von Geschichten, die sie festhalten und denen sie eine Form geben würde. Fred half ihr bei der Erstellung eines Fragenkatalogs und war bei den ersten Treffen mit den Gesprächspartnerinnen für das Buch auch dabei. Bis er und sie merkten, dass Maxie das Projekt besser allein umsetzen konnte und allein umsetzen musste. Wenn Frauen wirklich offen reden sollten, dann ging das nur mit ihr. Mit Maxie als Gegenüber gab es keine Scham. Da gingen Türen, die lange verschlossen waren, plötzlich auf und gaben Einsichten preis, die sich die Frauen vielleicht selbst nie laut eingestanden hatten. Maxie strengten diese Gespräche und die anschließenden Stunden vor der Schreibmaschine an, gleichzeitig gaben sie ihr die Lebendigkeit zurück, die ihr nach dem Tod von Kitty und dem Auf und Ab seitdem abhandengekommen war. Momente des Glücks kamen zurück. 1975 reiste sie immer wieder durch die ganze Republik und nahm Bürgerinnen und ihre Lebensgeschichten auf Tonband auf, befragte junge und alte Frauen aus allen Berufsgruppen zu ihrem Alltag und ihrer Arbeit, zu ihrer Familie, Kindern, Männern, Sex, und überprüfte, was Gleichberechtigung, die in der DDR ja offiziell gewährleistet sein sollte, in der Praxis tatsächlich bedeutete. Sie sprach mit Schülerinnen und Rentnerinnen, Sekretärinnen, Dozentinnen, Grafikerinnen, Hausfrauen und Servierinnen im Alter von 16 bis 92 Jahren. Sie sprach mit ihnen über ihre Sehnsüchte und Abhängigkeiten und erstellte anhand dieser Tonbandaufnahmen eine Sammlung von 19 protokollarischen Lebensbeschreibungen, die 1977 unter ebenjenem großartigen Titel: *Guten Morgen, du Schöne* erschienen und in beiden Teilen Deutschlands überschwänglich gefeiert wurden.

In der Wochenzeitung *DIE ZEIT* schrieb Karin Huffzky im April 1978 etwa unter der sehr treffenden Überschrift »Mehr Freiheit, weniger Angst«: »Dieses Buch hat mich begeistert, und zu wissen, dass es da diese siebzehn, fast nie larmoyanten Frauen gibt – die für viele andere stehen –, das macht mich glücklich. Weil es meine Angst mindert.« (Die BRD-Version erschien bei Luchterhand leicht gekürzt, mit nur 17 statt 19 Protokollen.) Selbst in der konservativen *FAZ* schrieb Manfred Jäger: »Ein aufregendes Buch, hier und drüben, und für jedermann, gleich, welchen Geschlechts«. Und der Südwestfunk rezensierte: »Da ist es endlich, ein Buch von Frauen über Frauen, das Maßstäbe setzt.«

Frauen wie Lena K. kamen in diesem Buch zu Wort, 43 Jahre alt, Dozentin an der Hochschule für bildende Künste, verheiratet, drei Kinder. Von ihr stammt unter anderem dieser tolle Satz: »Autorität ist im Grunde nur eine Rolle, in die man sich flüchtet, wenn man unsicher ist.« Lena liebt die Herausforderung, will täglich wachsen. Noch klüger, noch erfahrener, noch empathischer, noch offener werden. Lena ist hungrig, leidenschaftlich, getrieben. Will von ihrem Mitmenschen und Partnern gesehen werden. »Ich erwarte von einem Mann nicht, dass er einen Orgasmus auslöst bei mir, so etwas geschieht schnell. Ich erwarte die seelische Berührung, das Gefühl: Ich habe dich erkannt, ich brauche gerade dich in diesem gemeinsamen Stück Leben.« Lena spricht in ihrem Protokoll viel über Sex, ihren Körper und ihre Lust. Offen und ohne Scham. Und sie spricht über ihre Arbeit: »Man braucht etwas, was über einen hinausreicht.« Ihre Arbeit ist wichtig, um sich selbst zu verwirklichen. Ein Leben als Hausfrau käme für sie, wie die meisten anderen Frauen in dem Buch, nicht in Frage. Ein Dasein als Hausfrau würde Stillstand bedeuten und Stillstand bringt schließlich keine Veränderung. Aber um Veränderung, um die Bereitschaft, sich ständig in Frage zu stellen, geht es Lena. Lena ist keine Ausnahme. Wie Lena denken die meisten Frauen, mit denen Maxie Wander damals sprach, und so dachte Wander ja auch selbst.

Das Wunderbare an diesen Protokollen ist tatsächlich der Ton und die Offenheit, die diesen Gesprächen zu Grunde liegt. Gelassen erzählen die Frauen aus ihrem Leben und man spürt, wie wohl sie sich mit Maxie Wander gefühlt haben müssen.

Wander war keine Fremde, sondern eine Verbündete, die die Gedanken und Gefühle ihres Gegenübers verstehen und nachvollziehen konnte. Christa Wolf schrieb in ihrem Vorwort zum Buch: »Ihr Talent war es, rückhaltlos freundschaftliche Beziehungen zwischen Menschen herzustellen; ihre Begabung, andere erleben zu lassen, dass sie nicht dazu verurteilt sind, lebenslänglich stumm zu bleiben.«

Westdeutsche müssen bei der Beschreibung vielleicht an *Der kleine Unterschied und seine großen Folgen* von Alice Schwarzer denken, das zwei Jahre vorher, 1975, erschienen war, auch eine Sammlung von Gesprächen. Aber Wanders Buch war kein Hilfeschrei und auch keine wütende Kampfansage an ein patriarchalisches System, sondern eine konstruktive Auseinandersetzung von 19 Frauen mit den privaten und gesellschaftlichen Zuständen. Es war dieser ostdeutsche Pragmatismus, der sich durch die Gespräche zog. Ein Pragmatismus, der sich vielleicht so stark entwickelt hatte, weil er lebensnotwendig war. Viel mehr konnte man ja nicht tun, als sich in diesem sehr engen System so gut es ging einzurichten. Aber dieser notgeborene Pragmatismus half den Frauen auch in Emanzipationsfragen, half ihnen dabei, sich nicht in emotionalen Befindlichkeiten zu verlieren und sich stattdessen auf die realen Möglichkeiten zu konzentrieren. Nach vorne zu schauen und nicht zurück. Unsicherheiten auszuhalten, statt sich in Altbekanntes zurückzuziehen.

Schon in ihrer Vorbemerkung hatte Wander klargemacht, dass das Ziel nicht eine »Emanzipation gegen die Männer« sein kann, sondern eine Emanzipation »in der Auseinandersetzung mit ihnen« sein muss. Und so war auch der Tenor des Buches »Emanzipation für alle«. Keine der Frauen wollte einen Mann, der hinter alten Rollenbildern und Erwartungen verschwand.

Vielmehr sehnten sich die Frauen nach einem neuen gemeinsamen Lebensentwurf, der beiden die notwendigen Freiheiten einräumte und ihnen selbst etwas von der Last, alle Bereiche des Alltags kontrollieren zu müssen (Arbeit, Haushalt, Kinder), abnehmen würde. Oder wie Christa Wolf es im Vorwort formuliert: »Die Frauen, durch ihre Auseinandersetzung mit realen und belangvollen Erfahrungen gereift, signalisieren einen radikalen Anspruch: als ganzer Mensch zu leben, von allen Sinnen und Fähigkeiten Gebrauch machen zu können. (…) Wir werden uns daran gewöhnen müssen, dass Frauen nicht mehr nur nach Gleichberechtigung, sondern nach neuen Lebensformen suchen«.

Wander brachte mit diesem Buch und dieser Sammlung Generationen von ostdeutschen Frauen bei, was sie sich selbst mühsam erarbeitet hatte: dass Sex ein Vergnügen und keine Last ist, dass Arbeit ein wichtiger Motor ist, um sich selbst zu verwirklichen, und Angst wiederum nie Motor sein darf. Sich trauen, die Angst zu überwinden, in dieser Botschaft lag die Kraft des Buches, und in der Ermutigung zur Selbstbefragung.

Als Maxie Wander die Interviews geführt und das Schreiben beendet hatte, kam der Krebs. An einem Junimorgen 1976 – sie lag mit Fred im Bett in der Familienwohnung in Wien – ertastete sie einen Knoten in ihrer Brust. Im September 1976 wurde sie operiert, aber da war es schon zu spät. Da hatten die Krebszellen schon angefangen, sich durch den jungen Körper zu fressen, und waren nicht mehr aufzuhalten. Ihr wurde die Brust abgenommen, wie Reimann Jahre zuvor. Ein halber Mensch, eine halbe Frau, so fühlte sich auch Wander nach der Operation. Ihr schöner Busen, gestohlen. Und ihr Leben auch. Das ahnte sie in den Monaten, die folgten. In denen sie wochenlang in der Charité oder der Klinik in Buch lag, wo schon Reimann um ihr

Leben gekämpft hatte. Christa kam, saß neben ihr, wie einst neben Brigitte, streichelte ihre Hand, umarmte und tröstete sie. Nein, du wirst nicht sterben. Doch, das wird sie. Die Frage war nur, wie groß das Leiden sein würde. Maxie bat Christa, ihr beim Sterben zu helfen, wenn es ganz schlimm und nicht mehr erträglich werden würde. Christa lehnte erst ab, dann ließ sie sich das Versprechen schließlich doch abringen, Mittel und Wege zu finden. Zum Glück (für Wolf) kam es dazu nie. Dafür gab es diesen Moment, den Wander in ihrem Tagebuch festgehalten hat:

»Warum erzählst du nie von dir?« fragte Maxie Christa bei einem ihrer Besuche.

Christa antwortete: »Du, das muss ein Defekt sein, ich kann's nicht!«

»Brauchst du's oder brauchst du's nicht?«

»Ich hab meinen Mann!«

Beim Abschied drückte Christa Maxie länger als sonst und sagte schüchtern: »Ich hab dich gern!«

Als Wanders Buch 1977 erschien, hatte der Prozess des Sterbens endgültig angefangen. Sie bekam den Erfolg nur im Morphiumdämmer mit. Allein im ersten Jahr wurden über 60 000 Exemplare verkauft. Theater adaptierten das Buch und brachten es auf die Bühne. Leserinnen schrieben euphorische Dankesbriefe. Wander, die eigenartige Österreicherin, wurde zur Ikone der DDR, gab ihren Frauen eine Stimme und verlor sie dabei selbst.

In der Nacht vom 21. November 1977 starb sie – Elfriede Brunner, Fritzi, Maxie Wander – im Alter von 44 Jahren im Potsdamer Krankenhaus. Viel zu jung. Es war noch so eine Gemeinheit. Auf der Beerdigung hielt Christa Wolf die Grabrede und sagte über Wander: »Sie hat sich mit den Gegebenheiten nicht abgefunden, hat sich der Spannung ausgesetzt zwischen dem, was wir heute sein können, und dem, was wir morgen sein wollen, um zu überleben. Sie war unzufrieden. (…) Wir haben gesehen, wie sie es mit den Widerständen aufnahm, die ihrer Sehnsucht sich zu verwirklichen, entgegenstanden.«

Am Ende dieses aufreibenden Vierteljahrhunderts und dem möglicherweise von Anfang an zum Scheitern verurteilten Versuch, eine sozialistische Utopie wahr und Wirklichkeit werden zu lassen, blieb nur eine der Schriftstellerfreundinnen übrig. Als hätte Christa Wolf mit ihrem Buch *Nachdenken über Christa T.* unbewusst auch eine dunkle Vorhersage für ihre beiden Freundinnen Brigitte und Maxie in die Welt gesetzt. Christa T.s Geschichte schrieb sich unverfroren weiter, hing an den Fersen von Wander und Reimann, zwang sie in die Knie, verschlang und verschluckte sie. Oder war es das System?

In gewisser Weise war der Tod die radikalste Art, alldem den Rücken zu kehren. Was sich sagen lässt: Schade, dass Reimann und Wander so wenig Gelegenheiten hatten oder Gelegenheiten wahrnahmen, sich auszutauschen. Das Herz der Gruppe war eben immer Wolf, um die die anderen beiden wie Satelliten kreisten, ohne den Weg und die Nähe zueinander zu finden. Sie sind sich im Schriftstellerheim in Petzow begegnet und sicher auch bei Veranstaltungen oder bei den Wolfs –, aber enge Freundinnen waren sie nicht. Dabei hätte es objektiv jede Menge Gemeinsamkeiten gegeben, ihre Liebe zur Musik und ihre Attraktivität, vor allem aber den unstillbaren Hunger, die ständige Sehnsucht nach der Welt oder die Lust am Ausbruch. Sie waren sich ähnlicher, als sie es jeweils mit Wolf waren. Wolf, die scheinbar Strenge, immer Gefasste und manchmal ein bisschen Einschüchternde. Das sahen – inbesondere am Anfang ihrer Beziehungen – ja beide so, bevor sich im Verlauf der Freundschaft Wolfs Humor, ihre Sanftmut und ihr grenzenloses Verständnis hinter der vermeintlich kühlen Fassade hervorwagten. Aber so ist das ja oft: Die intensivsten Freundschaften sind jene, die nicht auf Gemeinsamkeiten, sondern auf Unterschieden basieren und von der Faszination der Andersartigkeit getragen werden. Die kitschige Hoffnung, die bleibt: Vielleicht sind beide Frauen, Wander und Reimann, zur gleichen Reise aufgebrochen, an den gleichen Ort geflogen und haben dort nachgeholt, was sie in der DDR verpasst haben. Dort sitzen sie nun, reden und diskutieren vielleicht auch über die größten und drängendsten Fragen, die damals im Raum standen, beide umtrieben und immer noch offen sind: Lohnt es sich, an die Idee des Sozialismus zu glauben, oder platzt der Traum unweigerlich, sobald er den Boden der Realität berührt? Können Menschen an Utopien und Ismen nur zerbrechen?

Christa

Kleinmachnow

Christa Wolf ist noch da. Christa Wolf lebt. Christa Wolf wird auch noch über drei Jahrzehnte weiterleben.

Aber nach all den Abschieden und ohne Mitstreiterinnen, ohne die Gespräche und ohne politische Euphorie, die ansteckte, war der Blick nach vorn in den siebziger Jahren plötzlich unmöglich. Manche ihrer Zeitgenossen hatten noch darauf gehofft, dass sich mit Erich Honecker, dem neuen Generalsekretär der SED, etwas ändern könnte, dass dieses Land doch noch aufblühen und seine Versprechen einlösen würde, aber so naiv war Christa Wolf längst nicht mehr. Aus Wolf war über die Jahre eine andere geworden und schaut man von außen, mit dem Abstand von fast 50 Jahren auf diese Frau in diesem Land und in dieser Zeit, ergibt sich folgendes Bild:

Christa Wolf, Mitte vierzig, ist eine ostdeutsche Schriftstellerin und gehört zu den erfolgreichsten ihrer Generation. Sie hat viel Anerkennung erfahren, eine Menge Preise gewonnen, aber auch viel einstecken müssen. Sie hat Freundschaft und Solidarität kennengelernt, die harte Hand des Staates gespürt und begriffen, dass nichts von Dauer ist – weder Glaubenssätze noch Menschenleben –, egal, wie sehr man auch versucht, daran festzuhalten.

Sie ist Ehefrau, Mutter zweier Töchter und Großmutter einer Enkeltochter. Sie hat eine Katze namens Napoleon, die immer hungrig ist und ihr, während sie an der Schreibmaschine sitzt, gern um die Beine streicht. Sie hat bisher drei große Erzählungen veröffentlicht und genug Ideen im Kopf, für Bücher, die noch kommen sollen. Sie kann vom Schreiben sehr gut leben. Sie wohnt mit ihrem Mann Gerhard und ihrer jüngsten Tochter Tinka in einem schönen Haus in Kleinmachnow und besitzt ein Ferienhaus im mecklenburgischen Neu Meteln, das sie liebt, weil es so herrlich abgeschieden liegt.

Sie ist eine Frau, die mit Genuss kalt duscht, abends manchmal ein Glas Cognac trinkt und häufig Kopfschmerzen hat. Die vor dem Schlafen immer noch ein paar Seiten liest und nachts unglaublich viel träumt. Oft geht es in diesen Träumen um ihre Beziehung zum System und die Diskrepanz zwischen dem, was die Mächtigen von ihr erwarten, und dem, was sie bereit ist zu geben. In einem Traum zum Beispiel kommen sechs graue Männer nach Kleinmachnow und versuchen, sie zu überreden, einen linientreuen Text zu schreiben, der dann an alle Haushalte der Republik verschickt werden soll. Im Traum lehnt sie den Auftrag ab. In der Realität wirft Ehemann Gerhard ihr jedoch oft vor, dass sie nicht »Nein« sagen könne. Ihr größtes Problem ist, dass sie einerseits heftig austeilen kann, um voranzukommen, sich durchzusetzen. Zum anderen aber immer von allen gemocht werden will. Das war schon als Kind so.

Sie ist eine unglaublich verantwortungsbewusste Frau und eine, die für die Menschen, die ihr etwas bedeuten, alles tun würde. Sie pflegt ihre Freundinnen Brigitte und Maxie im Krankenhaus, lädt sie ein, ein paar Tage Urlaub bei ihr zu machen, wenn sie mental ganz unten sind, verteidigt ihre schreibenden, kunstschaffenden Freunde vor Funktionären. Sie übernimmt nicht nur Verantwortung, sie trägt die Rolle der Mutter in allen Lebenslagen. Sie kauft aus alter Gewohnheit auch immer noch für vier ein, obwohl die Familie nur noch selten zusammen isst und die ältere Tochter Annette nicht mehr bei ihnen wohnt. Sie ist eine, die das Haus stets mit zig Taschen über den Schultern verlässt, weil sie immer tausend Dinge durch die Gegend schleppt. Die gern in Geschäften stöbert und Freude daran hat, Geschenke zu kaufen und Kleidung, für sich, aber auch für die Kinder oder die kleine Enkeltochter. Der immer wieder Fehlkäufe passieren und in deren Schrank Schuhe und Taschen liegen, die sie nie getragen hat.

Sie gehört zu jener Sorte perfektionistischer Menschen, die sich ständig Sorgen machen und die ständig von Schuldgefühlen geplagt werden. Habe ich dies oder jenes gut oder richtig gemacht? Hätte ich manches Problem besser lösen können, habe ich genug Verantwortung übernommen, bin ich meiner Verantwortung gerecht geworden?

Sie nimmt die Unterschiede zwischen Mann und Frau bewusst wahr. Sie hat an sich selbst erfahren, wie schwer es ist, Mutter und Schriftstellerin zu sein, sich um andere kümmern zu müssen und sich gleichzeitig selbst verwirklichen zu wollen. Sie und Gerhard haben sich die Hausarbeiten immer geteilt, er hat meistens gekocht, aber die mentale Arbeit, das Gefühl des schlechten Gewissens, wenn man sich ins Schreiben verkriecht und verschwinden muss, hat er so wahrscheinlich nicht erlebt. Die Erfahrung der Dreifachbelastung Beruf, Kinder, Haushalt teilt sie mit vielen Frauen in der DDR.

Sie kann nur schwer loslassen, hat große Angst vor Krankheiten, besonders vor Krebs und geht deshalb alle Vierteljahre zur Vorsorgeuntersuchung.

Sie ist eine privilegierte Frau. Sie ist eine DDR-Bürgerin, die reisen darf und die in den siebziger Jahren viele Reisen unternimmt. Die in die BRD fährt, in die Sowjetunion, nach Bulgarien, Schweden, die Schweiz – die 1974 sogar in die USA fliegt, um eine Gastdozentur am Oberlin College in Ohio zu absolvieren. Sie spricht schlecht Englisch. Sie kann mit den USA nichts anfangen, weil der Imperialismus und der Kapitalismus in ihren Augen am Ende noch schlimmer sind als all die Fehler, die die DDR begangen hat.

Das Reisen ist, genau wie das Schreiben, dennoch eine willkommene Ablenkung, um nicht ständig über die eiskalten politischen Zustände in der DDR nachdenken zu müssen. Sie ist DDR-Bürgerin, ja. Aber sie zählt nicht mehr zu jenen, die sich mit der Partei und ihren Entscheidungen identifizieren. Sie ist still geworden. Sie hat gelernt und entschieden, dass Skandale wie die Guillaume-Affäre nichts mit ihr zu tun haben, auch wenn internationale Freunde wie der Schweizer Schriftsteller Max Frisch das anders sehen und sie sich von ihnen am Telefon beschimpfen lassen muss. Sie will und sie kann sich nicht mehr rechtfertigen. Sie ist müde. Sie ist Christa Wolf. Sie ist nicht die DDR. Sie muss die Überwachung durch Stasimitarbeiter ja selbst seit Jahren aushalten.

Eigentlich möchte sie nur noch schreiben und fragt sich gleichzeitig ständig, ob die Kunst des Schreibens ihr vielleicht irgendwann abhandenkommt, weil freies Denken, ein Denken ohne Schere im Kopf ehrlicherweise nicht mehr geht und die Zensurmechanismen längst ihre Spuren hinterlassen haben. Auch das macht ihr Angst. Sie will dagegen anschreiben und produziert in den Siebzigern so viel wie in keinem anderen Jahrzehnt. Sie ist eine Schriftstellerin, die 1974 zum Mitglied der Akademie der Künste gewählt wird und im Präsidium des PEN-Zentrums der DDR sitzt. Sie ist eine, die nicht mehr an das große Ganze, das Kollektiv glaubt, sondern Glück und Wahrheit im Privaten und Subjektiven sucht, in ihrer Familie und in sich selbst. Im Jetzt. Mehr ist nicht möglich. Der Blick nach vorn, er kann in diesem Land, in dieser unsäglich repressiven Atmosphäre nicht gelingen, also versucht Christa Wolf es gar nicht weiter und tut stattdessen das für sie einzig Vernünftige. Sie geht gedanklich noch einmal zurück auf Start.

Sie geht noch einmal zurück in ihre Kindheit, zurück nach Landsberg an der Warthe und denkt Mitte der Siebziger noch einmal über den Anfang ihrer Geschichte nach, analysiert ihn und versucht, ihn in Worte zu fassen. Vielleicht liegt hier der Grundstein für die ideologischen Verfehlungen, die sie nicht nur miterlebt, sondern teilweise sogar mitgetragen hat. Vielleicht liegt hier die Antwort auf die Frage, wieso sie so ein pflichtbewusster und autoritätshöriger Mensch war und ist, wieso sie eben nicht einfach gehen und der DDR den Rücken kehren kann. Wieso sie bleibt, obwohl sie längst aufgehört hat zu glauben. Nach 25 Jahren im Sozialismus will Christa Wolf Klarheit darüber gewinnen, wie sie zu der Frau geworden ist, die sie jeden Morgen im Spiegel in Kleinmachnow begrüßt.

Das Buch, mit dem sie diesen Schritt in die Vergangenheit unternimmt, heißt *Kindheitsmuster*. Wolf arbeitet bereits seit 1969 daran, aber es braucht unzählige Versuche, bis sie den richtigen Einstieg und die passende Form gefunden hat. Irgendwann weiß sie jedoch, wie sie es machen will: Sie möchte die Geschichte auf drei Zeitebenen erzählen. Es gibt die Vergangenheitsebene mit Hitler-Regime, Krieg und Flucht, die die ideologische Indoktrination durch Schule, Umfeld und Eltern aufarbeitet, die kollektive Verdrängung und ihre eigenen Verstrickungen. Es gibt eine Reiseebene, für die sie 1971 mit ihrer Familie noch einmal in ihre alte Heimat zurückfährt, und die Gegenwart, in der sie sich einer schonungslosen Selbstanalyse unterzieht und versucht, »Muster« herauszuarbeiten. In gewisser Weise ist das Buch eine Art Abrechnung. Eine Abrechnung mit sich selbst: »das Grund-Motiv meines Schreibens, mit mir selbst ins reine zu kommen, setzt sich rigoros durch (…)«

Das Schreiben an diesem Buch ist ein schmerzhafter Prozess. Es bringt sie an ihre Grenzen. Das Buch zwingt sie dazu, innere Widerstände zu überwinden. Dorthin zu gehen, wo es wirklich unangenehm, schamvoll und dunkel wird. Sie tut das auch für ihre Töchter und die Generation ihrer Kinder. Sie findet, das sei sie ihnen schuldig, wenigstens einmal den Versuch zu unternehmen, zu erklären und aufzuschlüsseln, wie man in diesen ungeheuerlichen Jahren leben und groß werden konnte und wie man, als sie endlich zu Ende waren, überhaupt weiterlebte. Die Überzeugung, die aus dem Werk spricht: Solange wir uns nicht erinnern und aus den Fehlern der Vergangenheit nicht lernen, wird sich die Geschichte wiederholen.

Kindheitsmuster, dieses Buch, das Christa Wolf Mitte der siebziger Jahre in Atem hält, ist aber nicht nur ein Buch der Selbstanalyse und Aufklärung. Es war auch das Vehikel einer Flucht. Der mentalen Flucht aus dem widersprüchlichen und erstarrten System DDR, in das sie sich begeben und das sich als marode entpuppt hatte, für das es aber, anders als in ihrer Jugend, keine neue Ideologie gab, der sie sich begeistert hätte zuwenden können. *Kindheitsmuster* war eines von vielen Mitteln, die ihr halfen, der Wirklichkeit des DDR-Alltags zu entkommen. Das Einspinnen im Kleinen, das Reisen, das Schreiben, der Rückzug ins Innere, das alles war notwendig, wenn sie weiterhin Bürgerin dieses Landes bleiben wollte. Um in der DDR leben zu können, musste sie etwas aufspüren, an dem sie sich festhalten konnte, und fand auf dieser Suche sich selbst. Die wichtigste Erkenntnis dieses Prozesses war vielleicht die, dass Christa Wolf sich seit ihrer tatsächlichen Flucht aus Landsberg zuallererst nach einem Zuhause, nach Heimat sehnte. Oder wie sie es einmal notierte: »Ich denke, nie mehr würde ich mich woanders heimisch fühlen können, wenn ich hier wegginge. Und ich frage mich, wie hoch der Preis unter Umständen wäre, den ich für dieses Heimatgefühl zu zahlen bereit wäre. Ich frage mich, welchen Preis ich täglich unbewusst zahle, einen Preis in der

Münze: Wegsehen, weghören oder zumindest: schweigen. Ich denke oft, ob die Rechnung dafür uns noch zu unseren Lebzeiten präsentiert wird.«

Für Christa Wolf, die einmal so glühend und mit solcher Inbrunst an das Versprechen des Sozialismus als Antidot zum Nationalsozialismus geglaubt hatte, war der Traum, dass in der DDR ein neues, besseres Stück Welt mit neuen, besseren Menschen entstehen und Realität werden würde, Mitte der siebziger Jahre endgültig geplatzt. In dem Raum voller abgestandener Utopie, in dem mal drei Freundinnen dicht beieinandergestanden und gekämpft hatten, befand sich am Ende nur sie, zurückgezogen an den Rand, im Türrahmen, aber immer noch da – als eine Frau, die um die Fehler wusste und sich eingestehen musste, dass träumen nur noch im Traum ging. Und vielleicht im Schreiben.

Nachwort

Meine ersten Lebensjahre habe ich in der DDR verbracht, in einem Haus im Leipziger Westen. Ich bin von einer sozialistischen Mutter, Tanten und Großmüttern umsorgt und großgezogen worden und ideell mit Maxie Wander und ihrem Buch *Guten Morgen, du Schöne* aufgewachsen. Kein anderes Buch hat sich so in meine Identität eingeschrieben. Kein Buch zieht sich so leuchtend durch unsere Familiengeschichte und wird seit Jahrzehnten wie ein wertvolles Schmuckstück weitergegeben, obwohl es objektiv nicht mehr als ein gebundener Stapel abgenutzten Papiers ist. Aber für meine Großmutter, meine Mutter, ihre Schwestern, deren Töchter und mich war und ist es mehr als ein Buch. Es war und ist ein Weckruf, eine Anleitung zu furchtlosem Leben.

Schon der Titel *Guten Morgen, du Schöne* war ein stehender Begriff in unserem Alltag zu Hause. »Guten Morgen, du Schöne« wurde auf kleine Notizzettel gekritzelt, neben den Kaffeebecher gelegt und später als Begrüßung in Kurznachrichten geschrieben und meinte immer zweierlei. Ein tatsächlich liebevolles »Guten Morgen, du Schöne«. Gleichzeitig war es eine mahnende Erinnerung: »Liebste Tochter, liebste Enkelin, liebes Mädchen, vergiss nicht: lebe frei und selbstbestimmt. Unternimm auch heute den Versuch.«

Als *Guten Morgen, du Schöne* 1977 erschien, war meine Großmutter mütterlicherseits – mit der die Reise dieses Erbstücks durch die Generationen begann – Anfang vierzig und lebte verheiratet mit vier Kindern in Leipzig. Ihr jüngstes Kind, meine Mutter, war 12 Jahre alt. Meine Großmutter hatte ihren Beruf als Bürokauffrau bereits kurz nach der Hochzeit aufgegeben und kümmerte sich seitdem ausschließlich um die Familie. Ihr Ehemann, ein Professor für Wirtschaftsrecht, verdiente den Lebensunterhalt und war nur selten zu Hause. Es war ein exemplarisches Leben in traditionellen Geschlechterrollen, wie es in der Bundesrepublik vielleicht üblich war, in der DDR war dieser Entwurf jedoch mehr als ungewöhnlich. Die meisten Frauen gingen einem Beruf in Vollzeit nach. Ihr Motto: »Ich schaff' das! Ich mach' das!« Aber vier Kinder, ein großes Haus und ein großer Garten entsprachen eben auch nicht der Norm, kosteten unendlich viel Kraft und eine Menge Zeit. Meine Großmutter war darüber oft unglücklich. Später, nach der Wende, sprach sie viel über den fehlenden Mut und die verpassten Chancen, all die Sehnsüchte, die nie erfüllt wurden. Sie hatte es nicht geschafft auszubrechen. Sie hatte die weibliche Selbstbestimmung und Selbsterfüllung, die in der DDR für Frauen in besonderem Maße möglich war und von der sie in den wenigen stillen Momenten in unserem Haus am Rande der Stadt träumte, nie erreicht. Der Ausbruch blieb ein Versuch im Kopf, ohne reale Folgen. Zumindest für sie. Das gedankliche Spiel, gefördert durch Wanders Buch, war trotzdem ein Anfang. Es trug dazu bei, dass sie ihre Töchter, meine Mutter und ihre beiden Schwestern, zu unabhängigen, emanzipierten Frauen erzog. Zu Frauen, die studierten und ihre Lebenswege frei wählten. Die Karriere machten und Kinder großzogen. Nicht vier, aber jeweils zwei. Die sich nicht in Abhängigkeiten begaben und ihr Dasein nicht an dem eines Mannes ausrichteten. Die sich wohl in ihrem Kopf und ihrem Körper fühlten. Und wenn schon nicht sie, meine Großmutter, in dieser Hinsicht ein gutes Vorbild war, gab es ja immerhin dieses Buch von Maxie Wander, diese Protokollsammlung von 19 ziemlich coolen DDR-Bürgerinnen, die sie ihren Töchtern an die Hand geben konnte. Ein Buch, das all die feministischen Gedanken versammelte, die sie selbst nur selten laut aussprach, aber die sie sich für ihre Töchter wünschte. Ich bekam das Buch zu meinem 17. Geburtstag geschenkt.

Als ich meiner Mutter im Frühjahr 2020 davon erzählte, dass ich anfangen würde, ein Buch über Maxie Wander, Christa Wolf, Brigitte Reimann und ihren Traum vom Sozialismus zu schreiben, sichtete sie sofort ihre Bibliothek und die meiner Großmutter und stellte mir eine Kiste mit nahezu sämtlichen Büchern der drei Schriftstellerinnen zusammen. Wie präsent die Ikonen der DDR-Literatur in unserer Familie waren, war mir bis dahin gar nicht bewusst gewesen. Ich hatte nur Wander gelesen und verehrt. Um Wolfs Bücher hatte ich ehrlicherweise immer einen großen Bogen gemacht. Der ungerechte Ruf, sie sei eine verkopfte, komplizierte und spaßbefreite Ideologin, eilte ihr voraus und schreckte mich ab. Reimann kannte ich bloß als Namen irgendeiner ostdeutschen Schreibenden. Rückblickend glaube ich, dass dieser Umstand nicht nur meinem jugendlichen Desinteresse oder meinen übernommenen Vorurteilen geschuldet war, sondern dem gesellschaftlichen Umgang mit der DDR, ihrer Kunst, ihren Literatinnen und Literaten nach der Wiedervereinigung.

Als am 9. November 1989 die Berliner Mauer fiel, war das der offizielle Anfang vom Ende ostdeutscher Kulturgeschichte. Im darauffolgenden Jahr verschwand ein Land, das sich DDR nannte, und ein System, das sich dem Sozialismus verschrieben hatte. Viele Menschen wurden wie Christa Wolf für ihre Systemtreue öffentlich abgestraft und verloren ihre Berufe. Manche standen – weil befreit von Repressionen – endlich auf. Einige verstummten, schafften den Schritt in das neue, kapitalistische System nicht und verloren jeglichen Halt. Fast alle übten sich im schnellen Vergessen. Das ehemalige Leben wurde weggedacht, weggeredet und weggeschrieben, von ihnen selbst, aber vor allem von den Anderen, den Westdeutschen, die nun die Hoheit über das Narrativ Ost übernahmen. Das bedeutete auch, dass all die Dinge zurückgelassen wurden, die dieses ehemalige Leben geprägt und ihm einen Herzschlag verliehen hatten. Bücher, Theaterstücke, Bilder, Skulpturen, Filme oder Musik. Denn auch sie waren ja *falsch*. Und auch das war eine Realität meiner Kindheit: Die sozialistisch geprägten Erwachsenen und ihre Vorbilder, die mich erzogen hatten, galten im offiziellen Diskurs als Verlierer und Verliererinnen und das Gefühl, das die eigene Identität bestimmte, war Scham.

Mittlerweile hat sich der Diskurs geöffnet. Nach Jahrzehnten, in denen die Aufarbeitung von harten, wichtigen Erzählungen über das Unrecht, die Unterdrückung, die Propaganda und die Überwachung bestimmt wurde, scheint es daneben auch Raum für jene weichen, schöngeistigen, nicht weniger dringlichen Dinge zu geben, die Akteurinnen wie Reimann, Wander und Wolf produziert haben.

Das erste Buch, das ich von Christa Wolf las, war *Was bleibt*. Ein dünner Band, der bereits Ende der siebziger Jahre entstanden war, aber erst 1989 erschien, und davon erzählt, wie und ob Schreiben überhaupt gelingen kann, wenn man täglich bespitzelt wird. Ich wählte das Buch vor allem wegen des Titels aus. »Was bleibt« – das war ja auch die Frage, die ich mir seit Jahren stellte. Wie viel von dieser Idee des Sozialismus, der meine Vorfahrinnen gefolgt waren, steckte noch in mir? Und: Wie hatte die Idee überhaupt angefangen? Was war die Faszination?

Im Juni 2021 begleitete mich meine Mutter zu einer Recherchereise nach Burg, wo Brigitte Reimann ihre Kindheit verbracht hatte. Wir standen vor dem Haus ihrer Familie und suchten die kleine Stadt in Sachsen-Anhalt nach Spuren ab. Wir schossen unzählige Fotos, lachten, bis uns der Bauch wehtat. Am Ende des Tages standen wir vor Reimanns Grab und redeten darüber, was von ihr in uns steckte. Anschließend fuhr ich in all die anderen Orte, in denen die drei Frauen gewirkt hatten, besuchte ihre alten Wohnhäuser in Halle, Neubrandenburg, Leipzig oder Hoyerswerda und schritt durch ihre Gärten in Kleinmachnow. Ich berührte alte Möbelstücke und fragte mich, ob ich diese Frauen eigentlich mag, ob sie mir nah sind, ob es mir leichter fällt, sie zu verstehen, weil wir aus demselben Land kommen. Jenseits von jeder Zonenromantik oder Nostalgie stehen sie für ein Land, in das ich hineingeboren wurde, das mir meinen ersten Pass gab und das dann schlagartig aufgelöst wurde. Was ich auf diesen Recherchen ja auch feststellte, war, dass die Antwort auf die Frage, was geblieben ist, an vielen Stellen lautet: sehr wenig. In Petzow kann man das Grundstück des ehemaligen Schriftstellerheims beispielswiese nicht mehr betreten. Privatbesitz mit hohem Zaun. Alle Spuren verwischt. In Hoyerswerda denkt man beim Gang durch die Neustadt nicht an die Aufbruchsstimmung, die Reimann erlebte, sondern an Rechtsextreme, und in der Idylle Kleinmachnows, wo heute viele wohlhabende Familien aus Westdeutschland leben, kann man sich gar nicht mehr vorstellen, dass hier einst Passierscheine vorgezeigt werden mussten. Sich zwischen Märchenwelt der Erinnerung und Wirklichkeit zu orientieren war manchmal heikel.

In einigen Büchern, die mir meine Mutter gab, fand ich verblasste Widmungen zu Geburtstagen oder Weihnachtsfesten, in anderen alte Quittungen und in Reimanns *Franziska Linkerhand* einen Beleg für zwei Kugeln Eis, die meine Mutter und ich während eines Urlaubs in Thüringen im Sommer 1989 gegessen hatten. In manchen Büchern waren die Ecken von Seiten eingeknickt und Sätze mit Bleistift unterstrichen worden. Meistens waren es Sätze, die von Freiheit sprachen. Freiheit ist in der Auseinandersetzung mit ostdeutschen Frauenbiografien – neben dem Träumen – für mich das wichtigste Schlagwort.

Der Großteil dieses Buches ist in Istanbul entstanden, einem Ort, der seit einem Studienaufenthalt 2007 und 2008 ein zweites Zuhause ist. Nach vielen Monaten Pandemie war der Hunger nach einem anderen Stück Welt so unerträglich groß, dass in Berlin zu bleiben, keine Option war und glücklicherweise keine Option sein musste. Ich weiß, ein Buch über die DDR in Istanbul zu schreiben, klingt seltsam. Istanbul, die DDR und drei sozialistische Frauen haben auf den ersten Blick keine Gemeinsamkeiten. Aber vielleicht, dachte ich, als ich schließlich schreibend am Bosporus saß, ist das genau der Punkt. Das möglich machen zu können verdanke ich auch den Errungenschaften dieser drei Frauen. In Istanbul sitzen und schreiben zu dürfen, fängt bei ihnen, ihrer Sehnsucht und ihren Träumen an, die sie an die nachkommenden Frauengenerationen mit ihren Schriften und Biografien mal bewusst, mal unbewusst weitergegeben haben. Brigitte Reimann hatte am wenigsten Gelegenheit, die Welt zu entdecken. Daran musste ich denken, als ich eines ihrer Bücher auf der asiatischen Seite Istanbuls in einem Teegarten mit Blick aufs Marmarameer las. Sie durfte nicht mehr als die sozialistische Nachbarschaft erkunden, aber sie hat vorgemacht, wie weibliche Selbsterkundung geht, und damit fängt jede Freiheitsbestrebung an.

Es wäre so leicht, die Geschichte Ostdeutschlands, dieses Experiments DDR, zu den Akten zu legen, aber die Wahrheit ist, dass Reimann und die beiden anderen Frauen, die Teil dieses Experiments waren, den Weg für meine Freiheit geebnet haben. Sie haben, das wird vor allem in ihren Tagebüchern und Briefen deutlich, vorgemacht, dass man als Frau – egal wo – laut, kompliziert und rastlos sein kann, alles umdrehen darf, und ein bisschen fühlte es sich in Istanbul so an, als sei diese Reise auch eine Verlängerung ihrer Geschichte. Was hätten sie mit ihrer Reisefreiheit angefangen, hätten sie den Bosporus auch gemocht? So absurd es ist, an der Grenze zwischen Europa und Asien über dieses Land zu schreiben, ist es auch sehr stimmig, weil es doch jener Hunger war, der bei ihnen anfing, der mich dorthin lockte. Wenn ich nach Tagen am Schreibtisch in den Abendstunden zwischen meinen türkischen, syrischen, palästinensischen, iranischen und französischen Freundinnen und Freunden saß, überlegte ich insgeheim, wie die drei Damen das wohl alles gefunden hätten und – ganz schlicht – was für ein Glück es ist, dass es die Mauer nicht mehr gibt. Andererseits wurde mir auch wieder klar, was jeder weiß und was man sich dennoch immer wieder bewusstmachen muss: Mauern gibt es überall. Reden und sich erinnern hilft, ist notwendig, wenn wir verstehen möchten, woher wir kommen und wohin wir gehen wollen.

Wenn wir heute über Sozialismus reden, ist der Begriff, dieser Ismus in Bezug auf die DDR zu Recht negativ konnotiert. Wir reden von einer Utopie, einem Traum, der in diesem Land einmal erprobt wurde, aber gescheitert ist. Der Menschenrechte verachtet, Menschenleben gekostet hat und zerbrochene Lebensläufe, der Unfreiheit und Diktatur meint. Gleichzeitig ist die gesellschaftliche Idee theoretisch und von der DDR losgelöst in Zeiten, in denen sich der Kapitalismus in einer heftigen Krise befindet, mindestens interessant und diskussionswürdig. Ich habe in den vergangenen Jahren vor allem in Gesprächen mit der Nachwendegeneration häufig erlebt, dass der Sozialismus auf sie in Teilen durchaus noch Attraktivität ausstrahlt.

Wer nach Alternativen zum Kapitalismus sucht, kommt nicht umhin, sich auch mit den Vor- und Nachteilen des Sozialismus zu beschäftigen und sich die Frage zu stellen, ob es Aspekte gibt, die es wert wären, bewahrt oder neu betrachtet zu werden.

Maxi Haupt, meine Großmutter väterlicherseits, hat mal zu mir gesagt: »Den Sozialismus schaffen wir Menschlein nicht, dazu sind wir leider einfach nicht fähig.« Anders als meine andere Großmutter war sie, wie Wolf, Reimann und Wander, eine Frau mit einer beeindruckenden Karriere. Sie hat das DDR-Fernsehen mitentwickelt, war Auslandskorrespondentin in Prag und in London und als Journalistin so berühmt, dass sie Autogrammkarten mit sich herumtrug. Von ihr diesen Satz zu hören irritierte mich. Ich spürte den Schmerz, der dabei mitschwang. Sie hatte es schließlich versucht, hatte dieses Land mitgestaltet und mitgeformt. Sie hatte wie die drei Schriftstellerinnen an vorderster Front für einen real existierenden Sozialismus gekämpft und war am Ende krachend gescheitert. Als Enkeltochter waren solche Momente eine Herausforderung und führten, über das Persönliche hinaus, eine Auseinandersetzung herbei, was Scheitern meint, wenn man nicht nur für das eigene Glück, sondern für die große Idee gekämpft hat, was ein solches Scheitern anrichtet, wo die Gründe dafür liegen und wann in Lebensläufen etwas unwiderruflich zerbricht. Es ist schließlich unmöglich abzustoßen, was die eigene Biografie so geprägt hat. Oder in den Worten von Gerhard Wolf, der sie selbst von seiner Frau Christa übernommen hat: »Einmal wird man wissen wollen, wer sie waren, wie sie waren. Wird sie also noch einmal hervorzubringen haben, dass man sie sieht: Wann, wenn nicht jetzt?«

Eine meiner ersten Notizen für dieses Buch entstand am Morgen des 5. Mai 2020. In der Nacht hatte ich das erste Mal von

Christa und Maxie und Brigitte geträumt. Wir saßen zusammen bei den Wolfs im Garten in Kleinmachnow, aßen Spargel und diskutierten heftig über Politik, die Lage der Welt und die Zukunft. Als ich aufwachte, dachte ich: Es geht los. Jetzt fangen die drei Frauen an zu leben.

Dank

So ein Buch begleiten und tragen viele Leute. Danke Anna, Willi und Annabelle. Ihr habt stundenlang zugehört, habt laut »Ja« gerufen und in den richtigen Momenten genervt (»Jetzt schreib halt fertig«). Danke auch, lieber Karsten, für die ersten Gespräche zu diesem Buch, deinen Glauben an das Projekt und deine Euphorie mitten in der Pandemie. Danke, Thomas, und Dank an meine Agentur Landwehr & Cie. Danke, liebes Deutsches Rundfunk Archiv. Danke, liebe Lea, für die wunderbaren Fotos. Danke, Hoyerswerda, danke, Neubrandenburg, danke, Petzow, danke, Burg, danke, Kleinmachnow. Danke, Berlin, du olle Nervensäge. Keine Stadt stellt jeden Tag so sicher, dass die komplizierte deutsch-deutsche Geschichte nicht vergessen wird. Danke, Istanbul, meine Dame am Bosporus. Danke, liebe Istanbuler Freundinnen und Freunde. Es schreibt sich leichter, wenn in den Nächten fröhlich getanzt werden kann. Danke, Gülten und Yigit, für die schönsten vier Wände, um an diesem Buch zu arbeiten. Danke, Mazen, fürs grenzenlose Reden und Denken ohne Mauern. Danke, Addar. Danke, Deren, für deinen unerschütterlichen Optimismus. Danke, Sophie, du Trooperin in allen Lebenslagen. Danke, Bettina Wegner, danke, Maxi Haupt, eure Biografien sind Teil dieser Erzählung. Danke, Lina. Eine integrere Verlegerin kann sich keine Autorin wünschen. Danke, Julia. Ich bin beeindruckt von deiner Sanftmut, deinem Geist, deiner Geduld. Toll, dich als Lektorin zu haben. Danke, Sissy-Missy, dieses Buch ist auch deins und steckt dir – wie mir – in den Knochen. Danke, Papa, es ist schön, verstanden zu werden. Danke, Alfons, du legendärer Stern. Ich ziehe meinen sogenannten Hut vor dir und deiner

Großzügigkeit. Und: Danke, liebste Mama! Was Sozialismus und groß träumen im besten aller Sinne heißen kann, habe ich von dir gelernt. Du bist Vorbild, seit ich denken kann, seit du mich auf deinen Schultern durch die Leipziger Montagsdemonstrationen getragen hast. Danke!

Literatur

Margrid Bircken, Heide Hampel (Hgg.): Brigitte Reimann. Eine Biographie in Bildern. Aufbau Verlag, Berlin 2004.

Margrid Bircken, Christel Hartinger, Harald Kretzschmar, Burkhard Raue, Marianne Schmidt (Hgg.): Petzow. Villa der Worte. Das Schriftstellerheim in Erinnerungen und Gedichten. Verlag für Berlin-Brandenburg, Berlin 2016.

Kristen R. Ghodsee: Warum Frauen im Sozialismus besseren Sex haben. Suhrkamp, Berlin 2019.

Egon Günther: Rückkehr aus großer Entfernung. Aufbau Verlag, Berlin und Weimar 1974.

Sonja Hilzinger: Christa Wolf. Suhrkamp, Frankfurt am Main 2007.

Hoyerswerdaer Kunstverein e. V., Helene und Martin Schmidt (Hgg.): Was ich auf dem Herzen habe. Begegnungen mit Brigitte Reimann, Hoyerswerda 2008.

Sarah Kirsch: Die Pantherfrau. Fünf unfrisierte Erzählungen aus dem Kassetten-Recorder. Aufbau Verlag, Berlin und Weimar 1974.

Sarah Kirsch, Irmtraud Morgner, Christa Wolf: Geschlechtertausch. Drei Geschichten über die Umwandlung der Verhältnisse. Luchterhand, Darmstadt 1980.

Sarah Kirsch, Christa Wolf: Wir haben uns wirklich an allerhand gewöhnt. Der Briefwechsel. Suhrkamp, Berlin 2019.

Karsten Krampitz: 1976. Die DDR in der Krise. Verbrecher Verlag, Berlin 2016.

Jörg Magenau: Christa Wolf. Eine Biographie. Rowohlt, Hamburg 2013.

Siegfried Pitschmann: Erzählungen aus Schwarze Pumpe. Aisthesis Verlag, Bielefeld 2016.

Brigitte Reimann: Die Frau am Pranger. Verlag Neues Leben, Berlin 1960.

– Franziska Linkerhand. Verlag Neues Leben, Berlin 1974.

– … in ihren Briefen und Tagebüchern. Verlag Neues Leben, Berlin 1983.

– Ankunft im Alltag. Verlag Tribüne, Berlin 1986.

– Die Geschwister. Das Geständnis. Zwei Erzählungen. dtv, München 1988.

– Aber wir schaffen es, verlaß dich drauf! Briefe an eine Freundin im Westen. Aufbau, Berlin 1999.

– Das grüne Licht der Steppen. Tagebuch einer Sibirienreise. Aufbau Verlag, Berlin 2000.

– Alles schmeckt nach Abschied. Tagebücher 1964–1970. Aufbau Verlag, Berlin 2001.
– Jede Sorte Glück. Briefe an die Eltern. Aufbau Verlag, Berlin 2008.
– Post vom schwarzen Schaf. Geschwisterbriefe, Aufbau Verlag, Berlin 2018.

Brigitte Reimann, Christa Wolf: Sei gegrüßt und lebe. Eine Freundschaft in Briefen und Tagebüchern 1963–1973. Aufbau Verlag, Berlin 2016.

Anna Schädlich, Susanne Schädlich (Hgg.): Ein Spaziergang war es nicht. Kindheit zwischen Ost und West. Heyne, München 2012.

Anna Seghers: Das siebte Kreuz. Luchterhand Literaturverlag, Frankfurt am Main 1973.

Jana Simon: Sei dennoch unverzagt. Gespräche mit den Großeltern Christa und Gerhard Wolf. Ullstein, Berlin 2013.

Kristina Stella (Hg.): Wär schön gewesen! Der Briefwechsel zwischen Brigitte Reimann und Siegfried Pitschmann. Aisthesis Verlag, Bielefeld 2013.

Hermann Vinke (Hg.): Akteneinsicht. Christa Wolf. Zerrspiegel und Dialog. Eine Dokumentation. Luchterhand, Hamburg 1993.

Fred Wander: Das gute Leben oder Von der Fröhlichkeit im Schrecken. Erinnerungen. dtv, München 2009.

Maxie Wander: Guten Morgen, du Schöne. Frauen in der DDR. Protokolle. Luchterhand, Darmstadt 1988.
– Leben wär' eine prima Alternative. Tagebücher und Briefe. dtv, München 1994.
– Ein Leben ist nicht genug. Suhrkamp, Frankfurt am Main 2007.

Volker Weidermann: Brennendes Licht. Anna Seghers in Mexiko. Aufbau Verlag, Berlin 2020.

Christa Wolf: Der geteilte Himmel. Mitteldeutscher Verlag, Halle/Saale 1963.
– Nachdenken über Christa T. Mitteldeutscher Verlag, Halle/Saale 1968.
– Kein Ort. Nirgends. Aufbau Verlag, Berlin und Weimar 1988.
– Gesammelte Erzählungen. Aufbau Verlag, Berlin und Weimar 1989.
– Sommerstück. Aufbau Verlag, Berlin und Weimar 1989.
– Was bleibt. Aufbau Verlag, Berlin und Weimar 1990.
– Kindheitsmuster. Aufbau Verlag, Berlin und Weimar 1990.
– Essays/Gespräche/Reden/Briefe 1959–1974. Luchterhand, München 1999.
– Ein Tag im Jahr. 1960–2000. Suhrkamp, Frankfurt am Main 2008.
– Die Lust, gekannt zu sein. Erzählungen 1960–1980. Suhrkamp, Frankfurt am Main 2008.
– August. Erzählungen. Suhrkamp, Berlin 2014.

– Man steht sehr bequem zwischen allen Fronten. Briefe 1952–2011. Suhrkamp, Berlin 2016.

Christa Wolf, Anna Seghers: Das dicht besetzte Leben. Briefe Gespräche und Essays. Aufbau Verlag, Berlin 2003.

Gerhard Wolf: Herzenssache. Memorial – Unvergessliche Begegnungen. Aufbau Verlag, Berlin 2020.

Lutz-W. Wolff (Hg.): Frauen in der DDR. 20 Erzählungen. dtv, München 1976.

Sabine Zurmühl: Das Leben, dieser Augenblick. Die Biografie der Maxie Wander. Henschel Verlag, Berlin 2001.

